沉爱
CHEN LOVE

苏兆海 ◎ 著

内蒙古出版集团
内蒙古文化出版社

图书在版编目（CIP）数据

沉爱 / 苏苏铁木著. — 呼伦贝尔：内蒙古文化出版社，2012.5
ISBN 978-7-5521-0041-9

Ⅰ.①沉… Ⅱ.①苏… Ⅲ.①长篇小说—中国—当代 Ⅳ.① I247.5

中国版本图书馆 CIP 数据核字（2012）第 085732 号

沉爱
CHENAI

苏苏铁木 著

责任编辑	丁永才　包文明
封面设计	大象设计
出版发行	内蒙古文化出版社
地　　址	呼伦贝尔市海拉尔区河东新春街4－3号
直销热线	0470－8241422　　邮编　021008
排版制作	鸿儒文轩
印刷装订	三河市华东印刷有限公司
开　　本	710×1000毫米　1/16
字　　数	144千
印　　张	14
版　　次	2012年6月第1版
印　　次	2024年1月第2次印刷
书　　号	ISBN 978-7-5521-0041-9
定　　价	48.00元

版权所有　侵权必究
如出现印装质量问题，请与我社联系。联系电话：0470-8241422

目 录

关于《沉爱》 …………………………………………………… 001
第1章　北京人在香港（王阳A篇）…………………………… 001
第2章　奇妙的催眠术（王阳B篇）…………………………… 006
第3章　摩梭族人老鸹（老鸹A篇）…………………………… 010
第4章　老鸹生死问题（王阳C篇）…………………………… 015
第5章　大屿山缉毒战（王阳D篇）…………………………… 019
第6章　晚安我的城市（王阳E篇）…………………………… 025
第7章　父亲是个作家（王阳F篇）…………………………… 030
第8章　先锋诗人张杨（张杨A篇）…………………………… 036
第9章　浪子也有恋情（张杨B篇）…………………………… 044
第10章　香港小姐陈英（张杨C篇）…………………………… 054
第11章　男朋友姚建军（王阳G篇）…………………………… 063
第12章　医院里的张杨（张杨D篇）…………………………… 067
第13章　两个人的世界（王阳＆姚建军）…………………… 074
第14章　我爸老不正经（张杨＆舒小娅）…………………… 081
第15章　上学也要送礼（张杨E篇）…………………………… 088
第16章　接吻还是咬人（张杨F篇）…………………………… 095
第17章　去新疆考大学（张杨G篇）…………………………… 101
第18章　告诉自己完了（王阳＆张杨）……………………… 105
第19章　我的处男情结（王阳＆张杨）……………………… 110

第20章	相互看着新鲜（张杨 H 篇）	118
第21章	太岁爷上动土（张杨 I 篇）	123
第22章	滞留乌鲁木齐（张杨＆舒小娅）	130
第23章	所谓重点章节（王阳 H 篇）	134
第24章	女人就像音乐（张杨 J 篇）	139
第25章	渴恩乐队成立（张杨 K 篇）	148
第26章	我们现场摇滚（张杨 L 篇）	151
第27章	D 城杀人事件（张杨 M 篇）	159
第28章	网上来的朋友（张杨 N 篇）	167
第29章	尴尬的电影院（张杨 O 篇）	173
第30章	爱如断了的弦（张杨 P 篇）	177
第31章	被 C 大学除名（张杨 Q 篇）	182
第32章	和弦和夏菁雨（和弦 A 篇）	187
第33章	毒枭警察决战（张杨 R 篇）	193
第34章	November Rain（王阳 I 篇）	201
第35章	Happy Valentine's Day（舒小娅 末篇）	205

附录

沉爱，青春岁月里的刺青　张丙银 …………………………………… 209

旅途中的音乐诗人——苏苏铁木　刘小勇 ……………………………… 212

关于《沉爱》

　　这是一个爱情故事的艺术再现，这是一个写作技巧的综合体现。像看一部电影，像听一本CD，AB面，插叙，倒叙，反反复复，加强人物之间的情感。

　　作品以两个男女主人为经线，爱情故事为纬线，所有人几乎都对当事人的感情深藏不漏，是心灵深处的挣扎和暗战。张杨和舒小娅是高中时期的恋人，彼此非常喜欢，可是爱情发展仅仅限于高中，可是感情一直持续到生命终结。张杨一开始追逐舒小娅，后来从事特工后，有段时间躲避舒小娅，舒小娅被羞辱后躲避张杨，张杨知道后于组织外单独行动私立复仇。而王阳作为一位高中老师却喜欢上了自己的学生张杨，这种初恋式美好的情愫就一直伴随着她，欲罢不能，欲说还休。终于二人在香港把这种心照不宣的僵局打破。而黑社会人物陈英遇到这位大陆的小伙子对生活产生了新的向往。

第 1 章

北京人在香港（王阳A篇）

我叫王阳，三年以前还有人叫我小王老师，三年以后，香港九龙第五缉毒小组的人，已经开始叫我 Madam Wong。

我出生在中国大陆东部的一个小县城，那个县城因为在某个朝代的末期出现过 72 个不甘寂寞用强斗狠牛气烘烘的男人而蜚声中外。反正这么说吧，现在这个县城大多男人走路的姿势还和别处的男人不一样，行动间仍流露出匪气。不说他们当年怎样地推举了领袖，跑到一个山上，砍倒一片树林，扯起了一面旗子，与当时的统治阶级分庭抗礼，就说他们大碗喝酒大碗吃肉荡舟湖上放声歌唱的豪爽劲就羡煞四州八县。所以在我小时候总感觉那个县城的人们既豪情万丈又霸道张狂。其实我一直寻找的就是这样的男人，自然我身上也就沾染了男人的某些习性。

一些栽在我手下的黑道人物，提到我，我想他们没有不服的。我经常用拳头在他们的腹部猛掏一气，然后把嘴里的香烟弹到他们的脸上，问他们，你丫的服不服呀，他们大都很痛苦的看着我。我说，吖，领导在问你话呢，咋不回答呀，卖白粉的时候不是挺牛的嘛。

警员王保昌过来提醒我说，Madam Wong，你怎么打人像打沙袋一样。

我说，去，去。

有个曾被我问询过的黑道人物对我说，香港是讲法制的，警察也不能刑罚逼供，要投诉我。

我说，大佬，说话要讲证据嘛，谁看见我打你了。

◆沉 爱

我顿了一下瞅了一眼我的那帮手下，你们都看见了？

他们连忙摇着头说，Madam，我们没有看见。

我又转过身对大佬说，就是嘛，大家都没有看到，再说你身上白白胖胖也没有伤嘛。

你打的时候都是在我们身上护着一个垫子，表面是没有伤，可都伤在五脏六腑啦。我进局子多少次就没见过你这样打人的。

我能有多大力气，还能伤到你一个男人的五脏六腑？虽说你们好逸恶劳细皮嫩肉的，垫子不是给你们护体的嘛，我是给你们按摩呐。老老实实的交代了，什么事情都好说。要投诉的话，我奉陪，惹恼了我，那就看你会不会护体神功了。那大佬惶恐地看着我。我对王保昌说，带出去吧，下一个。

我想有一些人天生就是做警察的，不管你一开始做了什么，因为他们知道怎么对待罪犯才叫游刃有余，我也没有想到有一天我会跑到香港来，还可以对一部分人颐指气使。想想就想笑，这个世界有时候就是这样，有时候按你设想的变化，有时候做梦都梦不到的事都可以实现。

2004年，我大学毕业，在大学又打又跳，又踢又跑的呆了4年，最后我真的没有想到我又回到了我出生的地方，我想回来就回来吧，反正我妈高兴，没有想到连我在大学练了四年的体育也没有用武之地。老校长告诉我，小王呀，你看咱们这个学校现在还真不缺体育老师，你教高三的语文吧，教高三语文的张老师调市里去了。我说，我行吗，我。我在大学学的是体育教育呀。

没什么的，北京著名高校大本毕业你还教不了高三语文吗？老校长这么一说。我还真不好意思说什么，刚出大学的校门，我还真不好意思给我那个在北京的高校抹黑。我能说什么呀，我能说，你以为大学真的是象牙做的呀，里面什么鸟没有。算了，我说高三的担子多重吖，你不怕我把学生带坏吖。老校长居然一百个放心地说，你一个丫头能坏哪去。连谦虚的机会都不给我。就这样，我当了高三的语文老师。

当老师还真舒服，我站在上面大多时间都在装丫的，真的，不过，我还真好好看了几次书，你想下面那么多眼睛看着你，你总不能什么都不说

第1章 北京人在香港（王阳A篇）

吧，要想有话说，就要多读书，书上怎么说，我就怎么说，有时候，我感觉我不是个教书的，倒像是个说书的，我就是能侃，在北京呆过的人都能侃，我的学生们在下面听得津津有味，我不知道他们的津津有味还有没有别的意味，比如对我的相貌了，身材了，反正在北京那几年追我的男孩说我是一特漂亮的妞，身上有股特原始的野性美。吖，我当时就急了，我说你丫闭嘴，什么叫野性美，是不是说我发骚，他们说他们绝逼不是那个意思，反正怎么说呢，就是你特牛B，我真服了他们了，他们那地就是一语言匮乏区，没折了，没词了，就特牛B啦。

在北京追我的男孩子还真不少。有次打电话给我妈，我说妈呀，是不是你姑娘我特漂亮，怎么追我的男孩子这么多呀，从我们学校门口排个队估摸差不多都到天安门广场啦要是排直了估计都到门里面去。我妈一听就很紧张，哆哆嗦嗦地说北京人是不是眼睛不好使呀，丫头，别人不知道我还不知道，你一出生看到你那个丑样子，我差一点没扔了你，我一直怀疑我在有你的时候是不是吃什么药了，出生三天你都没吱声，我想你脑子是不是坏了。我说妈你才脑子坏了，要是扔了我，这么漂亮的一个大姑娘不成别人的啦，你怎么不说你白赚一个姑娘。

不知道为什么我和我妈就跟朋友一样，怎么就连一点点隔阂都没有呢，我妈老是感叹岁月哗哗如流水，她特怕老，她说人一老就跟不上时代了，我说一个小县城有什么时代呀，其实我也知道，她怕的是我们之间的距离拉大了。

说实话我还真不喜欢北京那帮男孩子，他们也就是耍耍嘴皮子行，有本事抓住我的手把我往怀里可劲搂呀，可他们没有敢的，所有我想我是在等一个人，等一个爱我，等一个过来就拉起我的手，准备带我走的人，就像鲁迅捉住许广平的手说，这次你跑不了啦。所以我就特讨厌那帮男孩子的油头粉面，讨厌他们的娘娘腔，我想这么多年了北京怎么还衬太监呀，怎么说话都是那个味。

不过，我也见过一个蛮直接的。

有一次我在北京RACK迪厅跳舞，跳累了我倚在吧台前高擎一高脚酒杯昂着头看那忽灭忽明的灯光，在别人看来就有摇首弄姿之嫌了。有个脖子和头一样粗的家伙走来，用他那胖胖乎乎的小手按在我的手上。我以为

◆ 沉　爱

他跳舞累昏了脑袋，就睨了他一眼，心说，我也不说什么，就当我没看见，你快把那爪子拿开呀。没有想到他还对我媚笑，他那一媚笑真叫一恶心，他是抿起嘴通过眼睛向我笑的。我当时就急了，我说，你丫操行，狗爪子往哪放呀。我快速地喝了一大口酒，就想把红酒往他脸上泼，我之所以再喝一大口，是因为这酒贵呀，好几十一杯呐，平时我是不舍的要的，我一女大学生平时都把钱花在衣服上，穿的差了怕给首都人民丢脸，所以我们那帮姐妹要不就缩在宿舍窝在床上不出来，要出来就一个个光鲜得跟小妖精似的。所以我想这个胖子就可能是把我当妖精看了。

我想要耍性子，像电视中潇洒女主人公一样泼对方一脸酒水，这样的电影电视我看多了去啦。我端杯子的手伸出去一半在空中打了转就又给自己灌了一口，因为我看到那胖子的另一只手从上衣口袋里像扯狗皮膏药似的拉出一金光闪闪的链子。你想呀，大家都知道那么一句俚语：说什么到了广州才知道自己钱少，到了北京才知道自己权小。很显然这是北京的实力派人物，咱也就是北京一大学的学生，得罪不起。

当那胖子把链子放在我手上的时候，我就很妩媚地笑了，我还很惊喜得把链子仔细地看了看，因为他把钱当作自己的名片了。负责教我们《公关与礼仪》的老师曾再三强调过递接名片的社交礼仪，虽然上这门课我多是睡觉，我想这个还用学，人与人的交往谁不会呀，再说我们一体育专业的学生还用那一套，谁不是还没怎么惹你的时候，就一个个猛虎下山似的往上扑了，可我那次还是听明白了，没想到一递一接还有那么多道道。老师说，首先，以示尊重对方要双手接过，然后，要当着对方的面小声地复述一下上面的文字，给对方以职位上的满足感。最后，切忌呀，切忌，我们老师讲课就爱卖关子，总一惊一诈的，所以下面的学生像狼一样大叫切啥呀忌啥呀的时候，我就醒了，一开始我还以为分什么东西吃，我问了问那个上课老记笔记的男生，就知道上面的两条。最后嘛——就是看完以后不能直接放口袋里，特别是屁股后面的口袋，有名片夹没，有名片夹放名片夹里，千万别放钱包里，和钱放在一起对方一看就知道你没文化，特俗！我一听，得，我又趴下啦。谁还为了显示自己有文化，买一名片夹装一口袋，天天等着别人送你名片吖。

我低着头看链子，那男的也装着看链子，其实我从他拼命抽动鼻子的

第1章　北京人在香港（王阳Ａ篇）

声音中，我很清楚他在嗅我身体散发出来的淡淡香味，他的一个手指好像即无辜又不经意在搓我手背。我提起金链子蛇一样地放回他的口袋。

这么贵重的东西，你丫的还真看得起我，放好了您呐，这地人多，别弄丢了，说着我把剩下的半杯红酒还是猛地泼在他那油腻的脸上。

他刚要动，我说，你丫的，最好别动。

那家伙还真的就没再动，因为我的一只脚很轻易地一下子踢直放在他的肩头。我的那帮姐妹水蛇一样地围过来啦。阳阳，怎么又要你的大小姐脾气呀，你这这架势多棒呀。

我说，哪吖，我这不是跳舞跳累了，请这个老哥哥给揉揉腿。那个家伙看了看我的那几个摩拳擦掌的姐妹说，那是，那是，她这不是看我给她揉累了，刚刚给我洗一把脸。胖姐说，算了吧，阳阳，你也别架着啦，怪累的，也叫这个老哥哥歇歇，都一个地儿的，俗话说得好，留的一线情，日后好相见。你说老哥哥是不？我叫你老哥哥你没什么意见吧。胖姐装出一脸很认真的样子问他。

有你这个漂亮的妹妹那是我修来的福分呀。那胖子看着胖姐说。

你别惹她，她正牛着呢！胖姐用手指指指我继续说，她跆拳道刚换了个黑带子，平时走路都连蹦带蹿的，要不您就委屈点惹我吧，看我这个体形也就适合练柔道。我们听了都想笑，胖姐连劝架都像老师教小学生似的。在回去的路上，我们说胖姐你真行呀，要打架的时候你还能贫呀。胖姐说我，阳阳你还真敢泼，那家伙浑身上下都是名牌，叫你这一泼算完啦，就说他穿的那双鞋吧，就够我们6个吃一个多月的。

在这个物欲横流的年代，我们谁没有短暂的迷失过自己，我厌恶纸醉金迷是因为它的昙花一现，我渴望平淡真实而又炽热的爱情，可是谁又能给我呢？大学的时候，我多少次在深睡之前幻想过有那样一个白马王子，我不要求他一定骑白马，也不要求他一定要踏着五彩祥云来接我，只要能够有和我一样的忧郁和忧伤的眼睛，然后用这样的眼睛长时间的定定地看着我，而我又可以从他的眼睛里能清楚的看到我自己，那他就是我的王子，我相信这个世界上一定有一个这样的人，一个属于自己的人。只是上帝，主呀，我万能而又无所不知的主，却把我们这对恋人用错误的时间安排在一个错误的空间里了。

第 2 章

奇妙的催眠术（王阳B篇）

　　我开始在审讯室来回地走动，我真的不明白我所面对的是一个如何严密的组织，就拿谁是易木长弓这么一个简单的问题来说，我就要劳神费力地搞上半天。可昨天在大屿山抓获的三个人没有一个愿意告诉我，尽管我把国家的大政方针讲了又讲，可他们都在那装尸体，说了句我死了，我死了，别问我。然后就躺在地上不动了。后来有一个因为口渴问警员要水喝终于开口了，在喝了一杯子水后，却梗着脖子给我上政治课说谁不知道坦白从宽牢底坐穿抗拒从严新疆搬砖啊。我说，你丫还想搬砖，你知道贩卖多少克毒品是死罪吗，你们那是15公斤，30斤，15000克呀。装口袋都半大口袋了。丫死十次都不够！你还搬个屁砖。我拍着他的腮帮循循善诱，你就说了吧，我想我对我男朋友也没有这么哆过，活脱儿一妓女看见地主老财资本家的嘴脸，唯一差的就是旁边少了一满脸横肉的老鸨儿。

　　我费尽心思的装丫挺的结果就是，那人给我整了一句：那我更不说了，反正都是死，死也不能出卖大哥。丫的，气得我牙都痒痒，要不我上司刚警告我问话的时候别太暴力，真的想用力抽他个大嘴巴。对待犯人像对待幼儿园的小朋友似的，你能问出个屁呀，你还能指望这些背着枪横冲直撞的家伙感恩呀。

　　我想不到现在还有为哥们讲义气，而为了一个所谓的头头卖命的人。丫的，我真服了易木长弓的这几个弟兄，一群他妈的死鸭子——嘴硬。在王保昌把这个外号叫"老鸹"的青年人带进来的时候，我就决定要换个方式。

第2章 奇妙的催眠术（王阳B篇）

中国的法制改革呼声愈来愈高的就是要司法程序化。而重程序的过程使本来一些可以看见的冰山一角，因程序的介入而沉入汪洋之中找寻不见，所以有时候我特讨厌程序。我是个注重结果，而不在乎过程的人，我决定对"老鸹"使用"催眠术"，这种问案的方式，虽然不能做为法庭呈堂的有效证据，但不失是了解案情的有效方法。

说起催眠术，我自己都怀疑我是否真的具备了催人入眠的能力。在北京的时候，我的那帮学哥学弟说我特放浪形骸和有颗不羁的女人心。吓，当时急得我满校园追着打他们，我说，你们是怎么说我一貌美如花姑娘的，你们是不是男人。我想他们就是缺少男人的阳刚之气，才这样说一个个性张扬的女人的。不过，我私下里也考虑，我是不是真的有男性倾向，就看了大量心理学的书，后来我就对佛罗伊德的书产生了浓厚的兴趣，他的话既虚幻又富有哲理，他喜欢说一些高深莫测让人心惊肉跳的话，比如他说，任何女人的歇斯底里都带有性的倾向，然后用一些事来证明他说的并不虚假。他还说他有一张可以催人入眠的破沙发，他走到哪里就带到哪里，有一次搬家就用火车从伯明翰运到明斯克。我就对他精神催眠术有了莫大的兴趣，总感觉那是一种神秘而不现实的巫术，我没有想到在全世界都享誉盛名的男人的著作里做了大量详细的陈述。当一种不可思议的事能用科学加以解释时，我就一下子迷上了这种科学。

我自己动手制作了类似钟摆一样的摇摆器，我长时间地看着它一左一右来回摇摆，我总会进入一种昏昏欲睡的梦魇状态。我每天总是想象着用自己的方式和思想催人如眠。最后却总能发现昏昏欲睡的都是自己，后来有一天我发现自己真的具备了这种能力时，又却惶恐之至。

北京的玲子，有着魔鬼一样的身材，天使一样的脸蛋。在我看来她的个性有点柔弱，可我喜欢和她呆在一起，做什么事我们总是一块出发。我们俩个是打闹惯了的。有事没事总像两只爱淘气的小狗一样既互相撕咬又拉拉扯扯，然后我们会大口地喘着气面色潮红的卧在一起。不知道为什么我们都喜欢这种不停挣扎和扭动身体所带来的莫名兴奋。所以我们闲极无聊的时候就呆在宿舍斗嘴，斗急了，我们就会扭在一起，你上我下的折腾个不停，再之后，我们都会说你丫的累死我了歇了吧不闹啦。

那天，我们撕扯过之后，两个人都非常疲惫，我手中刚好握有一支铅笔，

沉 爱

不知怎地就想起了佛罗伊德的催眠术，便把铅笔在她的眼前来回晃。

我说，玲子，你的眼睛盯着我的铅笔尖。

她的眼睛钉着铅笔转了几次，就慢慢地闭上了。

我说，我问你几个问题，玲子。

她迷迷糊糊地说，好呀。

玲子，你有没有喜欢过我？我问。

喜欢你呀，我越来越喜欢你了。我便晃着铅笔笑了。

那你之前有没有和谁在一起过呀？

有过呀。

和谁呢？

和教咱们街舞的胡老师。

我一下子楞住了像被电击了一下，我的笔停了下来，我很仔细地打量玲子，可她的表情平淡如水完全是个睡眠状态的人。我想可能吗，她被我催眠了。这本来是我们打闹惯了的信口开河的无稽之谈，可是我发现她的回答完全出乎我的意料。我继续试探性地问，你们是怎么发生的？

6月份的一个下午，我去学校器材室送还排球，那个负责发放体育器材的老师不在，胡老师在。我放好排球要走的时候，他叫住了我。他问我街舞练习的怎么样了，他叫我跳给他看一看。我就跳了。他给我纠正了几个动作。后来，他说我下腰摸地的动作做得不到位，叫我保持这个动作2分钟。没想到他在后面摸我屁股。后来，他就把我推进了里间的一张台球桌上……

我看着她的面部表情紧张地扭动，嘴里发出模糊而又清晰的呻吟，我比她还紧张不安，然后就是惶恐之至。我不能再继续下去，我按照佛罗伊德那老头子的说法，我在玲子的耳边清脆地拍了两下巴掌。她慢慢地清醒过来，她睁开眼睛看我，我却差一点难过得要昏死过去。我看到她的眼睛里有一丝空洞，我则是更加的恐惧。

她说，你丫的，干嘛这样看我呀，她打了个长长的哈欠，啊——好累呀，我刚才是不是睡着了？

我说，是呀，是呀，我也累死了，说着，我也打了长长的哈欠。

她就开始笑，你丫的，什么都学我呀。

我说，是真累，我出去活活动动。说完我自己就逃离了宿舍。

走在学府南路的绿荫大道上，有风和温暖的阳光从密密的叶子间隙里透过来，在地面上晃动着硬币大小的光点。我捏着拳头急急地行走在这些光点之上。我呼吸沉重，莫名的恐惧与兴奋。我一直在反复地问自己我会催眠术？在一些灵异片里看到过的东西，居然很清晰的，在一个夏日的阳光之下公然被我所掌握，我自己都难以相信。

后来，为了验证我是不是真的拥有催人入眠的能力，我经常把铅笔放在我宿舍里的同学和其他男同学眼前，看他们的反映，他们大都出现了眼睛空洞，眼神涣散的一瞬，我把这一现象叫做瞬间脑困顿现象，凡是有这种现象的人，我自信我有把握把他们催眠过去。

第 3 章

摩梭族人老鸹（老鸹A篇）

  我让警员王保昌出去，然后对老鸹说，老鸹你真名叫什么呀？
  我真名就叫老鸹喽。
  吖，一股火腾地一下子就窜我脑门子去了。不过，我要尽量温柔。我从桌子上端了一杯水给老鸹喝。老鸹用眼睛向上翻了我一眼说，Madam，水里没有下药吧。
  我喝了一口递给他说，你小子口福不小呀，还没有几个男人和我一个杯子里喝过水呢。他就犹豫着接过来喝了，我抽出一支我常吸的玉人牌香烟点燃了放进他嘴里，然后也给自己也抽出了一支。
  你又是让我这么舒服地坐在沙发上，给我水喝，给我烟吸，你有什么要问的就问，这样待遇我可消受不起咯。
  我没有什么要问的，那天看你打架特猛，让你放松一下。
  房子里特静，只有老鸹对面的一个座钟发出滴答滴答的声音，我手里拿着铅笔上下有节奏地敲动。老鸹一会看看我，一会看看钟，过了很久一段时间，我发现他的眼神有一丝倦意，就迅速地把铅笔点在他两眼中间，他的眼睛慢慢地向中间聚集，这个样子就是佛罗伊德说的婴儿在母体子宫内最安全的状态,然后我就把铅笔慢慢地转动。他的眼睛就慢慢地闭上了。
  我的心咚咚跳个不停敲鼓一样。这么多年以后我仍具备这种催人入眠的能力，这让我不能不兴奋。我平静了一下用温柔的声音问老鸹。
  有几个问题要问你，你要老实回答我。

第 3 章　摩梭族人老鸹（老鸹 A 篇）

他像走了很久路的人用疲惫的声音说，好。

易木长弓是谁？

他是老四。老四就叫易木长弓，都说他以前在内地上过大学，后来犯了事，来到香港，做了安顺天的第四把交椅。擅打跆拳和用枪。

那老大，老二，老三，又是谁？

老大是泰国人，名字叫托尼。人称"飞膝王"。曾经受雇于一地下搏击俱乐部，在香港打黑市拳，曾在 1 分半种打死了在内地黑市拳上成名很久的散打王梁师评，安老板就是看了这场比赛，花重金把他招募过来做他四大护法的头把交椅。

老二呢？

老二叫陈英，新加坡华人，20 岁的时候跟了安老板，听说她是安老板前妻的女儿，不过看起来不像，因为她和安老板的关系最为暧昧。没有人知道她的确切身份。

老三？

老三香港人，叫雷易山，人称"快枪手"。不过上个月易木长弓在陈英的生日时把他给做掉了。

那你们的老板安先生是具体做什么的？

名义上香港好运程进出口贸易公司董事长，而实质上从事的就是毒品交易，我们从泰国、缅甸等方面收货，再把货以多种渠道和方式输送到内地去。

易木长弓主要做什么？

他是安老板的第四个保镖，主要任务就是：听从安老板的安排，从对方的手里收货，再吃掉对方。

你认为易木长弓是不是一个杀人不眨眼的恶魔？

是，我们做这一行的都是。不过我认为他更讲义气，要说杀人我比他杀的多。他只是杀他认为该杀而别人杀不了的人，比如"快枪手"雷易山，我一直想除去他，可我办不到，可他轻而易举的就办到了。

你为什么要杀他？

那你想听听我的故事吗？

好，那你说吧。我说。

沉 爱

我叫"老鸹",并不是单是指我长的黑,因为我出现的时候,空气中就会飘荡着血腥和死亡的气息。20岁以前我连鸡都不敢杀,20岁以后妓女有时候我都不会放过。我杀人无数,可我最想杀的人我一直杀不掉。

我出生在广西一个山寨的小村落。我们那个村寨是摩梭族,是一个古老的少数民族,据说,和北欧的爱基斯摩人有着相同的血统。那是一个山清水秀、风景如画的地方,很多年以后我还很怀念我的家乡碧螺湾。夏天,河湾里会有许多姑娘,她们挽长了裤腿,把葱白一样的双腿浸在碧绿的河水里,洗她们油黑乌亮的头发,她们把缎子的一样的长发浸在水里,夕阳就温柔地落在她们的背上,她们把洗好的头发盘起来绾在头上,然后用木棒子捶打石板上的衣服,乒乒乓乓的捶衣声敲碎了一河的清波。我就躺在河边不远处的青草里,看着即将落山的夕阳和我最爱的姑娘阿玛妮。

我和阿玛妮从小一块长大,阿玛妮是寨子里最漂亮的姑娘,我是寨子里最棒的小伙。每年的5月赛龙舟,我领的船队总能拿个头奖,阿玛妮在岸边给我们船队加油的声音也最响亮。

我阿妈对我说,阿玛妮已经同意等明年我再取一个头奖,就让我到她的竹楼上走婚。走婚是我们族的习俗,就是男方到女方的竹楼上住一个晚上,第二天天亮了才回自己的家。可是我还没有等到明年,阿玛妮就变了,不光是她一个人,我们寨子里很多人都变了。

赛龙舟的那几天,我们这里来了一个叫雷易山的人,没有人知道他来自哪里。一开始他兜售一些烟丝给寨子里人,因为我们这里的男人和女人都有吸烟和饮茶的传统,可是一些人们吸过他的烟丝后,就对自己的土制的烟再不感兴趣了,因为他们说这种烟抽上后能让他们看到自己想要的未来,他们说没想到寨子外还有这样的好东西。他们就放了耕种和买卖,一整天地呆在竹楼里吞云吐雾。后来我才知道这种烟丝是加入了海洛因的。后来,吸食这种烟土的人越来越多,雷易山就公开在寨子里卖烟丝。

阿玛妮也吸过那种烟,吸过之后也离不了了。碧螺弯再也闻不到姑娘的笑声,她们都躺进竹楼里搂着情人享受着自己的奇妙幻想。我曾多次劝过阿玛妮,可她对我说,春生哥,你忘了我吧,我再不是你的阿玛妮啦,你再找个更好的阿玛妮吧。我气得几乎发了疯。多次向当地派出所举报,可他们来的时候,雷易山早就不知道去向了。有一天早晨,我又来到阿玛

第3章 摩梭族人老鸹（老鸹A篇）

妮的竹楼下，没想到雷易山这个家伙头上戴着个花环哼着小曲出来了，俨然一副走婚的样子。

我拿起地上的竹板就要上前拼命，他从怀里掏出一把乌黑锃亮的枪对着我，不准我动。我就眼睁睁地看着他走了。因为我曾亲眼看见过他抬手一枪打落过树上的一只黄雀，我拣起来看时，发现子弹都把黄雀的头给抹掉了。

我追踪他来到香港，进了好运程进出口贸易公司。得知安老板患有十几年的慢性肠炎，我就用我们族的土法子给他配了几副药，几天后，他痊愈了，就把我升到雷易山的手下做把头，可我一直没有机会下手，其实他也知道我不是他的对手。后来，内地的易木长弓来了。我总感觉他不应该是个坏人，因为他讲义气，重感情，更重要的是，我们每次出发都要到红灯区去找乐子，释放压力。那么多兄弟只有我和他坐在吧台前喝酒，别的弟兄早急不可待找自己相好的乐和去了。我是因为我的阿玛妮，可他又为什么呢？

我给安老板说，我不想在雷易山手下做事了。老板说，只要是为了公司让谁做自己的老大都一样。我就做了易木长弓的手下。我们站在吧台喝酒的时候，我就把碧螺湾的事告诉了他。可他看了看我什么也没有说。

6月18日，陈英24岁生日。安老板亲自来祝寿，四大护法也来了。易木长弓和雷易山早就有摩擦，因为雷易山给安老板说，易木长弓很有可能是内地派来的坐探，要老板多多提防。谁不知道安老板的命是易木长弓救的，并且他们两个为了陈英经常争风吃醋，有几次他们都闹得不可开交。四大护法起了内讧，这就决定着好运程的好运走到尽头了，所以安老板很生气，他说，在英英的生日上，你们两人决定留一个吧。

那一天，是所有的弟兄到的最齐的一次。因为是护法间的留存问题，这是很多年都没有过的事了，所以当有这挡子事出现的时候，就惊动了场子里所有的弟兄。解决这类事情的办法就有一个：就是把两把六四式手枪放在桌子上，只有一把里面装有一发子弹，有两个签，谁抓到上上签，谁就有权利先选枪，然后用自己选的枪象征性地往自己脑袋上开一枪就可以了，第二个人就别无选择只能用剩下的一把了。这个就是我们常说的"枪

◆沉 爱

神决定生命法则"。

两把乌黑锃亮的枪放在大理石的桌面上。

易木长弓和雷易山出现了,雷易山面带笑容,易木长弓则是一脸平静。公证人宣读了规则,雷易山抽签了,他抽到一个上上签,他得意地向人们示意了一下,他的那帮弟兄都喝起彩来。因为对于一个快枪手来说最熟悉的莫过于枪了。

雷易山走到桌前,把两把手枪抓在手里掂了掂很从容的选定一把。他把手枪放在太阳穴上,嘴里很得意的发出"叭"的声响,对着易木长弓笑了,意思很明显我打完这一枪就该你了。他还用枪口挠了挠头,很显然他这个动作让他那帮手下笑起来。然后他微笑着扣动扳机,"砰"的一声,几乎所有的人都惊呆了。一粒子弹从枪口射出一下子洞穿了他的头,他的笑还没有凝固,眼睛里还没有来的及充满惊讶就"嗵"的一声扑到了。

没有人知道为什么会这样,我只知道是易木长弓帮我杀了他。雷易山一生玩枪,最后竟死在自己手里也算罪有应得。事后,我问过易木长弓。他说,雷在签上做了手脚,我就是枪上做了文章。后来才知道易木长弓是把枪里面的一块和子弹重量相等的铁片抽掉了。其实两把枪里都装有子弹。无论雷易山用哪一把都是足以要他命的。我杀了很多人有该杀的也有不该杀的,我很感激易木长弓帮了我。我想我以后再也不会有恩怨再也不会杀人了,我真想回到我的山寨回到我的碧螺湾,那里的青山绿水不知道还存在吗?

我看到"老鸹"的表情异常激动,就不再问了,我点了一支烟吸了几口,放在他手里,又把对面的钟拨回去一些时间,拍了两下手。老鸹睁开眼睛很迷茫地问我,我刚才是不是睡着了?

是呀,我看你今天很累了,就不打算问了。改天吧,等你休息好了,我要好好地问问你。我对门外喊,王保昌,把3号带出去吧。

王保昌对老鸹说,走吧,别傻愣着了。

第 4 章

老鸹生死问题（王阳C篇）

收工以后，我换上休闲服回到我在荷里活道的房子。我很喜欢这座房子，第一天我的上司带我过来的时候，我就喜欢上这座欧式风格的房子。

我说，这房子可真漂亮，可真大呀，我一个人住吗？

上司说，是呀，就你一个人，你害怕？

我说，不是，我看报上说香港的住房很紧张的，没有想到我一个人还可以住这么大的房子呀。

上司就笑了，住房再紧张也不会紧张到你们缉毒队，再说你是陆港优秀警官互调生嘛，怎么说也得照顾你一下，内地对香港政策这么宽松，现在做事都讲礼尚往来嘛。

下班以后我大多逛荷里活道，什么古董，陶瓷，艺术仿制品，好玩的家具看好后我都一件一件地搬到我房子里去了。以前只听书上说香港是有名的购物天堂，来到以后才真正大开了眼界。没过几天我就把我的家布置的既温馨又浪漫，可惜我在香港没有什么亲人。我就邀我缉毒队那帮弟兄来了几次，之后就不想再叫他们来了。他们说：MADAM，什么时候再到你房子了里聚餐呀，打打牙祭嘛。我说，算了吧，你们一来就像饿狼入了羊圈一样，又吵又闹连吃带喝不算，关键是你们嘴巴一抹一拍屁股走了，我一个人得要收拾好几天。

◆ 沉 爱

我打开音响听《NOVEMBER RAIN》那盘老带子，我喜欢这盘带子是因为我听这首歌的时候总会想起一个人，忧郁，桀骜而又霸气十足。我把手枪从枪套里掏出来，很仔细地擦拭它，用每一个手指亲近它，然后我一连串转出几个漂亮的枪花。老鸹说的没错，对于一个枪手来说，最熟悉的莫过于枪了。我掂了掂手中枪的重量，我猜应是6发子弹吧，我把子弹退出来，数了数，果真是6发，我哂笑了一下，忽然楞住了。

你想听听我的故事吗？

好。我说。一个被催眠的人是不能问施问者问题的，除非他没有被催眠。我一下子像被人施了魔法一样惊呆了。吁，被他骗了，老鸹肯定要出事了。我忙给警局打电话：我是王阳王警官，一定要看好那个3号叫老鸹的犯人，防止他出意外。

MADAM，刚才那个叫老鸹的犯人从卫生间的窗户跳出去了。

吁，那你们怎么不告诉我。

刚跳下去，我们正准备给你打电话呢，没想到你的电话就打来了，你是怎么知道他要出事的呢？

好了。维持好现场吧，我马上过去。

我挂好枪，冲到楼下，跨上那辆本田125的摩托警向警局驶去。

画外音：《NOVEMBER RAIN》那首歌仍在播放。

老鸹：我已经厌倦了砍砍杀杀的日子，雷易山死了，这个唯一支持我活下去的理由也不存在了。我和易木长弓杀了很多出售毒品给我们的人，我憎恨毒品，是它毁了我们的村寨，是它毁了我的生活，是它夺去了我心爱的阿玛妮。我憎恨它，但又不能不和它为伍，我接近它，是为了不让更多的人沾染它，但是仅凭我自己一个人和少数几个人就可以做到吗，我没有希望，我除了能开枪打死那些卖毒品给我们的人外，我又做了什么呢？还不是听命于他们再把它卖到内地，牟取更大的暴利，祸害更多的人。我感觉易木长弓不是个坏人，我渴望与他交流，可他整天一副冷冰冰的样子。我不知道他为什么不相信任何人，只有一次我把碧螺湾的事讲给他听，他很长时间没有说话。我还是从他眼睛里看到了愤怒。他帮了我一次，我也算帮了他一次。

我被捕了。"出来混，迟早是要还的"，我希望被捕，对一个行尸走肉的人来说，活着和死了没有什么区别。审问我的时候我还是很奇怪，因为那个漂亮的女警官并没有采取常规的问话方式，他让我舒服地坐在沙发上，给我水喝，给我烟抽，当我看到对面的桌子上一个摆钟和她手中的铅笔时，我突然明白了，她会催眠术。

我从易木长弓的那本《佛罗伊德自传》的书中看到过关于催眠术的叙述。我向他借过来看时，他看了我一眼就笑了，这是我唯一一次看到他的笑容。我知道佛罗伊德和他的破沙发的故事。当我看到女警官拿着那支铅笔来回地敲打时，既感到好笑又有点头晕目眩，我不知道是否相信她有催人入眠的能力。当她把铅笔放到我两目中间的时候，我就马上闭上眼睛，因为我不想真的被催眠，然后我就回答了她的各种问题，还给她讲了碧螺湾的事。后来她拍了两下巴掌唤醒我。不过催眠也罢，不催眠也罢，我都讲了真话，因为我不想再害人，我也没有办法阻止别人再害人，所以我就讲了真话。

我好好吃了一顿晚饭，还向狱警要求洗了个澡，按我们摩梭族人的习惯，我们都是干干净净来到世上，最后我们要干干净净的离开。我来到临街的卫生间，踹开了一扇窗子，其中有个警员试图阻止我，可我纵身从13楼的窗台跳了下去，我像只黑色的老鸹飞翔在黑色的天幕中，看到了美丽的夜景和闪烁的霓虹，也看到了角落里的黑暗与肮脏。我喜欢这种飞翔在空中的自由，可这种飞翔的自由是短暂的，随后我就听到我的头撞在冰冷的水泥地上发出"砰"的声响，有许多血从我口、鼻子里流出来。几秒种以后，有几个警察从警署里跑出来，其中有个穿白大褂的法医戴着手套拨开我的眼睛，用一个钢笔大小的手电筒照了一下，就回过头去对另一个人说我已经死了。既然他都这样说了，我就站起来随着风顺着墙走。走的时候，为了让他们知道我依然存在，我打着旋卷起地上的一些枯叶，在经过一个警察身边的时候，他噤了个寒战，收了一下衣服说，妈的，这天怎么会有这么大的一股阴风。

7分钟以后，我赶到出事地点。几个警员向我报告情况说他们谁也没有想到老鸹会跳楼，他们干这一行的谁不是为了想过好日子才走上这条路

◆沉 爱

的，可他就楞是从 13 楼的窗台上跳下来了，那么高，摔得那真叫一个惨。我说，你们都以为人家会像你们一样贪生怕死呀，看见拿枪的，穿着防弹衣还一个劲的撤，想到那天你们的熊样我真服你们了。他们都不再说话了。

写一份报告交警备处存档。

YES，MADAM。

你们一天到晚就知道 YES，MADAM，可叫你们拿枪往上冲的时候，一个个都摇头说 NO。

第 5 章

大屿山缉毒战（王阳 D 篇）

我指的是那天在大屿山缉毒的事。

那天，我从内地收到线报说，易木长弓带着他的几名手下在大屿山和泰国人做毒品交易，让我们一定截获这批毒品，切莫流入内地。我问，这消息来源可靠吗？对方说，太可靠了，这线人做了多少年了。

缉拿毒贩是我们缉毒小组的任务。要不香港警署也不会把我们 100 名优秀警察从内地调来分散到警署的各个处。说的好听是陆港联手，打击犯罪，相互学习，交流经验。说的不好听，还不是香港警方吃紧，叫我们过来补充补充警源。

我在办公室给我的小分队简单地做了抓捕说明。我说，到大屿山要抓一贩毒的团伙，你们都准备准备，下午 3 点我们出发。下午 2 点的时候，有个警员过来对我说他们都到齐了。我一听很高兴说你们行动都特迅速呀香港办事情就是见效率。可过去一看他们带的家伙把我的嘴都快气歪了。有带狙的，有带喷子的，居然有个家伙屁股下面坐着一个小刚炮，王保昌手里倒没有掂着什么重型武器，背上斜挎一个黑色的背包，我打开一看，里面全是奇奇怪怪的手雷。

我说，你们这是干啥去呀，是参加我军新装备成果展吗？你们拿着不嫌沉呀，这不是上前线，就是我们过去抓个人，用的着紧张成这个样子吗？你看看你，我拉开一个警员的衣服说，光防弹衣你就穿了两件，你不嫌热呀，我看着都跟你一块出汗。大屿山啥地方你们比我都清楚：那是香港的

沉 爱

旅游胜地。你说,你们这个样子过去,还不把游客给吓死呀。他们开始笑。我说不准笑,可是我自己还是忍不住笑了。我说,我给你们说几个规定:

1. 我个人不主张穿防弹衣,但坚决制止穿两件。这次我们以游客的身份进入大屿山。

2. 不准带重兵器。每人一把小炮,自备匕首。

3. 要活的,不要死的,不到万一不准开枪,要开枪往天上开枪。

4. 不惜一切代价保全自己的生命。

5. 其他三条如果和第四条相冲突,请先执行第四条。

他们都笑了,我看着这些和我一样大的年轻人也笑了。好了,半个小时后到警署门口见我,我说。

半个小时后,再见到他们时,我很惊讶:他们青春,阳光,都是大毛头小伙子,穿着时尚的服装,干净明亮的面孔就在太阳下面烁烁生辉,王保昌还架了一副茶色的太阳镜,我说你们哪像警察呀,简直就是一乐坛的5人组。

MADAM,那你就是我们乐队的主唱,你真漂亮,比那个北京的青春美少女都靓。我说,是呀,你们都穿这么靓,我能不穿。你们说罪犯见了我们还舍的下手吗?说不准,我们被抓以后,男的就发泰国做妖,女的就——,我一看就我自己一个是女的,这不是明摆着说自己吗。那女的呢?他们哈哈的大笑着问我。女的就做你们的老鸨收你们的钱啊。我也和他们一样开心得笑了,不说了,你们家伙都带了吗?带了。好,出发。我摆了一下长长的头发,用手摸了摸风衣里面左肋下面的枪说。

大屿山位于香港岛的西面。她不仅是香港地区一处风景优美的闹市中的静地,而且文物古迹众多。有建于清初的分流古堡,东有候王庙,万丈布,观音寺等,尤其是近来在昂坪宝莲寺修建了天坛大铜佛之后,游人更是络绎不绝。宝莲寺坐落在大屿山的中部,昂坪山坳之间,四面群山环抱,峰峦叠翠,景色极佳,其南凤凰山是观日出的好地方。

宝莲寺创建于1924年,虽仅80余年,但因建筑规模宏大,地形环境优美有"南天佛国"之称,被推崇为香港四大祥林之首。宝莲寺前有一广场,广场中建有一个仿北京天坛的三层小坛,为对面的天坛大佛做陪衬。寺前

第5章 大屿山缉毒战（王阳D篇）

有一三间四柱之楼的冲天柱式石牌楼。牌楼正中匾额横刻"宝莲禅寺"四字。过牌坊之后，有一林荫甬道通向寺门。寺门的形式很有特点，下部为一高大石台，台下辟三道券门洞，石台的四面有栏杆围绕，台子正中建单檐歇山顶三间大殿，华丽壮观。宝莲寺前面的左方有一高大数十米的山峰，形似僧人敲击木鱼，故名"木鱼山"。进的山来从右侧望去，只见一高大佛像，为释迦牟尼佛像，全部用铜铸就，总高34米，被称为"世界最大的铜佛像"庄严雄伟。在象征北京天坛的三层基座之内，设有展厅，布置了各佛像艺术品和壁画、书画等陈列。佛像从筹划到1995年完成，历时6年，现在和宝莲寺一起成为香港的一处著名的游览胜地。

我和我的拍档在大屿山边游览边巡查形迹可疑的人，5点多钟的时候，我们开始向昂坪山顶爬。我想这真是个好地方呀，游人如织，旅游胜地，要不是有线报说，在昂坪山顶交易毒品，就是我们想破脑袋也不会怀疑到这个地方，一个"南天佛国"怎么会和肮脏的毒品交易联系到一起呢，这真是有辱佛门静地。

山顶之下北坡有一个庙早已破败了多年，如果消息准确的话，就是这座庙了。我们一路蛇行，等接近庙时，就发现有个男子在庙前来回的走动。MADAM，他们放了眼睛，进不去，趴我旁边的一个警员拔出手枪对我说，我去干掉他。我按下他说，你丫的，还没有进殿你就想打枪呀，老实呆着。我从口袋里拿出一个小箭弩，把一枚浸过麻药的飞针放了上去，瞄准了那个黑衣男子，用力弹射出去，那个男子用手摸了一下颈部向我们这个方向张望了一眼就倒了下去。MADAM，你杀人了，我说你费什么话呀，半个多小时他就醒了。便向身后一摆手说，快上。

我们6个人以叠罗汉的方式上了殿的第二层，刚隐蔽好，我往下面一看真有点傻眼了，双方有十多个人，后面的几个家伙都端着冲锋枪。我们屏住了呼吸。下面有个穿黑色风衣的男子从泰国人的手里接过一个银灰色的手提箱，打开来，从里面撕开一包白粉，放在舌尖上尝了一下，然后煞有介事的点点头，然后向身后一摆头，随后有一个矮壮的青年人跟上来把一个黑色的手提箱递给泰国人。那个泰国人抽出一沓钞票看了看就合上手提箱。他们微笑着握手，说些什么合作愉快恭喜发财的话，泰国后面的那几个持枪的家伙就放下了枪，双方开始向不同的方向走，我刚要站起来。

021

沉　爱

就见那个穿黑色风衣的男子猛地一个转身，手里多出一把小型冲锋枪来，一梭子子弹就射向那帮泰国人，他们刚想反抗，后面就又过来几个马上补上。那个泰国的老大刚举起手枪，穿黑风衣的男子一个甩枪，泰国老大就跟着来了个面部开花，一个后仰倒了下去。

丫的，真准。我在心里骂道。我的那帮兄弟吓的看都不敢看了，用手护住脑壳子，还一个劲得直哆嗦。叫谁谁不怕呀，一眨眼的工夫从泰国来的一行5个人就尸体横陈了。

那个矮壮的年青人走到那个已死的泰国老大身边，用了好大的力气才从他的手里拽出那个黑色的手提箱，然后对那个穿黑风衣的男子说，大哥，我们走吧。

坐山观虎斗的戏看完了，我忙从二楼的一个涂着红油漆的大柱子后面转了出来，向下面大声喊道：我们是香港警察，你们已经被包围了，快放下武器。我喊这句话的时候，不知是我自己知道底气不足，还是我第一次看到这鲜血淋漓的场面，自己的声带都感觉发紧。我们那几个兄弟都知道：他们是6个人，我们也是6个人，怎么个包围法呀，再说了，他们手里拿的是什么呀，是一抠扳机就是十几发子弹一股脑往外喷的冲锋，我们是装满才装12发子弹的小炮。并且我喊完这句话，我的兄弟还不好意思跟我一块站出来让他们看看我们的雄姿勃发。不让他们看可以呀，不该有个家伙正猫着腰往后撤，你说，我能不来气吗？

下面有个家伙正端着大枪横眉立目地向我瞄呢。我抬手就是一枪，我这一枪就打出水平来了：子弹是从我枪口里打出的，出来以后就钻他枪口里去了，"轰"的一声他的枪就爆膛了，那个家伙崩了一脸的血，眼睛睁的比子弹还大。

要想活命的都不准动，把枪扔在地上。丫挺的，快扔。

穿黑风衣的男子看了看我就把枪扔在地上了，他后面的几个弟兄也跟着把枪扔在地上。我往后一摆头说，你们下去，缴了他们的枪。有几个警员跳了下去收他们的枪。可是那个矮壮的青年一个滚地前扑，又捡起自己的冲锋枪，然后一梭子子弹向上射来。

我摆了一下头让他们都站起来，可他们看到刚才杀泰国人的一幕都怕了。一个警员竟然向我做了一个双手端大枪的姿势，我不知道他的意思是

第5章　大屿山缉毒战（王阳D篇）

说别人有大枪，还是怪我没有同意他把他的重狙带来。丫的，现在都什么时候来，他还张牙舞爪的向我摆 POSE。我推推我身边的王保昌，他都快哭了，他说，我没有手雷呀，我擅长扔雷咯，你叫我出去送死呀。妈的，气死我了，气死我了，到我房子里吃饭的时候一个个海吃神吹的，用到他们的时候就一个个的拉稀软蛋了。我能看着下面那一帮子人撒丫子跑了吗，刚控制好的局势乱了，他们边打边撤。我说追，一定要把毒品给抢下来。我抬手一枪就击中那个提银色手提箱的家伙的手腕，然后就奔箱子冲过去，我的那几个兄弟到底还是跟着跳了下来。在没有冲到箱子跟前，就用飞腿踢倒易木长弓的一个手下，然后抓住了扔给后面的王保昌。盛钱的箱子被易木长弓抢过去了，出了庙门一下子钻进树林里去了。

　　天色有点昏暗了，树林里嘎嘎的惊起了一群飞鸟。我看到前面有个身影一闪，正要追过去，突然有把枪抵住我的腰部，有人说，不准动。我才没那么听话呢？我迅速一个转身同时把枪指向对方的头部。

　　我们都惊呆了，不过我很快就清醒过来，可他还是一脸惊讶地举着枪呆在那里。我乘机高高跃起，一个下劈腿劈向他的肩头把他打跪在地上，我刚摸出拷子。那个矮壮的青年拿着一把砍刀向我扑来，大哥快走。那把大砍刀用得淋漓凶猛，我就一直躲闪，再怎么说我练过空手夺白刃的功夫，我也不敢拿我热乎乎的小手碰那冰凉的刀片子，我们就像奇迹游戏里面的武士和道士，他一直对我很劈，我就没有咒念了。

　　后来他身后的枪响了，他一愣神的功夫，我就夺下他的砍刀，把准备给易木长弓戴的拷子，拷在他的手腕上。我问他，刀用的这么好，叫什么名字呀？他说，他叫老鸹。

　　我们不但成功的截获了一箱海洛因，连上我一开始用针麻醉的那个人，我们抓获了4个人。我的几个兄弟除了有2个受了点轻伤外，都没有大碍。有个细皮嫩肉的警员脸上被抓伤了，他一个劲的对我说，MADAM，了不得了，毁容了，毁容了。我说就这一点伤就毁容了，兴毁的，在内地我早毁的没有人型了，现在还不是一光鲜的漂亮妞。还有那个叫朝天仪的警员可能是被老鸹给开了一刀，躺在地上直哼哼，我过去看他。他说，MADAM，你看都流血了，在深一点肠子都可能出来了。我过去就给了他一脚，赶快点吧，丫的，就别装了，有肠子长到腿上去的吗？还不快回去

023

◆沉 爱

包扎包扎；你就别往深里掰了。我向树林深处喊了一句收工了，惊的山林子的鸟四散逃窜。

我们从大屿山下来，走到游人出口处，我还没有把证件给他们看，人群就热烈地鼓起掌来。我和我的队友就一脸的自豪。

王保昌说，MADAM，我们还跑着回警署呀，打电话叫车呀。我打电话说，我是王阳王队，请派车到大屿山景区来一下，我们有警员受了伤。我挂了电话。MADAM，是不是我们捉不到人就要跑着回去，你看电视上当警察的，警察走到哪警车开到哪，哪有我们这样的。我说，不是警署不给你们车坐，你忘了我们的身份了。叫辆警车停在景区门口等我们抓贼，贼看见了还不撒丫子早跑了。

第6章

晚安我的城市（王阳E篇）

　　如果我没有记错，我怎么可能记错，今天在树林用手枪指着我的人就是我的学生张杨，因为他有着和我一样忧郁和忧伤的眼睛。他曾经是多么桀骜不驯呀。当他傻傻地站在我面前，当他被我一脚劈跪到地上时，我的心都快碎了。

　　我妈说，丫头，你现在是老师啦，别老什么鸭，什么牛的，怎么都是些畜生语言呢，你还准备处对象不，再不改就成口病了。

　　我又直接来了一句，什么畜生语言，妈你真牛奋，然后我就慌忙掩口，我说，妈，看样子是真改不了了，北京四年什么也没有学成就学了这个坏毛病。要是连这个毛病都改了，就彻底和首都人民说再见了。

　　你现在就是能贫，我现在跟你学的说话也云里雾里的，上次我们局长还说我现在能说会道的，他让我给他儿子物色个女朋友。

　　我满脸孤疑看我妈：妈，你们局长的儿子是不是看上我了。

　　谁知道呢？都是一个县城的，走亲戚多方便呀，再说局长家——

　　妈，得了吧，一个邮电局的局长，芝麻大的官有什么呀。

　　看你这孩子是怎么说话的。

　　妈，我不是说您。

　　我妈就是一邮局盖戳子的职员。这一点连我北京的那帮姐妹都知道，因为她们没少得了我妈的口福。我们学校传达室常有我的包裹，什么吃的

◆ 沉　爱

我妈都给我寄过。有时候，我妈在家做了好吃的，吃着吃着就想到在北京上学的我了，就顺手捎到邮局去了，找个纸盒包吧包吧，很用力的在上面盖个戳就发北京来了。

一次，我妈给我寄了半筐香蕉来，我一看包裹单有 50KG，我请了两节课的假和我的两个同学去邮局去取。等我取来，我们一个系四个女生宿舍吃了整一个礼拜。她们说，这香蕉从山东到北京一路跋山涉水、翻箱倒车的多不容易，我们可要加油吃呀。

我给我妈打电话说，你干嘛邮这么多香蕉，那个邮局离我们学校特远，你不会寄点钱来，寄钱多实惠呀，北京这地方你还怕没有香蕉呀。我妈在电话里一通解释我才整明白。她说，从南方来了辆大卡车，走到咱们县城撞了人，车主连车也没有要就开溜了，公安局就把车上的东西给拍了。我们局里的人其实都不愿意要，可车就在我们局门口，就整了半车给我们邮电了。我说，原来是这样呀，怪不得香蕉里有股血腥味。

我的那帮姐妹嘴谗了，就说，阳阳，你家还有什么好吃的没，叫你妈妈寄呀。

我说，早没了，我们家早叫你们吃穷啦。

山东的煎饼卷大葱挺出名的，叫你妈寄几张来让我们尝尝你妈的手艺。要不要寄几瓶酱呀？

肯定要酱了，或者叫你妈抹好了卷好了就是那种我们撕开纸壳子拿出来一咬喀嘣脆的那种。

你说，我这是和什么人住在一起了吧，全是一天到晚算计怎么吃我的白眼狼呀。也难怪，我们大多时间都在盘算吃什么，什么好吃，吃什么才能撑的长久。

我们是一群搞体育的女生。一个比一个能吃，吃不好就搞不了高难度的动作。饿急了，我们连牛皮鞋都敢吃。

那年，学校冬季安全用电大检查，楼管人员就手提肩扛的从我们宿舍拿走了 3 电壶 2 个电饭锅 1 个案板和 2 把菜刀。第二天，女生宿舍楼下面一长溜的摆满了锅壶勺盆，高中低档应有尽有，竟然还有几桶鲁花牌花生油，所有的东西上面都用白纸写上宿舍的牌号，知道的这是安全示警批评教育，不知道还以为在我们学校搞什么炊具展销会呢。

白天，我们在体育场又蹦又跳，又踢又踹的活动一天，到了晚上我们能不饿吗？尤其是到了半夜喊饿的声音此起彼伏。有一次，北京的胖姐饿的是受不住了，就下床挨个儿翻我们抽屉找零食吃。零食早就被我们上床之前吃光了，再说零食也不顶事呀，那个东西就像鱼饵一样只能钓人的胃口。后来，就见胖姐猫了腰在地上摸。我嘟囔着问她，你半夜不睡，在下面穷折腾嘛呢？胖姐说，我找我那双牛皮鞋呢？我们一听都呼的声从床上坐起来了。我们说，胖姐，你不会想吃牛皮鞋吧，再坚持会吧，坚持会天就亮了。

礼拜天，胖姐从家回到学校。她进我们宿舍的时候是一脸春色。她神气活现的把她的背包往桌子上一放，指着包说，你们猜我今天带了什么好东东？

玲子说，猜啥猜，绝 B 是一全聚德的烤鸭。

你丫的，就知道烤鸭，那东西我又不是没带过，还劳神费力的叫你猜。

诺诺说，要不就是那个什么牌的丰乳、美臀、瘦身三效合一的健身器，你在电视上看那广告的时候眼睛就直了。

不对，就我这身材多棒呀，我是想怎么那家广告公司怎么没有找我为他们拍广告，我这身肌肉多是多了点，可都是锻炼出来的，没一点肥的，我还用着那。你们猜的都不靠谱，往现实里猜。

我说，是钱。因为我妈说过钱最现实了。胖姐不会是钱吧，这鼓鼓囊囊的一包少说也有上百万呀。

有一姑娘背着一包钱招摇过市的么？就说北京这地是天子脚下安全。我也不至于冒那个险呀，我要真背这么多钱，再怎么说也得雇你做我的保镖呀。算了，你们脑子都锈掉了别猜了。

包拉开了，是一特制的酒精炉子，还带着一小锅子。我们脑子真是生锈了，怎么就没有想起来是酒精炉呢？

学校为了安全用电，就实行了控制用电的措施。给每个宿舍安装了保险盒，功率大点就自动跳闸。搞的我们每个床头上的台灯都没办法同时开了，一同时亮宿舍就会招致一片黑暗。我们就在楼上喊：阿姨呀，我们336宿舍断电了。

◆沉 爱

你们是不是用电烧水啦。楼下的阿姨就冲我们楼上喊。

没有呀,阿姨,天地良心,我们就用了个灯泡,给看看吧。

得,下去一个同学给她5毛钱,又给接上啦,你说,我们还怎么用电呀。

那个下午我们围着那个古香古色的酒精炉又唱又跳。我们唱《在希望的田野上》,我们唱《宝莲灯》的主题曲《爱就一个字》。丫挺,我们简直把酒精炉当作我们的宝莲灯了。

我们排着队走到胖姐面前拉着她的手说,好人嘞,好人嘞,你说北京人怎么这么好呢?

别给我上眼药了,先弄点吃吃吧,在家可有段日子没用了,看看还好用不。胖姐说。对,先试试,还是老制度轮流买菜,轮流做饭。

玲子到学校后面的菜市场买了只土鸡,很细致地剁好后放进锅里。我们看着那个淡蓝色的火苗子欢快地舔着锅底,我们比那火苗子还欢快。等有香气从锅里冒出来,我们时不时地争着跑到锅前掀开了盖子看看。因为这样酒精燃尽的时候,鸡也没有煮熟。等我们知道酒精炉毕竟不是宝莲灯,我们才彻底傻了眼。

我们都抱怨胖姐,你丫的,我说你炉子你都背来了,你还在乎那点酒精呀,你就不会多装些。

我不是背着在路上沉吗,我想先吃一顿,然后再买。还说我,要不是你们老掀着锅看,这鸡早熟了。

我说,胖姐怎么办,现在还买酒精去。

等买来酒精锅又凉了,胖姐看了看锅里的鸡说,没有煮熟的鸡也是鸡呀,我等不及了。然后她从抽屉里捡出个勺子捞鸡肉吃。

我们看着吃的津津有味的胖姐,就互相看了看,然后就一哄而上了。

后来,我们一直认为那次没有煮熟的鸡最好吃。你想呀,我们在锅前等了老半天了,肚里没有虫的也早就爬出虫来了。吃完了,胖姐还一脸经验的发表声明:中国人吃鸡肉就应该像法国人吃牛排一样,三分熟,带着血吃最好,生猛。

我放假没事就把我们宿舍的故事讲给我妈听。我妈说,丫头,你们几个姐妹处的可真行,咱也不能老吃人家的,叫北京人说咱山东人小气。所以我妈老给我往北京寄东西。还说，我寄的东西不光是叫你吃的，也是叫你同学吃的，别舍不得叫人家吃，你要想吃妈再给你寄。我感觉我妈这人特好，别看她在单位工资不高，人特大方。其实山东人都这样，平日里自己吃糠咽菜的不说，来了客人说什么也得整桌子好菜招待客人，山东这地人都这样的，没办法。用我妈的话说，是鸭子掉进厕所里——臭摆。

其实再好的朋友到最后还不是做鸟兽散。我们那帮姐妹平时在一起吃吃喝喝，打的火热，一到毕业就各奔东西了。留京的留京，南下的南下，回家的回家。胖姐进了国家体育总局。玲子和那个教街舞的胡老师关系明朗话了，说是考本校的研究生以后准备留学校任教。胖姐私下里对我说，王阳，咱姐妹关系最铁，交情深，你要是愿意留京给姐姐做个伴呢，我给我爸爸说一声，叫他给你找找人，我爸爸说过他特喜欢你。我说，姐，不麻烦你爸了，我谢谢他。真的，我们家就我一个丫头，我妈也不想让我出来，真的，想让我守着她呢。我们那个县城还真不错，是个英雄辈出的地方，现在发展也快，山东人杰地灵，好客热情，我欢迎你到我家来。

后来，我离开了北京。

在北京西站和胖姐几个姐妹分别的时候，我哭了。我感到我特没出息，怎么说哭就哭了呢？上火车的时候正是华灯初上的时候，不知道从哪个角落里在播放"鲍家街43号"《晚安，北京》那首歌，听着听着我就哭了。四年，多么美好而又短暂的四年，北京给了一个强健的身体，给了我一口很京韵的普通话，给了我知识和阅历，除此以外我一无所有，不过这些已经足够我享用一生的了。我熟悉了这里的无数条长长短短的胡同，我参加了大大小小的比赛，我去过天安门，看到了毛主席，我和我的同学在一个礼拜天驱车去卢沟桥数了那里多的没有办法数得清的狮子，并用手抚摩了日军在1937年炮轰此桥留在上面的枪眼。可真的有一天要离开了，我还是哭了，我站在月台上向我的同学告别，向北京告别。

晚安北京，晚安我曾经的城市！

第 7 章

父亲是个作家（王阳 F 篇）

一回到家，我妈就叫我爸张罗着给我找门子，跑路子。

我爸说，一个女孩子能分到重点高中当老师已经相当不错了，还想啥？

你就知道不错了，不错了，看你一副知足的样子我就来气，要是你听我的话，咱家早搬市里去了，你一个作家守着个县文联，你就那么知足呀，当初看你一副雄心勃发的样子，才下决心嫁给你的，你看你现在吧怎么越活越窝囊呢，一叫你给咱丫头找找人，你就难心可意的，好像是见不得人的事一样。咱丫头是谁？那是咱俩的亲闺女呀，你不找人是吧，明天我自己找，离开你俺娘俩还活不成了。

我说，妈，不用你们找人，我感觉当老师挺好的，真的，我小时候的理想就是当老师。

丫头，你说的是真心话吗？你不是说长大了以后当女刑警吗？

我说，那是小时候看警匪片看多了，现在的社会哪还有那么多坏人要你抓呀。警察当的没劲。

丫头，我总感觉你上了四年的大学还当老师怪委屈你的，至少也要坐大机关，当国家公务员。我妈叹了口气说。

我心想：当老师没有什么不好，真的。我爸也是教师出身，出去比他大很多的人都"王老师长，王老师短的"叫得那叫一个情真意切呀，非常尊敬呀。再说我被老师管了个小半辈子，现在终于逮一机会管管别人了。

第7章　父亲是个作家（王阳F篇）

学校给我分给我一个单身宿舍，按说，一个刚分来的大学生是没有资格单独住一大间的，碰巧学校刚盖了座教师公寓，老师少，房子多，别说一人一间，一人两间还有剩余呢。

我在办公室里看看书，聊聊天，可不久我就发现大多老师不喜欢和我说话，私下里说我人傲，还好骂人。没想到老师们看起来一个个文绉绉的，其实毛病也蛮多的。不假，还真让胖姐说对了。

胖姐说，王阳，你回去别干老师，没本事的人才干老师呢？

我说，胖姐你怎么说话呢？教师不是人类灵魂的工程师吗？我回去以后，不仅是教书而是专门跑到基层为我国选拔优秀运动员去了，过不了几年，你就等着能在国家、世界上的大型的体育赛事上看我带出来的邓亚萍、王军霞吧。

现在倒好，我成了高三的语文老师，还是复读班的语文老师，复读生那都是高考失利者，对人生和社会都有着不同常人的看法，一个个的诡秘怪异，叫一个刚从大学分来的学生教他们，说句实话，我心里总是怕怕的。

几张办公桌对在一起，表面上都抓着笔把书翻的"哗哗"作响，暗地里还常为一点蝇头小利斤斤计较呢。我就在一旁看我的书，看好了，我就坐在讲台上说给我的学生听。

有次，我正在讲台上讲的起劲，有个督导过来在外面敲窗户。

我出去问，老师您找我有事呀？

啊——是呀，我看你良久了。

我低头忙看我穿的衣服，虽然是穿的光亮了点，也没有什么特别之处呀。

你讲课的时候怎么能屁股坐在桌子上嘛？年轻人，要注意自己的形象呀。

我这样讲课的时候不是气氛自由些么？你光看我了，你没有看见下面的学生听课的兴趣多高呀，人家国外——

别给我说国外，咱这是中国，国外的学生跟老师一块坐桌子呢。

我正想说这么一句呢？得，他先给抢着说了出来，老教师那就是国家的宝呀，你不能不服，那报纸看的，世界各地哪个国家正在发生什么事，他们没有不知道的。

◆ 沉 爱

　　有一天，我给我妈说我要回学校住。我妈便问我说：丫头，妈也没有晚过你的饭呀，咋就要回学校啦。

　　我说，妈，不是饭的事。你想呀，学校分给我那么大的一个宿舍，我不住进去，那咱不是亏大了，再说，早上你也可以多睡一会，不用忙着给我做早饭了，你看我从北京来了以后你就没怎么安生过，又是我爸又是我的，人都变老了。

　　丫头，你不说我也知道，你是不是怕吵你爸晚上写书呀。

　　我说，不是呀，我主要是为了自己方便些，我一个人还没有住过那么大的一间房子呢。我想住住，不习惯我再回家来住。

　　其实我还是真怕打扰我爸写书，写作的人大多都神经质。我爸爸就这样。晚上一写写一个晚上，白天睡上大半天。写书的时候他还得要求环境特静才可以。他一早就要求回到乡下去写。我妈说，别呀，你回去，谁照顾你，就你这身体我不照顾你，早垮了。你就在自己的书房里写吧。一日三餐，有我好饭好茶的端给你。

　　可是环境能静吗？晚上我从学校回来，开门放车子洗脸刷牙洗澡洗衣服叮叮铛铛哗哗啦啦的。妈即使不说我，我心里也过意不去。平时我和我妈在家就跟两贼似的，走路都是蹑手蹑脚的，说话都是轻声细语，有时还夹杂着手势，就是生怕打扰了我爸写书和睡觉。有几次，我和我妈正用手势交流的时候，我爸从书房里出来，面色忧伤或眉飞色舞，我以为他要和我们交流一下呢，谁知道他在客厅"嘿嘿"笑了两声又回书房了。好像房子里根本就不存在我们娘俩一样。

　　我问我妈，妈，我爸这是咋的啦，怪瘆人的，写作会不会走火入魔呀？

　　别瞎说，你爸正忙着给一剧组写一部电视连续剧呢，有120集，1集5000块钱，120集你算算得多少钱呢？

　　120集！我一听就吓一跳。这是什么剧组呀，这么牛奋，导演一定有毛病，导演要是没有毛病，编剧就一定有毛病。一天演2集，即使天天演，也得演整俩月！现在这个年代再好的电视剧，谁还能耐着性子死皮赖脸的在电视机前蹲俩月。要是一集不落的看完那得浪费电视观众多少时间和金钱呀。

　　我说，妈，你别为了那俩钱，把我爸的命给搭上了。你也叫我爸出去活动活动见见阳光。

第 7 章　父亲是个作家（王阳 F 篇）

我没少给你爸说了，他说什么午夜的灵感见了阳光会蒸发掉的，所以你爸为了留住灵感就夜出昼伏的。

我说，妈，你怎么也学着乱用词语呀。

我有吗？你爸整天写书，一天到晚也难和我说上几句话，没有事干了，我就看他写的书，看他的书多了，才能更接近他的思想，是不是你妈也就越来越有文化了。

我才不管我妈是不是真的越来越有文化，我老担心我爸的身体。

我在办公室看路遥的文集，里面有篇《早晨从中午开始》的文章谈到他自己的创作的艰难过程，我心痛地都流泪了。路遥晚年写作耗干了身体，几次用瘦成鸡爪一样的手把笔从窗子里扔了出去，我真害怕老先生有一天会跟着笔一块跳下去，虽然老先生没有跟着笔一块从窗子里跳出去，可他为了文学而死已成了不争的事实。

我喜欢看别人的文字，可我害怕自己动笔。不是我不能写，再怎么说，也是一作家的女儿，我内心丰富，热爱生活，满脑子的奇思妙想，可我怕那种思想变成文字的繁文缛节，一肚子的花花草草藏在心里是即痛苦又幸福，而要是写出来示人只能是让自己更痛苦，让别人幸福，这样的事我才不愿意干呢。我愿意干的事就是给我的学生上好课，然后提着个小包到学校后面的菜市场买菜。

我买菜的时候，半条街卖菜的都在小声地议论我：这闺女咋长的这么漂亮呢。我心想这还用你们说，北京那地多大呀，我在那里还显山露水的呢。看着那些大妈、大婶对冲我点头笑，我心里就特自豪。闺女，买不买的过来看看吧，这菜新鲜着呢。

后来，我就奔一水果摊去了，因为我看到有个年轻人猫着腰捡苹果时，腰间挂着的手枪露出来了。手枪！乌黑锃亮的铁家伙，多诱人。你想呀，在这个小县城，有个穿着白衬衫，牛仔裤的年轻人腰里别着一把手枪，这远比我的漂亮吸引人呀，所以我就过去了。

我过去以后用手拍那人的肩头，他转过头来很惊讶地看了看我。我指了指他的腰，他低下头看看枪更惊讶了，我说，是真的吗？他更更惊讶地说，是啊，你有什么事吗？

我看这他发窘的样子，然后笑了。我说，能看看吗？

他很仔细地看了看我，就把手放在腰间把枪取了出来，他哗啦哗啦的

033

◆沉 爱

拉了几下枪栓，最后把子弹匣退出来让我看。

　　在那个阳光明媚的下午，一个穿着休闲服看起来挺伶俐的女孩子却楞头楞脑地走到一个陌生人面前看他的枪，看完以后还对那个男孩子说，我感觉你拿枪的样子特帅，然后她就看到有阳光照到男孩子洁白的牙齿上反射出钻石一样的光。

　　你不是这里的人吧。那个男孩子忽然问我。

　　我说，是呀。就在前面的高中教书，我叫王阳，有空你找我呀。

　　我叫姚建军，刑警大队的。然后伸出手来笑着看我。

　　他的手真温暖，湿润，像只装满水的热水袋很温暖。

　　回到宿舍，我就特兴奋，兴奋地导致我倒在自己的小床上反复的闪转腾挪，眼前老晃动着姚建军哗啦哗啦拉枪的动作。后来我才知道我喜欢姚建军是因为我对枪的感情超过了对人的感情，说真的，我真的很难相信这一点。

　　第二天下午放了学，我正往我的安乐窝里走，就看见姚建军一如那天打扮站在校门口。他瞅见我就朝我招手。

　　我说，你有事呀？

　　我现在有空，能出去走走吗？

　　我说，往哪走？

　　去武校那边吧。姚建军说。

　　我们顺着校门口的柏油路一直向西走。夏季傍晚的风从松柏林里送来柏木的香味，我们下了柏油路转进了树林里，里面有几处卖冷饮的，几对情人坐在断了的石碑上偎在一起，林子里很静也很大，大片大片的树荫让林子清爽无比。

　　你在北京上的学吗？那里口音很重呀。

　　是呀。在北京呆了四年又回来了。你枪带来了吗？我忽然记起他的枪来就问。

　　没有。有持枪手续，执行任务时才带呢。

　　我喜欢你带枪，蛮帅的。

　　那现在呢？

　　我很仔细看了看他说，还好了，不过没有那天帅。

　　好吧，以后我就带出来。

　　我想我是在谈朋友吗？那天的兴奋和激情哪里去了。不过，说实话，

第7章　父亲是个作家（王阳F篇）

单独和一个男孩子在这有花有草的小路上走，我还是头一次。

过了这片松柏林，前面开阔起来，一群武校的孩子在教头的带领下正在训练。我和姚建军就一组组地看过去，有的孩子只有四五岁的样子，可前后翻已相当棒了。这座武校在全国都有相当大的名气，自从这座武校的孩子上了一次中央台的春节联欢晚会，全国各地的武术爱好者就蜂拥而至了，并且有几届全国武术擂台赛的冠军是从这里走出去的。

我们在一组女子散打场地旁站定了，有两个十四五岁的小姑娘在场上打得不可开交，后来，那个稍瘦的女孩子明显的弱了下来。教练叫停了，把那个女孩子叫到场地边问：你怎么不踢她？女孩子垂下头没有说话。

哪条腿是前腿呀？教练问她。

姚建军小声对我说，这腿分左右，怎么还分前后，又不是四条腿的动物。

那你就不懂了，打人的时候就分前后了。我说。

那你说哪条腿是前腿？姚建军问我。

哪条腿得劲打人哪条腿是前腿。

那个教练扭过头来有点惊讶看了我一眼。

那个女孩子用手指了指自己的左腿。

知道是前腿你用呀。教练说着用手里的手指粗的藤条抽了四五下，几道鲜红血痕就清晰印在那个女孩子左腿上，她强忍着眼泪还是流了下来。那教练一把又把她推到场地上。说了一句，上！那女孩子就发了疯一般向对方扑去。

姚建军看了看我说，这老师真暴力，哪有这样打人的。

你们在部队不也这样吗？部队可比这苦多了吧？

说实话，我们也就苦练了三月，枪发下来了，谁还锻炼呀，你说，练成再棒的身体也架不住一枪子。说着他用手拍了拍腰然后笑了：今天枪没有带来。

你在部队就没有学什么拳吗？

学了一套军体拳和伏虎拳。

那你练给我看看吧。

在这？！

不行吗？你看他们都打拳呢，咱也能老站在这里看人家是吧。

姚建军就有点难为情地打给我看。

第 8 章

先锋诗人张杨（张杨 A 篇）

　　记得小时候，写作文我常用时光如梭、岁月不居、白马过隙三个词来形容时间之快。

　　其实那个时候我根本就没有时间的概念，等有了时间概念之后，我手下的那帮亡命之徒开始叫我大哥。确切来说，这个世界上只有枪手知道时间就是生命的道理。别人说时间就是生命多是扯蛋。早 0.06 秒（0.06 秒是撞针撞击子弹的时间）开枪你可能是个鲜活的生命，晚这不是一瞬的一瞬，你可能就是具尸体。

　　所以一般情况下，枪在我手里就像魔术师的魔术棒可以随心所欲，并且触动枪的那一瞬间就射中目标从来没有犹豫过，这是一个优秀枪手应该具备的起码素质。可是这次我犹豫了，并且像失了魂魄一样犹豫个天黑地暗。等我清醒过来，我才发现自己单膝跪在地上，最要命的是我一直视为生命的枪也没有了，我看见老鸹急急地拿着一把砍刀急匆匆向我这里我赶来。

　　大哥，快跑！

　　我知道他是来支援我的，做大哥做到这个份上我真是狼狈，我站起来还是跑了起来。我知道如果我要跑的话，谁也不可能追上我。我在树林里像只惊慌过度的兔子慌不择路，我真怀疑前面有半截树桩子正等着我一头撞上去。风鼓起我灰色的风衣，我感觉它像极了彗星的尾巴，我一边担心老鸹会不会被抓，一边想那个一脚给把我劈到在地上的女人。

　　后来我跑到一个山凹里停了下来，看天上的一弯新月。如果身上有伤

第8章　先锋诗人张杨（张杨A篇）

口我会像狼一样的舔舐，可惜没有，只是右肩火辣辣的痛。这里多么安静呀，你可以听到脚下草丛里的各种虫的鸣叫。我拣了个草多的地方坐了下来，打算好好地想一想，可后来我就睡着了。

我叫张杨，出生在中国东部一个县城所辖的镇子上，父亲在镇中学当一名体育教师，所以我一出生就具有了奔跑的速度。在没有上学之前，我就常和我相差一岁的弟弟张柏拳来脚往，我们之所以拳来脚往，是因为我们这个镇子有尚武的传统，别说这一个镇子，方圆百里都有这个习性。

我和张柏在还算宽大的院子里吊起几个沙袋，每天都打个不停。父亲走过我们身旁的时候多是不说话。他对我妈说，只要我俩不出去，在家愿干嘛干嘛。

镇子四周有许多池塘，每年夏天都会有我的小伙伴掉进去。有一天中午，父亲在池塘边看到我和张柏正伸长了脖子看水里游泳的孩子时，勃然大怒了。他一手拽住一个，像拽风车一样把我俩拎回家，然后关起院门来把我俩一顿臭揍，用他那打篮球，掷铅球粗大的手掌拍打我们的脑袋。我妈站在院子里看着父亲打我们，她说父亲打孩子的部位不对，打脑袋容易把孩子打坏，打屁股比较好，使劲打都没什么关系！我妈俨然就是个军师，父亲听到了就改打我们的屁股，就像拍打粘满土的衣服一样。我和张柏就像狼一样扯直了嗓子轮番嚎叫，这时会有几个伙伴扒着门缝好奇向我家院子里看。

我和弟弟一起大哭，的确太吵了。父亲举起巴掌很严厉告诉我们：不准哭！他还说，谁哭打谁。我和张柏就只好张大嘴巴，把哭声压进嗓子里。打过之后老规矩，我和弟弟被父亲罚跪。并且父亲撂我妈妈一句：我不从学校回来，不准让他们起来，不准给他们饭吃。然后推开院门到镇上教书去了。

我妈妈并没有听我父亲的话，她边纳鞋底边看着我们，一个钟点后就叫我们吃饭了。那天的饭可真好吃呀。我和张柏狼吞虎咽的时候早已经忘记了疼痛，妈妈对我说，你是老大，你应该好好的带着你弟弟，家里没有老人，没爷爷奶奶照看你们。你当老大的要看好弟弟张柏。可不能到有水的地方去呀。

037

◆沉 爱

在没有上小学之前,我和张柏还是学会了游泳。那年夏天,妈妈带我俩去姥姥家,表弟很神勇地带我们下了水,中午吃饭的时候,我和弟弟都会在水里游一气了。正吃饭的时候我突然也很骄傲的对我妈说,妈,我会扒水了。这一句话却导致了二舅把表弟一顿臭骂,我很不服气,我想我舅怎么就不打他呢?像我爸一样先打头,再打屁股呀。我舅也就是骂骂他,表弟上面有三个姐姐,就他一个男孩,我舅才舍不得像我爸爸那样可着劲的打呢。吃过午饭,我表弟把我和张柏还有几个小朋友集合到他家的房子后面说,为了巩固我们上午的学习成果,还得下水!

我和张柏打沙袋一直打到去镇上上初中,本来还是要打下去的。

有一天,我在院子里正打得起劲,外面有个人叫门,是个走江湖卖艺的拳师要水喝,那时候常有河北沧州一带的卖艺人到我们镇上表演节目。他看了看院子里大大小小的树上挂着的沙袋,把我叫到跟前对我妈说,别叫娃娃打拳了,娃还太小,这样打下去手都长不长了。后来我妈就不叫我打拳了。

不能打拳了,我就练腿,我就把一个10斤重的沙袋帮在双腿上,除去睡觉的时候摘下过,下雨路滑我都没有摘过,我穿着宽大的裤子走在上学的路上,在操场上做游戏。很少人知道我腿上绑着用铁锅炒过的沙袋,沙子不炒的话,绑在腿上时间长了就会长肉疮。

半年之后的某一天,我拿掉了沙袋,我突然发现自己不会走路了,感到自己轻飘飘的,好像地球没什么吸引力。学校召开运动会我报了个5000米,在别人累得死去活来的时候,我很轻松的以第一名的成绩跑完了全程。

初三的时候,我对父亲说,我要报考体育类的学校。父亲说,体育太吃苦,你还是报高中吧,你语文成绩一直很不错。父亲之所以说我语文不错,是因为我写过一首歌颂中国伟人的诗篇,父亲那时候等着评职称,就顺手拿来,子文父用,署上自己的名字寄往某报社,当稿费和载有我父亲名字的那份杂志寄到他手里的时候,父亲一下子对我的文字刮目相看了。

我在那个高中的北大路上行走的时候,样子忧郁,目光桀骜,而内心又是多么的欢天喜地。我们这个高中唯一有创意的地方就是在学校各条路

第8章 先锋诗人张杨（张杨A篇）

的命名上，都是以全国最最具有实力的大学名字命名的，最差的一条路还是山大路呢，我们或许无缘各大高校，可我们每天行走在这些以高校命名的路上，又是怎样的斗志昂扬和欢欣鼓舞呢。

路的两旁有许多以某种饮料赞助的广告牌，广告牌上方写着**饮料，动能之源，"芯"动不如"性"动。这样的广告竟然都已经明目张胆做到高中的学校来了，可见中国的市场经济已经无处不在了。在这些众多的广告牌中间就有我的一块领地，我们叫她《潮中潮》白公板。

每个礼拜五下午，我和一个叫舒小娅的女生，把一些同学所谓很出色的诗张贴在那个举着双拳的强壮男人的下面。我们那个以写作爱好者组成的小圈子，都称我为"先锋诗人"，只有舒小娅知道写诗是一种游戏。因为我曾经为舒小娅单独表演过我是怎么写诗的：我让她随便给我一张报纸，我就用报纸上的字在20分钟之内交给舒小娅三重风格迥异的小诗，并且我这个从来没有经历过爱情的人还写出来一首失恋的人才可能写出来的诗来：

火在伤心

爱你
如跃动的火
新燃

闪动的生命
顽强
执着

灼红的苗
溢满爱意
燃烧
他所要燃烧

冰并不能助燃

◆沉 爱

冷的东西
光洁如玉
怕可能
怕
灼伤自己
冷漠的泛着光
静止在那里

烧
也是白烧
燃掉的是自己
和空气

看到的是窜动的苗
突的一跳
定格
看不到的是激情
在慢慢隐去
最后的结果是
一滴水
挂
在
那
里

  舒小娅看着我写的诗,然后惊讶地说不出话来。我一本正经地告诉她什么是诗,诗就是文字的随意组合和任意的断句,然后我就听到舒小娅骂我的诗歌是垃圾。我笑了,我能不笑吗?她是我们这个学校的四大校花之一,并且学习相当好,人看起来蛮聪明伶俐的,只有我知道她多么傻气。
  舒小娅自傲,又特孩子气。她整天抬头挺胸的走在清华路上(清华路

第8章 先锋诗人张杨（张杨A篇）

是通往校门口的主道），可每天又孩子似的的跟着我转。

我对舒小娅说，你老跟着我干吗？你没有听到关于我俩的风言风语吗？

舒小娅就转动她那美丽的大眼睛，低下头摸着垂在肩前的两条小辫子不说话，等我转身走的时候，她又笑嘻嘻的跟上来。拿她真没办法，别说我拿她没有办法，班主任都拿她没办法。

她学习好，老师们都迁就她，她给老师说，她要调换桌次。老师说，除了讲台你随便坐。她就大张旗鼓的把桌子放在我的前面。

我对舒小娅说，舒小娅，你本事蛮大的，教室那么大你想到哪到哪呀，这位置多靠后呀。想你呗，过来看看你。她回过头来对我说。

她的桌子从前三排一下子调到倒数第二排，再也不用下了课，翻山涉水通过狭窄的过道向后面赶了。没有想到她坐到我前面反而安静如处子。每天都静静地捧着书对着开着的窗户看英语。有时候，下了课我想和她说句话，她都不转过头来，我故意弄出些声响也引不起她的注意，反而用后肘捅一下我桌子上的书让我安静。

一天，上生物课，老师讲到物种变异一节，我就在下面开小差，老师一讲课我就根据老师的内容开小差，在老师的指引下，我就编出一个笑话：说，城市里有只下岗的乌鸦，飞到农村去创业，遇到农村首富起来的麻雀，两鸟一见就产生了感情，后来他们生了自己的孩子，孩子的名字叫乌麻。

我为一个新物种的诞生不由笑了，一开始我还不知道我笑了，等我看到开着的窗玻璃上我微笑着咧开了嘴并有扩大的趋势时，我才知道自己笑了。可是我的笑就像一个正鼓涨着的气球突然的嘣破一样，让我惊讶不已的是我看到窗玻璃里面的舒小娅也笑了，很明显她是看到我神经质的笑容以后，才发笑的。我第一反应，舒小娅不用回头就可以通过她面前这扇窗玻璃就可以看到我。

想想真可怕，她一直在观察我呀，我上课睡觉流口水呀发呆呀发笑呀抓耳挠腮抠鼻屎听音乐看小说，她都可以通过面前的窗户一览无余。我靠，我想她过来以后我这几天都做了些什么？我一直以为她对着窗户读书呢，没想到她在监视我，这比装了针孔摄像头都损，安个那家伙还要扯一段线和电脑连接呢，这倒好，一面镜子什么都省了。想着想着我一股火就冲脑门子去了，想的都是和舒小娅有关的事。

◆沉　爱

　　下了课，我站起来伸长手臂就把她面前的窗户关上了。
　　干嘛要关窗户呀？
　　干嘛要开着，你还没有看够呀？
　　舒小娅就笑了。那是一种得意的笑。就像别人发现她的聪明一样。
　　你还笑？我说。
　　我是想起来你有一次上课睡觉睡醒了，一抬头，口水流的有一钢笔这么长，真叫恶心。舒小娅用手里的钢笔比划着。
　　旁边的两个女同学都笑了，羞的我坐下后伸长了腿在桌子下面踹了她两脚，让她坏我名节。
　　舒小娅的功课特别好，尤其是英语每次考试几乎都是她拿第一。有次考试没有得第一，就趴在桌子上"哼唧哼唧"的哭了一个下午，我在她后面很吃惊地看了她一个下午。我想一个女孩子干嘛那么要强，你不知道人外有人，天外有天呀。我才不那么看重分数呢，除了语文我每次能拿个第一外，其余的科目都是提不起来的狗屎。
　　有次大考，我历史成绩考了全级最高分。可是那次考试我是留在本班教室考的，老师认为前20名的学生应该出去考，那些被老师认为是希望之星的学生就趾高气扬地出了教室，并且是因为和外地区的学校比赛教学成果，老师还故意露了一些题目给那些出去的同学。可是成绩出来了我的历史得了136分成了最高分。
　　在老师公布了分数之后，我正等着历史老师表扬我几句呢？他却意味深长地看了我一眼说，有些同学学习态度就是不老实，人家出去考的同学都没有考这么高，留下来的学生怎么可能会考这么高呢？是不是这里的老师监场不严，自己看书了呢？！
　　我当时不知道为什么这么大火气，腾的就从座位上站了起来，把试卷揉成一团，一扬手就从教室的最后一排奔着老师掷了过去，因为距离太远，就落在了第一排女生的桌子上。可所有的人都知道我是冲着老师来的。
　　历史老师铁青着脸，看了看我，夹起书走了。所有的学生都看我，我坐下后就只能看舒小娅梳得很翘的马尾辫。
　　舒小娅扭过头小声说，张杨你这是干嘛呀？他是老师，你怎么能这样不尊重老师。

第8章　先锋诗人张杨（张杨A篇）

我说，我怎么不尊重老师啦，我爸就是老师，我尊重老师就等于尊重我爸，可我不尊重信口开河，说话不负责任的老师。

那老师说的是你吗？

不是我，难道说的是你呀！

舒小娅气嘟嘟地白了我一眼，作为学习委员的她就邀班长一块去请老师回来继续给我们上课。

第 9 章

浪子也有恋情（张杨 B 篇）

我知道舒小娅对我不错，我对她也不错呀。班内这么多女生除了舒小娅我几乎没有和她们说过话。

她在校外租房子住，有些事我没少帮了她，修灯，提水，早晨上学喊她不要迟到，晚上放学送她回房子。其实晚上我真的不愿意送她，和我的那几个兄弟走多快乐，和女生一块走没劲。

有天晚上下了课，舒小娅对我说，咱们一块走吧，这几天晚上有几个男生在我后面大呼小叫的，我挺害怕的。

我说，谁呀？

你跟我一块走不就知道了。

我就跟她一块出去了，的确有一群男生大呼小嚷的。我对舒小娅说，你想呀，在学校都憋了一整天了，晚上出来还不兴别人撒个欢。

可是以后放了学还得和她一块走，因为她在楼梯口等我。

再后来我收到舒小娅写的一首诗。说是让我给她拨云见日。我说，你写的不是诗，诗是似懂非懂的东西，你的东西我读懂了，就不是诗了，至少不是首好诗。我在上面写到不宜发表，就留了下来。

她看着笑了，我就看到她那珍贝一样的牙齿。

那是我写给你自己看的，你傻呀，那里面还有我俩的名字呢？

我说，在哪呀？有吗？

她就细细的读给我听：

第9章 浪子也有恋情（张杨B篇）

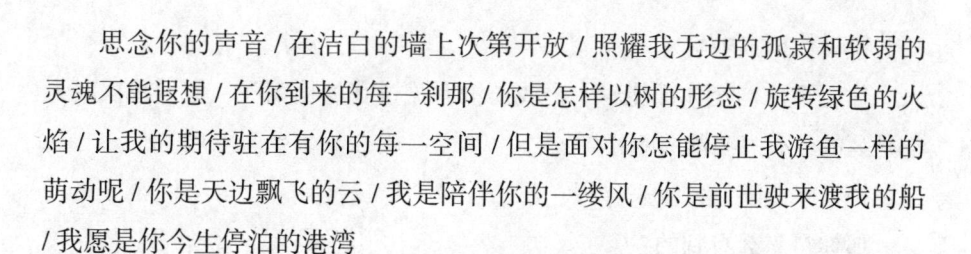

思念你的声音／在洁白的墙上次第开放／照耀我无边的孤寂和软弱的灵魂不能遐想／在你到来的每一刹那／你是怎样以树的形态／旋转绿色的火焰／让我的期待驻在有你的每一空间／但是面对你怎能停止我游鱼一样的萌动呢／你是天边飘飞的云／我是陪伴你的一缕风／你是前世驶来渡我的船／我愿是你今生停泊的港湾

我说，舒小娅你真行呀，又是墙，又是树，又是云又是风的，得多少博喻，酸不酸呀，说实话吧，在哪本情书大全上抄的呀？

舒小娅就一脸委屈，你以为就你会写文字呀，你也忒目中无人了。

我就嬉皮笑脸，我再怎么目中无人也得目中有你呀。你老在我面前晃悠呀，咱俩谁跟谁呀，打打闹闹2年多了，多热闹，我都发现离不开你了，刚入学的那时候，你多傻呀！

你才傻呢！第一次见面你就给我跪下了。

那时候刚进高中，看什么都新鲜。最让我兴奋的事就是去餐厅吃饭，上午上四节课，一听见放学的铃声，我就会从窗台上端起饭盒就往餐厅冲，冲到楼下，我一高兴就顺着下楼的惯性来了一个前空翻，头和手都不接触地面，在空中旋转360度后，稳稳当当的站立在地面上。我就是这样想的，这是我从小练就的基本功。没想到因为翻的有点高，手里还端着一饭盒，落地时，我"叭"的一声就单膝跪在地上了。

我正想着，怎么进高中第一天就出糗了。这时就看见有个梳着两条辫子的女生蹲在我面前笑嘻嘻地说：不年不节的，你磕什么头呀，快起来吧。我白了她一眼，心想这是什么人呀，说话怎么这么会损人呢？就站起来走了，身后还传来和另外一个女子的吃吃笑声。不用回头看，一定是一脸的揶揄之色。

等吃过饭回到教室又看到她才知道是一个班上的学生，叫舒小娅。心想，舒小娅呀舒小娅，看我以后怎么整你。我还没有整她，她又主动的靠过来了。

她看了看我说，像个人才，没有想到你初中就开始发表诗了，还是个小先锋诗人呢。

你怎么知道的？这让我既欣喜又惊讶。

◆沉 爱

　　我看你档案啦！
　　你厉害！档案你都能看上，我还没有见过我的档案呢，告诉我档案上都是写的什么？我能看看不？
　　档案咋能随便拿出来看呢？
　　那你是怎么看到的？
　　我是在校长那看到的，校长是我大爷。她很神气地说。
　　靠你大爷的！
　　你怎么骂人！
　　我哪骂人了？！这是全国人民都知道的感叹词相当于——然后我在纸上画了一个大大的"！"让她看。
　　后来，才知道校长还真是她大爷。
　　我们一直吵吵闹闹走过来了，因为嘴上功夫都厉害，谁也不饶谁。好像我们都在争吵中发现了乐趣。后来我才知道她对我动了感情。我从没有想到最初的感情我会在高中爱上某某，因为我是浪子，一出生的时候就具有了奔跑的速度，所以我不打算停下来好好的爱一个人。 我在高中人大路上穿着绿色的风衣行走的时候，我听着自己轻盈的步子都能感觉到那是一种浪子走路才应有的声音。如果有风吹动我的风衣和渐长渐长的头发，如果有把长剑，垂直了手臂，拎在手中，再加上我桀骜略显忧郁的神情，我想我就是武侠书中任性而为的浪子。当我知道浪子也有恋情的时候，是在一个礼拜六的下午。
　　一上午的时间，我和几个同学去一个新开的迪厅跳舞，就是随着音乐闭着眼睛乱摆头发自我陶醉型的那种。上面有两个丫头光着膀子，喊号子。我是第一次进迪厅，可怎么也学不来他们那种不醉装醉，似醉非醉的姿态。我就跟着音乐踩点，等踩熟练了，我就显示我非凡的腿上功夫，有点电视上霹雳舞的样子，我摆臂甩腿把姿势往大了做，场地阔绰了我还能打两个前后翻和鲤鱼挺什么的，这都是真功夫呀。
　　台上的两个丫头看见了，就向我招手叫我上台来和她们一起跳。我就一跃窜到台上去了，两个丫头都是重彩型的，脸上涂的亮亮的反射着霓虹的光彩。她们用手摸我身体，然后大声告诉我说，身材特棒，适合跳舞。然后拥着我的手把手教了几个动作。

第9章　浪子也有恋情（张杨B篇）

忽明又忽暗的灯光打在我身上，眼前两个丫头飞扬的长发不时地扫进我的脖子里搞得的就特兴奋。我便和她们一起激情澎湃的喊号子，好像喊的是：都来，都来，狗！狗！狗！我想我们三个真是大胆呀，竟敢明张目胆用手指着下面这么多人叫他们狗呀。

我上午兴奋了一上午，下午摇摇晃晃地回到学校。我想起某体育杂志把舞蹈列为极重体力活动，我以前还表示过怀疑。直到现在才明白了，比跑几个3000米都累人呀。

我把腿放舒服了，在教室里继续看我昨天没有看完的小说。有个女生过来对我说，舒小娅病了，她叫你去看她。

我说，病了，找大夫呀，叫我去干吗？

我继续看我的书，可看了一会就看不下去了，舒小娅怎么会病呢？多么活泼的一个丫头呀。我就合了书，不一会我就走过清华路出了校门，路过一个水果摊时，我摸了摸口袋用中午吃饭剩下的钱，买了2斤橘子。

她的房子，我来过几次，是个大户人家，房子特别多。有个单独的小屋在大门的东侧，舒小娅就住在那间小屋里。我敲了敲舒小娅的房门。舒小娅说，进来吧。

我看到舒小娅眼睛红红的躺在被子下面，我说，咋了，还哭呀！

我一上午都没有见你，你干什么去了？舒小娅带着怒气问我。

我心想我出去玩，管你什么事情呀。

和几个同学出去玩去了。我没有说去到迪厅跳舞的事。

舒小娅从头枕下面摸出一个大大的心型卡片让我看，上面是组可爱的卡通画像。我说，挺好看的。我感到背面湿漉漉的翻过来看了一下背面，我就闭上了嘴。上面密密麻麻的写满了我的名字，并且让眼泪湿的一塌糊涂。我放下卡片俯下身来看舒小娅，我心里说，舒小娅你可真漂亮呀，眼睛怎么这么大，睫毛怎么这么长，皮肤怎么这么白，可你怎么就会喜欢上我了呢？我学习是多笨呀！管它呢？也许上午兴奋的余波还没有消除。

我看了舒小娅一会，就用手摸舒小娅的额头，摸完以后我还煞有介事的说了句，有点发烧，我想我可能是有点发烧，因为我摸完舒小娅的额头之后，又摸她光洁的脸蛋，摸到脸蛋上的嘴唇，我就想到自己的嘴唇。

我把舒小娅从床上抱起来，舒小娅既紧张又激动地看着我。我把嘴按

◆▶ 沉　爱

到她的嘴上，就感觉她的嘴唇像小时候吃过的棉花糖凉凉的，甜甜的。可舒小娅不干了，她一把推开我说，我正感冒着呢，你不怕？！

我说，不怕。就又贴了上去。贴了一会，我又不干了，我喘了口气对舒小娅说，这是接吻吗？你把嘴张开呀，你没有看见电视上一男一女啃的多带劲呀。

舒小娅就咬着牙对我笑。

我心说，你不是不张嘴吗？我就用手卡舒小娅的脖子，我一卡，她一张口我就把舌头递进去了。

后来，我放开了舒小娅。我对舒小娅说，我好冷。真的，我全身冰凉，头晕目眩的。舒小娅问我，是真的吗？

我骗你干嘛？

舒小娅很认真地看了看我，就用被子裹住我，然后在被子外面抱住我。

我哆哆嗦嗦给舒小娅讲在书上看到的有关接吻的知识。我说，书上说，一个充满爱情的吻释放的热量可以烧开4升水，4升水你知道多少吗，那是8市斤4公斤呀。先前我还对这句话嗤之以鼻，现在才知道是正确的。你看我光顾着烧水了，把自己都冷成什么样子了。

舒小娅就嘻嘻地笑着对我说，你也就是一个吻呀。

我这一个吻多长时间呀，别说是4升，就是一大锅水我都烧开了。

我从窗帘的缝隙处看外面的天空，晚上不知什么时间已来临了。

我问舒小娅怎么会爱上我？

舒小娅说，第一次见到你就喜欢上你了。

我说，你还一见钟情呀。

舒小娅说真的爱上我，是她有次在新华书城买书，我在外面打台球，用秆子打人都把秆子打断了。

她一说，我就想起这么一回事来。

去年夏天，我和同桌在书城外面的案子上打台球，正打着打着，旁边的一个案子闹将起来。有个头发长长的家伙正气急败坏地扇一个小学生耳光，原来那个小学生进书城买书的时候不小心碰了他持秆子的手动了桌上的球，就这屁大点的事，可他就不认了，楞是要那个小学生交出手里买书

第9章　浪子也有恋情（张杨B篇）

的钱，这不摆明了没事找事欺负人吗？

我当时就一推我桌上的球，拎着杆子过去照那家伙的腿上就一杆子，那家伙痛的像遭电击一样"嗷"的一声跳了起来。他扭过头来看我，我却心痛的低下头看打折了的杆子，这杆子也忒细了，怎么"啪"的一声说断就断了。我对那个小学生说，弟弟，你走吧，没你什么事了。他没有走，却抽抽噎噎的站在一旁看着我。

那个家伙两腿打着哆嗦问我是谁。我指指站在我身旁的那个小学生说，我是他哥，打你不应该呀，靠，不服呀，别用那种眼神看我，操。再瞪！说着我又拎了拎杆子。

你叫什么名字呀，这么牛！敢说吗？！

我叫张杨，我怕你？！后面那个高中高二（二）班的，有种你找我，奉陪！

那个家伙说我够狠，说让我小心点等着他，然后扔下杆子灰溜溜的走了。

我想我怎么这么冲动呢，下手也忒重了，这大热的天，可劲得往他腿弯子上一下也确实够他受的。我给老板100元钱说是赔他的杆子，老板说什么也不要，说我是学生人小够义气，也没少在他这里玩了，打折了杆子算个啥。他还说，他也早看那个家伙不顺眼了，地痞一个，打球基本上没有给过钱都是扔下杆子就跑，末了，还提醒我说，防着他点别叫他报复了。

我没有想到我在书城外面做的事，却被站在书城里面买书的舒小娅看到了。

回去后我就对我的那几个哥们说了。我说我在外面打人啦，有人来学校找我，你们可要帮忙。要是我弟弟在，我什么都不怕了。可他在同一县城的另一个高中读书。说到打架我就佩服我弟弟一个人。他学习厉害，一上高中就多次代表他们学校参加各种比赛了，打架和学习一样猛，打人多是往死整。后来我多次擦枪的时候怎么也想不通，要玩枪的人应该是他，而不应该是我呀。

在初中的时候弟弟张柏就以打架出名了。我不是不会打架，我是下不去手，那是人呀，打重了就出事了。我问张柏，你打架怎么下的去手？他告诉我说，有次他回家，额头帖着一绷带，咱爸一心疼，你知道他是怎么说我的吗？他说，你看你那个熊样，叫人家打成那个样子你还好意思回来，丢人现眼的。人家打你，你就不会打人家呀，出了事我给你顶着。

◆ 沉 爱

我从没有见张柏打过架，不过，我的同学见过的告诉我说，看我弟弟打架吓的他腿都发软。他说，有个街头小霸王跑到他教室门口，吵着叫着叫你弟弟出来，你弟弟坐在教室里很久也不出来，都以为你弟弟怕了，后来那个街头小霸王就破口大骂，你弟弟合上书，放下笔就出去了。他走到那个人面前什么也没有说就跳起来往那个人头上打了一拳。那个人头一晃就摔倒在地上了，他对周围的人说了一句，都别管他，一甩手又回到教室做他的作业去了。后来那个人自己醒了，看了看周围看他的人想了一会就垂头丧气地跑到一个水管前洗自己鼻子里的血去了。

我们这个高中是以打架出名的。是县城里面的所谓的贵族学校，在这个学校上学的多是一些富家子弟，父母多是有钱有权的，可是孩子学习都不长进，进不了重点，又不愿意进一般的学校都弄到这里来了。学校是够气派。我就是看到他外面金碧辉煌的装饰才死心塌地考进来的，一进来才知道上当了。别地的学校比学习，这里的学生比吃穿，另外还比谁的拳头硬，有时候还比吹牛皮，不过有一点要说明的这里很重视文学培养，这个学校唯一自豪的地方每个学生的语文成绩都会比别处的学生高出一截。你想呀，这里的学生吃过了饭就围到一块坐而论道，坐而论道其实也是种学问呀。

我写过一些诗歌，他们很推崇我。他们这些人看什么都不服气，就服气文学。韩寒写《杯中窥人》的时候，我们这里《新概念作文选》已经是人手一册。老师也搞新思维，作文课发生了翻天覆地的变化，有次语文老师在桌子上放了个破碗一句话也没有说就走了，两节课过后来收作文，才发现有一半以上的同学正在酣睡。

我语文是好一点，可我一点也不自傲，并且还密切联系同学。我们那几个弟兄有什么打架斗殴的事都会叫上我。我去了也就是凑个数，是去了能壮大场面光看不动手的那种，见两方闹的凶了，反而在中间叫停，其实双方都不想往大里搞，我多半叫停的时候，他们也就见好就收了。

我班那个打架特猛的学生叫梁国栋，取国之栋梁之意。他和我关系不错，是一块吃吃饭，打打牌，出去一块蹦蹦迪的关系。高中生能有这样的关系就是非常铁的关系了。我见过他打过一次架，我看到他的时候，他正

第9章 浪子也有恋情（张杨B篇）

像一个疯子一样死命地追我班一个身高近190CM的同学，他手里拿着条凳子腿，嘴里一嘴泡沫的喊着，我打死你，我打死你。那个同学抱头鼠窜，他在后面拎着凳子腿穷追不舍。我那个同学围着教学楼绕了几个圈子后，心想自己这么高的个子被别人这样追肯定不雅就一头钻进教室，梁国栋就跳上桌子，一路跳了过去，满满一教室的桌子都让他踏翻了，眼镜，钢笔，文具盒，墨水瓶摔碎砸碎的不知有多少。他俩倒好窝在墙角牛一样喘着粗气头顶头的抵着。梁国栋人长得极瘦，可一打架就特精神，眼睛都兴奋得发出光来，我都怀疑他哪来的那么大的力气和精神头，跟吃了学校墙壁上做的药品广告似的。

有一天晚上，梁国栋叫住我，张杨，今天晚上你跟我出去办个事。

干啥？我问。

你大哥这两天发现咱们学校有个人不顺眼，看不惯。

我说，就你们哥几个，什么人看见了还不躲呀，还用叫我？

咱不是人多热闹嘛，去不去？

我今天晚上看电影，学校放的电影你们不看了？这机会可比打架的机会难得，我可是个电影迷。

那你看去吧。

我搬了个凳子往外走，又听见他们几个商量说，打几百的，是八百，还是一千？我回过头来问，八百，一千什么意思？

就是医药费，看看你，什么事都不跟着，外行了不是。

你就说说这些人吧，架还没有打，都准备好赔人家医药费了。

我看完电影往教室送凳子，看到梁国栋唉声叹气愁眉不展的。我说，打败了，不会吧？还败了呢，败了倒好了，操，出大事了，张杨，谁知道那小子是教导主任的亲侄子。我说那小子平时那么横，原来有后台。教导主任说他已经教导不了我们了，把我们告法院去了，等明天的传票吧。

我说，这次可搞大发了，你们不是事前都好摸个底的吗？你是不是下手太重了？

今天不是有电影吗？我们还没来的及调查，说了声打，就凑这个机会就上了。下手也不重，我就是过去一把拿掉他的眼镜，然后打了他的鼻子，把鼻梁骨给打塌了，他们几个一看人放倒了，就围过来踹了几脚。张杨，

◆沉 爱

这次幸亏你没有去，要不你也跑不了呀。

可我却表现出一副无缘参加某种光荣活动倍受冷落的样子说，你这样说兄弟就不对了，咱哥们也不是孬种，这事没有我，我感觉自己挺不仗义的。可我心里说，多亏了今天晚上的电影呀。

我和舒小娅的关系发展的比中国的航天事业都为迅速。礼拜六的下午我吻了她，礼拜天的晚上我就上了她的床。这之前我连手几乎都没有牵过她的。礼拜天我带着舒小娅满县城逛了一圈，她整天学习县城有许多新建的地方她都没有去过。

舒小娅穿着大红的休闲服，戴着一顶线绒绒的白色小帽，真是漂亮。我说她漂亮并不是因为我昨天刚吻了她带有私人感情，而是真的漂亮，我老怀疑她不是这个县城的人，而是来自某个大的城市，可我到了大城市以后发现像她那样漂亮和气质卓越的也很少。

我们走过熟悉的街头，走过街心花园，走到一家理发厅门口的时候舒小娅对我说，张杨你头发那么长了，理理发吧。

我说，头发长了好呀，像个艺术家。

太长了也不好，修修吧，我给你钱。

我看着她就笑了，我说我有钱。

我们进了理发厅，那里面有个洗头的阿姨在我理发的时候，就老看她，到最后终于说了一句，这闺女咋长的这么水灵呀。舒小娅就羞红了脸，可她的眼神还是很得意的告诉我说，看，我漂亮吧。

晚上我在回我房子之前，我又吻了舒小娅。舒小娅伏在我肩膀上对着我耳朵说，你今天留下来吧。我都有点不相信自己的耳朵。我半信半疑地问，是真的吗？

嗯，不过你要老实，不老实就回去。

我怕舒小娅变卦赶快指了指房顶发誓说，我老实，我绝对老实。

我想我能老实吗？

舒小娅又拿出一床被子，洗了脸，散了头发，脱了外衣就钻被窝。我也赶快洗脸，脱衣服，我刚脱了一半。舒小娅就叫停说好了，你想脱光呀！

我说，啊，啊？——然后很茫然地望着舒小娅。

我们是睡在一个床上，是一人一个被窝，你还要老老实实的。

我看了看那张宽大的床,又看了看她,感到很委屈。我说,原来是这样呀,早知道我回自己房子里睡去了。

舒小娅白了我一眼说,你想的美,不愿意,你穿上衣服走呀,我不拦你。

我嘿嘿地笑着拉过那床被子挨着她躺下了。

我们的头并在一起,很清晰的可以听到对方沉重的呼吸,我还很清楚的感到自己像擂大鼓一样的心跳,可我们中间隔着两层被子和自己身上的衣服,天底下有这样一男一女睡觉的么?亏舒小娅能想的出来。

我偏了一下头看看舒小娅,舒小娅脉脉含情地看着我。我呼了一口气说,舒小娅,你让我守着一堆好吃的东西,却不让我吃,你真会折磨人呀!

舒小娅笑了,我已经决定做你的新娘了,你等吧,等到我嫁给你的那一天吧。我们现在都太小了,可是我过早的爱上了你。舒小娅幽幽地对我说,你还记得,你去年夏天的一个中午光着上身在街上走么?那天,我就跟在你的后面,你一个人走在空旷的街上,穿着运动裤,两只手插进裤兜里,上面什么也没有穿,脱下的衬衫慵懒地搭在你的肩膀上,太阳明晃晃的照在你背上发出令我眩晕的色彩。我忽然发现你就是我一生要找寻的男人,那个时候我就决定要得到你,我要做你的新娘。

我很惊讶地看着舒小娅。

有好几次我想你都想哭了,别看我一天到晚老捧着书看,可我满脑子想的都是你,只有看到你和你在一起的时候我才能安静。

我说,舒小娅,可别这样,你要好好学习,咱们学校还要指望你考个好大学呢,别因为我或者感情问题耽误了你。

你也要好好学习,咱们一块考上大学,一毕业,然后马上结婚,我做你新娘。舒小娅一脸幸福地看着我。

我不行,我学习笨,考大学有难度。

你好好的学呀,你看你语文多好呀,你要是笨,你能写那么多东西吗?你是懒!你整天和你那几个狐朋狗友的泡在一起,做人就很风光了,是吧?

我会好好学的,我还真不知道你有那么多想法,还真不知道你会这么爱我?!

舒小娅翻过身来,往我脸上"叭"的亲了一口。然后就埋下头不动了。我的手刚要有所行动,她就叫我不要动,并警告我说再动的话到床下面睡去。我就不敢妄动了,因为老长时间不动,我就迷迷糊糊的睡着了。

第10章

香港小姐陈英（张杨C篇）

等我迷迷糊糊的醒来的时候，天已经大亮了。

脚下的青草上的露水润湿了我的裤脚，身上的衣服也潮呼呼的。我站起来活动了一下身体，跑到一个山溪旁洗了脸，看着溪水里清瘦冷俊略显疲惫的脸，我苦笑了。

我想我还真是浪子，大多的时间我都在行走，又有大多时间我在行走的途中随时而眠。我一次又一次对自己说这样的生活真是太累了，可第二天太阳出来的时候，我又上路了。看到每一天新升起的太阳，我感觉自己像太阳一样正蒸腾着无穷的力量。

我从大屿山上下来，在游人出口处，那个戴着眼镜的管理人员很惊讶地看了我一眼。我对他微微一笑，用广东话对他说，您早。然后我打车去了中环。中环，是香港的金融区和高级住宅区所在，也是香港的商业和经济中心。当我摇下车窗看着一座座外型美观的玻璃帷幕大厦，价值不菲的精致建筑，别出心裁的商业店铺和堂皇瑰丽的豪华旅馆的时候，我的神情好奇的像个孩子。每次过中环的时候，我都会把头伸出车窗外。陈英就笑我。她一边用鄙夷不屑的神情嘲笑我没有见过世面，一边又用十分认真的口气对我说，告诉我，你喜欢哪一套，我给你买下来。

对于她的话我从来不争辩，不争辩就是最好的抵制和反对。这个整天把心思放在美食服装和男人身上的女人，她哪里知道建筑也是一种艺术呀。

第10章　香港小姐陈英（张杨C篇）

出租车到兴港大厦停下来，我乘电梯到了18层，电梯门一开，门口的两个保安就恭恭敬敬叫我"四哥"，我点了点头，向他们表示了我应有的礼貌，我不像别的当大哥的把手下的人不当人看而又把上面的人过分当人看，我提着黑色的手提箱向陈英的房间走去。还没有到门口门就自动开了，因为里面的马丽通过视频监控在房子里看到了我，马丽向我鞠躬叫我"少爷"，我皱着眉正恶心这个称呼的时候，她已经帮我挂好了风衣。

马丽是菲律宾人，当全世界都知道菲律宾的女管家是最出色管家时，陈英就辞退了那个黑的像碳一样的女佣人，雇请了马丽。陈英说，我不是最出色的，可我用的人都是最出色的，我要用世界各国的劳工为我服务。她说完这句话，然后把用手指指向我说，你也是最出色的。我真想冲上去拗断她那支指我的手指。尽管它洁白和修长，并且指甲上都涂有雪花一样的图案。

陈英嗲声嗲气的声音从里面传来，是谁呀？我正想说，是易木。马丽却先声夺人了：夫人，是四少爷。我又皱了一下眉头。

陈英风一样的从里面旋出来，呀，是你呀，你没有事呀，听说你们昨天被条子抓了，我都快急死了。

我很失落地说，他妈的全玩完了，弟兄们多被抓了，老鸹也被他们抓住了，白面也叫他们夺去了，钱还好没有叫他们抢去，我拿回来了。说着，我把那个黑色的手提箱扔在一个宽大的沙发上。

没有吃饭吧，马丽，给少爷准备份他最爱吃的云吞面，多放辣子哟。

我累坏了，跑了一夜的路，枪也跑丢了，我想先在你这里休息一下，然后再向老板汇报。

那你先到我床上躺会去吧。

我进了陈英的卧室，她的卧室布置的像寝宫一样。陈英脱掉我的外衣，然后从后面环住我，用手解我衬衣，我用手挡住了她，她还是硬生生的扒下来一半，她看到我肩膀上的淤血，用手抚摸着问我，谁把你搞成这个样子的？

是个女警察，用脚劈的，力气蛮大。

女的？还能打倒你，厉害！陈英用疑惑的眼神看着我说。

你以为全世界的女子就你有两下子呀。

◆沉 爱

再怎么说，我也是二当家的，有机会我会好好地会会她的。

随你，我要睡了。

我整好衬衫趴在床上。陈英俯下身来吻我颈部。我翻过身来说，英英，我说过多少次了，我不行。

你真不行，还是假不行，是对我自个不行吧。你身体这么好，我就不相信你这方面是银洋蜡头。

我给你解释多少次了，是叫枪吓的，有机会我找个心理医生治疗一下，刚叫条子追我一夜，你就别给我添乱了。要是叫老板知道我在你房间睡觉，我有十个脑袋也不够砍呀。

陈英就笑了：那你先睡吧，睡醒了记得吃面哟。

下午的时候，我和陈英见安老板。安老板刚过60岁的生日没有多久，精神抖擞，梳着领导式的小背头，面色温和慈祥，眼睛里却有着深不可测的光亮。他多次出现当地的一个电视台上，是个备受称道的公众人物，他多次带着弥勒佛一样的微笑，走在摄像机下到一些地方捐款捐物，他获的鲜花和掌声不比香港的当红歌星少多少，可有谁知道他的钱是骗买贵卖毒品得来的呢？

在那个金色大厅里，安老板像个老太爷一样坐在一个檀木大背椅上，他的左右有几个人手里端着枪，安顺天微闭着眼睛把手里两个玉石健身球捻得飞快。

我对安顺天一抱拳说，安老板，这次易木出师不利，中了条子的埋伏，折了几名弟兄，我甘愿受罚。

安顺天睁开了眼睛，听说你也受了伤，既然有先前定下的规矩，就按老规矩办吧。

老板，这次易木也是拼了性命抢回了箱子，也算是死里逃生，你就饶他一次吧。陈英看了我一眼。

哼？！你想破坏规矩吗？

英英不敢。

那就执行吧！

我从桌子上抓起那个装了一发子弹的左轮手枪，然后把手枪对准自己

第10章　香港小姐陈英（张杨C篇）

的脑袋，看了一眼安顺天和陈英就闭上了眼睛。我没有想这粒子弹应该会在哪个孔里，我想安顺天应该认为我还有用。我听到掌堂的喊道：生死天注定，富贵好运程。然后我就抠动了扳机，过了一会我慢慢地睁开眼睛。我很清楚我还活着，陈英的脸上露出了笑容，安顺天则是仰天大笑。

有种，能为我好运程死的人我怎么舍的杀呢，这次行动不怪你出师不利，我已经派人调查了他们，斯蕊娜给他们说说这个王阳到底是何方的神圣。

斯蕊娜打开笔记本电脑，向老板点了一下头，然后看着我们说，王阳，女，山东人，生于1981年8月，毕业于北京某体育学院，任教两年后从警，2003年在中国好女子警察技能比赛中获得个人冠军，擅长跆拳道和散打。2004年应招公派赴港，协助香港警方缉毒、追逃等活动。现担任九龙警署第5缉毒小组的组长，居住荷里活道中港小区5栋506室。

安顺天很满意的向斯蕊娜点了一下头说，好，然后他扭转头来问，你们都听清楚了吗？我和陈英点了点头，他看了看托尼说，你听清楚了没有？

托尼心不在焉的停下正挫手指甲的锉刀说，老板，我听清楚了，不就是个妞吗，我会用我的这双手要了她的命。

好了，今天就到这里吧，我很累了，陈英你留一下，其余的人出去吧。说完，安顺天转身进了里面的休息室。

陈英对我说，你在外面等我一下，我很快就出来，一会我们去喝下午茶。

我倚在陈英的宝马车前想刚才斯蕊娜报告王阳的情况，我知道曾经的一天调查员斯蕊娜也是一副刚才的样子向他们报告过我的情况。现在我才明白Z8的良苦用心。我点上一支烟慢慢地抽着，想好久没有和艾克大叔联系了，如果刚才真的一枪把自己打死了，除了艾克大叔又有谁知道自己是干什么的呢？有时候我自己都怀疑自己究竟是好人还是坏人，就像这个世界本来没好和坏一样，只是有一些东西左右了我们的视线和欲望，让我们身不由己的偏离了自己应有的航向。我看着车水马龙的香港街头和行色匆匆的人群，看着他们的笑容和孩子们天真的表情，可是外面的人是不会知道我身后这座雄伟大厦里面的金色大厅里刚刚发生过什么？这就是社会和生活，我们永远看到的只是冰山一角，在他们眼里一切是那么美好，

◆沉 爱

明天仍然灿烂。这就是生活能带给人们的希望。

陈英娉娉婷婷从大厅里面走出来。我知道这个从印尼来的女子不简单，20岁的时候就成了四大护法的二把交椅。她杀人的武器不是枪和刀，而是用脑子和脸蛋。世界上也只有这种武器可以做到杀人于无形，更具有摧枯拉朽的力量。

陈英面色潮红地钻进车里。看什么看，开车呀，去兰桂坊喝茶。

我开起车，陈英靠在我肩上，然后拿嘴向我脖子里吹气。你不吃醋呀？陈英睨着眼睛对我说。

我直盯着前方说，他是我老板。

你不是个男人，杀雷易山的时候，你还像个男人。我刚和安先生睡过觉。陈英摆弄着手指对我说。

我从前视镜看了看她，然后说了一句你和谁睡觉关我屁事。

我要你为我杀了安顺天，你会干吗？陈英盯着我说。

不会，因为我的心还远没有你那么歹毒，又上他的床，又要谋他的命。

陈英气哼哼地推了我一下，车立马像喝醉了一样斜冲了出去。

兰桂坊位于中环路上是中西美食地带，具有浓郁的异国情调。

我们把车泊好，就走进了装潢考究的茶厅，陈英要了茶座包间就进去了，然后点了一壶武夷山大红袍。不一会茶具都给装备齐全了，茶艺师给冲泡好就退出去了。我对陈英说，没有想到这一生我还能喝到这么好的茶。我轻轻地呷了一口说，真是口中幽香茶中极品，有钱也难以喝到呀。

哦，有那么好，说来听听。

此茶采自武夷山顶峰两株千年茶树，此茶树吸日月之灵气，润万物之光华。每年5月13号至15号由当地经验丰富的采茶人采摘，两株大树的茶干燥后成品不足十两。此茶有浓郁的兰花香，味纯，色艳，清冽，持久，每个叶片可冲七八次，香气始断。

陈英击了一下掌说，不愧是进过大学的高才生，知识就是渊博。和那些整天带枪拿刀只会砍砍杀杀的人就是不一样。

我给陈英斟了一杯茶，她呷了一口说，听你这么一说，再饮此茶，果真味道大有不同。你大学没有读完，不后悔吗？

第10章　香港小姐陈英（张杨C篇）

后悔？！我现在出一次手比大学生毕业生辛苦几年都挣的多，你说我后悔吗？本来我是计划好好读大学的，可是一失足大学就不要我了，哪像这整天带着弟兄进出红灯区都没有什么事，内地和香港这一点差异还是有的。

我可听说，你进红灯区从不找小姐。陈英用满是狐疑的眼睛望着我。

我认真看着她说，我不是告诉你了吗，小姐对于我来说是永远的痛呀，我在内地找小姐的时候，让警察抓了个正着，赶巧有个警察的枪走火了，他的枪响了，我下面的枪就不行。不是吧，你说谎！我看见你打手枪，壮的很。你好像是对我没有兴趣，是吗？陈英的声音有点异样。

我突然愣住了，你是怎么知道的？我不由的倒抽一口冷气。

要为鬼不知除非己莫为呀，打手枪也不是什么坏事情，生理需要呀，憋久了会憋坏身体的。陈英抬着她那张很妩媚的脸看着我说。

你在我的卫生间装了摄像头，婊子！我立起身来，一把抓住陈英的纤细的脖子，咬着牙齿问她，你还知道些什么？

陈英静静地看着我凶神恶煞的样子，过了很久才一字一顿的说，我还知道，你根本就不喜欢我，根本就不！我颓然地放开了手。

后来陈英趴在我的背上哭起来：别人怎么说我什么都可以，你不应该这样说我，你骂我婊子，有谁愿意做婊子，你说。接下来陈英断断续续地给我讲了个故事，我相信它只是个故事，绝不是事实。

我妈是香港人，香港出生香港长大。24岁那年她嫁给了安顺天，那个时候安顺天承包了一个小集装箱码头，自己做老板。几年以后他组建了好运程进出口贸易公司。后来，各地商家纷纷看好九龙半岛这片东方最大的贸易港口就蜂涌而至，竞争日益激烈。在香港可能就是这样，你今天可能是吃西餐住别墅拥有上千万资产的老板，第二天早晨正吃西餐的时候，听到一个消息你可能发现自己已经血本全无，然后你就不得不拿着手里的面包走出房子流落街头。安顺天暂时不会流落街头，因为他已经开始做非法生意。我妈是个贤淑的女人和他吵了几次，安顺天不听还打了她。我妈咪一气之下就移居印尼，从此二人断了联系。

这些都是妈妈在病重的时候告诉我的。我妈后来有了我，我不是安顺

沉 爱

天的亲生女儿。来印尼以后妈妈喜欢上了一个出海的海员。可是后来一次海难我从未谋面的爸爸就过世了。

后来我妈进了一个纱厂做工，我们就靠妈妈做工的钱度日。再后来她生病了，肺了吸进了太多的纱纤维，老是咳，最后咳出血来。在病逝之前，她指了指那个从香港赶来的男人，让我叫他爸爸。她说在这个世上一无所有，没有亲人，不想让我像她一样流浪和受苦。其实，我知道她多么爱我，她让我上印尼最好的小学和中学，她自己一个人那么辛苦，却从来不告诉她有多么苦。她知道自己快不行了，没有办法再继续照顾我了，就应求安顺天带我回香港。

那个时候我15岁。我只叫过安顺天一次爸爸，还是在我妈闭眼之前叫的，妈妈去世以后，安顺天就不让我叫了。他说，他有2个儿子一个女儿，他不稀罕我，说我是野种。他让我叫他安老板并允许我继续保留我原来的姓。他新娶的一房太太给他生的儿子和女儿去了国外读书。他自己疯狂的做着毒品生意，可从不让儿女沾染。他只让他们用他拿毒品挣的钱过富足的日子。可对于我这个女儿呢？我跟他回到香港不到一年，有一天晚上，他摸进了我的房间，试图强奸我。我拼命的反抗，他没有得逞，就灰溜溜的走了。那天晚上，我哭到天亮。我想报警，我想离开这个地方，可我报警有什么用，他当时就是一个部门的委员。我要走可又能走到哪里去呢？

又过了一年平稳的日子，我17岁了。我不记得是17岁的哪一天，只记得的当时太阳出奇的亮。我和几个朋友从SOHO的一家茶座出来，正下台阶的时候，突然一脚跌坐在地上，我的膝盖里好象突然钻进去了虫子，我的腿怎么也抬不起来了。我坐在冰凉的台阶上，惶恐到极点，抬头看天上的太阳，我从来没有发现她会像今天那样明亮到恐怖的程度。

我被车送回了家。安顺天过来后就给我吃了一颗黑色的药丸，不到十分钟，我的疼痛消失了，好像刚才就是一场噩梦。当我看到安顺天那淫亵的笑容时，我才知道我的噩梦才刚刚开始，他很直接地告诉我是他在我身上下了毒。他对我说，听话，只要听话什么事都好办，倔脾气是要受罚的。然后他看着我开始脱衣服，然后上了我的床。这次我没有流泪，没有反抗。我在心里一直咒骂这个衣冠畜生，再怎么说他也和我妈妈生活过。可我更怕我在SOHO的外面跌坐在地上站不起来大叫时的无助。安顺天下床的时候对我说，你真像你的母亲。我狠很地打了他一巴掌。他却捂住脸笑了：每一礼拜到我那里取一次药，否则第8天的时候，你还会站不起来的。

我很惊讶地看着陈英。我笑了一下：你真会讲故事，再说是你们家的破事为什么说给我听呢。可我说这出这句话的时候，我他妈的就流泪。

陈英一直很照顾我。我不知道为什么？我老是怀疑。她多次劝我离开这里，别再干这些打打杀杀的营生。她还问我是不是真的缺钱，她可以给我一笔，只要我能离开这个地方，她说这是个不适合我呆的地方。我想她是不是看出来了什么，她越对我好，我就越在她的面前发狠，做出十足的大佬的样子让她看。我想到她和安顺天的关系，她就是放在我身边的一颗眼睛呀。

我20岁的时候，安顺天已经不用再给我吃药，因为我已经心甘情愿成为他笼络政客和杀人的工具。我已经没有廉耻，没有感情，没有良知，我已经不再分什么是与非，也不管什么是黑与白。他为了制造声势还紧锣密鼓的让我参加了"香港小姐"的竞选活动，他带着我出入各种社交场合，有什么难题，他就把我这张牌打出去。在他的教唆下，我开始和不同的男人上床，我吸毒，我自虐。我妈以为安顺天会看在往日的情分上会给我幸福，她哪里知道把我交给他等与把我交付给了魔鬼。

别看你杀人如麻，出手狠辣，可我看的出你天生善良。有一次，你看见我正在吸毒，你上去一把给我夺了下来。你问我，为什么吸毒？我说，我不吸毒，我还能干什么，你怕我吸不起呀？你说，贩毒的吸毒是个忌讳。多么牵强的理由呀。我听后就哈哈大笑，笑着笑着我的眼泪就流出来了。因为你是第一个阻止我吸毒的人，你是在我最绝望的时候还拿我当人看的人，但是你从没有把我当作女人，我知道你一直在心里骂我，看不起我，就像今天你一张口就骂了出来。

陈英给我说这些话的时候，眼泪就一直没有停过。她把我递给她的手巾都弄湿了，是安慰她，还是一直这样冷漠地看着她。尽管我心里排山倒海，尽管我暗地里咬碎了牙齿。我不知道我抽了多少烟，整个茶座包间让我弄的烟雾缭绕，后来，我用手摸了摸陈英的让我掐伤的脖子，我对她说，

◆沉 爱

对不起，刚才……我这个人好冲动。陈英像只受伤的猫一样用温柔悲戚的眼睛看着我，我想伸出手抱她一下，可是我没有，我低下头看着一堆烟蒂说，我们走吧。

我开车送她回兴港大厦的房子。陈英系好安全带唯一一次没有把头靠过来，以前我要是一开车她就会像条藤一样的绕过来，她闭上眼睛，长发从她的脸颊滑下来，她那涂着蓝色眼影的眼睛，睡梦中她还在一抽一吸的，她还在哭吗？我静静地看着她，只有这个时候我才发现她还只不过还是个孩子。

我把车停在兴港大厦前面。陈英还没有醒，她真的是太累了。我开了车内的空调，看了一眼陈英安睡的样子，然后很小心帮她拿掉鞋子，我拉上车窗帘子，然后熄了灯，闭上眼睛。

第 11 章

男朋友姚建军（王阳G篇）

我在小会议室慷慨陈词的时候，我的两名队员从门里进来了，我笑着过去每人当胸给他们一拳。

MADAM，你轻点呀，我的伤还没有全好呢。

是不是又想赖两天假。

嘿嘿，不用拉，大家都忙的屁股朝天，一个人在家呆着像坐监似的。要坐监大家一块在局里坐呀，也有个说话的。

好，归队吧。

YES，MADAM。

这次，陈警司对我们的行动给与了很大的支持和肯定，还特别提到受伤的两位警员，说你们是不畏凶险，敢于战斗的新一代香港警察的榜样。我笑着望着他俩，他们都热烈地鼓掌。我稍做停顿继续说，并且这次我们成功的截获了15公斤的海洛因，这是九龙警署近3年来截获毒品数量最大的一次。鉴于此，上级已经决定给我们小组的成员每人记功一次，是每个人。他们又开始鼓掌。当然了，也存在一些不足的地方，我是个半路出家的警察没有受过严格的训练，我说是理论上的，不是体能上的，有时候难免会感情用事，如果有不妥当之处，希望在座的各位谅解和给予帮助。有对我个人有意见的可以提。我说完挨个儿看了看他们，他们互相看了看，有一个警员犹犹豫豫地举起手来。

我心想，还真有敢提我意见的。

田付华，你有什么话要说吗？

MADAM，你平时说话的时候，老是什么丫，能不能改改，我们搞不懂那个。

我说，你丫的，有你的，田付华，这是北京正宗的普通话，我讲给你们听，是不收你们学费的。现在香港每年都从内地调一些大学的老师来香港教你们的国文，我现在免费给你们上课，你们还不知足呀。普通话不仅仅要普及内地,还要普及香港,将来有一天会走上世界的。你们不是也知道，现在香港的小孩子不再以会说一口流利的英语为荣了，而是以会说一口地道的普通话而骄傲。有机会，我会带你们到北京去旅游的，那满胡同的年轻人都是这么说话的，到那里你们就找个大环境了。

什么时候呀？他们欣喜地问我。

我就知道你们等不及，局里说了，等我们完成任务，打个漂亮仗，我们就都去北京。不过就看你们的成绩了，王保昌，你把易木长弓的情况调查的怎么样了？

王保昌忙把屁股从桌子上挪下来，找到一些资料通过投影仪放给我们看。王保昌指着一张照片说，这个冷俊，高挑，看似深沉，忧郁——

真啰嗦，你还有完没完了，拣要紧的说。我真的搞不懂王保昌从哪里弄到易木长弓拍的像明星一样的照片来。

好吧，我就简单点说，照片上面的这个男人，名字叫张杨，1980年10月出生，新疆人。

他出生在山东，20岁从新疆考入C大，大三上学期，因为外出嫖娼被学校除名，后来改名易木长弓，你们发现没有把张杨拆开从右往左读，就是易木长弓，他到香港后进入好运程公司坐安顺天的第四把交椅。从大陆方面得到消息说，张杨很可能和日本人树田雄一的死亡有干系，内地警察正在做这方面的进一步的调查。

我看着幻灯片上张杨深沉、桀骜、忧郁的眼睛，我知道没有人比我更了解他的这双眼睛了。易木长弓，易木长弓，多好的名字呀，他还是像以前一样总喜欢搞一些文字上的小把戏，倒过来合起来不就是张杨么。

礼拜六回家，我妈一见到我就眉飞色舞，我想我也就是住校才两礼拜，见到我至于那么激动吗？我妈一趟趟走到外面把晒在外面的被子和床单收

第11章 男朋友姚建军（王阳G篇）

进房子里，然后很仔细地给我铺床。我几次要插手，我妈都不让动手。

我说，妈，你给我铺床都铺了二十多年了，你不嫌累呀，我要是嫁出去了你还能给我铺床吗？

所以我抓紧时间多给你铺几次。

我妈从小就宠我，每次她都算好了我什么时候回家，提前几天就给我晒被子，每次我都是舒舒服服的躺在我妈给我铺好的床上，感觉特温暖。我爸就宠他自己写的书，他把书当作自己的孩子。

我惬意躺在我妈整理好的床上，清晰的感觉到被子里面的阳光的味道。我问我妈，妈，我爸还写书呢？

嗯，写呢。

我站起来到厨房煮咖啡，煮咖啡的时候，我妈就站在我背后静静的看我，然后我们都把目光投到院子里的正在玩耍的狗和猫的身上，狗用嘴叼猫的尾巴，猫就迅速的跳过来用爪子拍狗的嘴巴。狗又转到猫的后面叼猫的尾巴，猫很生气，喵喵的叫着又用爪子拍狗的嘴巴，好像在说，你怎么老找我的事呢？讨厌！我和妈妈都开心的笑了。

我把煮好的咖啡端进我爸的书房，放在他的左手旁，我说，爸。

我爸回过头来看我，阳阳呀，好长日子不见你了，听你妈说，你住学校了。他站起身来，端起咖啡。

我说，高三复读班的课挺忙的，我这不是刚分进来，想给领导留一个好印象就住学校了。我趴在书桌前看我爸写的东西，桌上有本刚出的散文集我还没有看，就翻了一下，封面的内页上是我爸一手持烟，一手持笔写作的照片，样子很大气也很潇洒，就是人瘦了点，天天埋头写作的人能不瘦吗？下面是一些简短的介绍他的文字，我又翻了一页就看到一行特醒目的文字：谨以此书献给我的妻子和女儿。那一刻，我感觉到一种比阳光还温暖的东西。

阳阳，听你妈说，你在谈男朋友？我爸在我身后呷了一口咖啡说。

哪呀，就一普通朋友，没有什么的。

普通朋友，那你怎么带人家往小树林里钻？我妈插进来说。

妈，你是怎么知道的？

要让人不知，除非己莫为呀？那天下班时，我看见你们啦，回到家就告诉你爸爸了。不过，小伙子长的蛮有型的，长的像那个既演电影又当模

065

特的什么兵。

我说，妈，你说的是胡兵吧，人家胡兵多帅呀，他长的就像一胡子。

我爸听了就笑了：好好处吧，你也不小了，中意了，带回家吃个饭。

我说，行，有好的，我能不往家带？

礼拜五，我在邮电局遇到了姚建军。

那天没有课，我一个人在我的安乐窝呆了一会，想起了我妈。买了水果骑车到了邮局，我把车放在邮局大院，就看见我妈的上司姚局长挺着个肚子过来了，我就和姚局长开玩笑。我说，姚伯伯好。

好呀，好呀，阳阳真是越大越漂亮了。

姚伯伯你也越来越有型了，肥头大耳的，说着我还用手拍了一下姚伯伯的肚子，你说，这么厚，那得多少油呀。

姚伯伯的脸腾的就红了，他说，你是来看你妈的吧，那你快去吧，她正在前面忙着呢。我拎着水果往邮局走，边走边纳闷，姚伯伯还会脸红？小的时候也没有见过他脸红过，抱着我老用他那厚厚的胡茬刮我的小脸，倒是把我脸刮红了。

我和我妈在邮局里面说话，隔着银色的铁栏杆，我看见姚建军很帅气的走过来。

建军，你来邮信呀？来来，让我给你盖个戳。我抓住印把子站起来在里面向他嚷。

建军看着我就笑，不是邮信，我是来看我爸爸，我爸说，你在前面我就过来了。

你爸爸？我正迷惑。就听我妈说，建军是你姚伯伯的儿子呀。

吖，感情他们都知道怎么回事，就把我一个人往鼓里蒙呀，也难怪自己脑子笨，多大的一个县城呀，姚姓又是一个多么稀有的姓氏，我说我妈一见我就喜笑颜开的，原来尽在她掌握中，我早就该想到这一点了，要不怎么会人说恋爱中的女人会迷失方向，我想，我就是头晕了。

姚建军推开铁门，比推我宿舍的门还大胆还理直气壮，他向我妈问好。我妈看看他又看看我就一脸幸福。姚建军就一个劲地傻笑。我妈说，建军你别站着了，坐，坐呀。我妈一抬屁股就把座位让给他了。阳阳，我去买点菜，中午叫建军到咱家吃饭。我说，不用了，中午我在外面请他吃。然后我就拽起建军走了出去。

第 12 章

医院里的张杨（张杨 D 篇）

再过两个月就高考了，这个时候舒小娅出事了。

那天我从离县城20多里的镇上返校，一路上我都在考虑应该把《潮中潮》解散了，考大学应该全力以赴。回到学校我就在属于我们诗社领地的白公板上贴了通知:《潮中潮》晚7：00，开会！

在会上，我们学校的颜主任对《潮中潮》近3年来的努力和成绩做了相当大得肯定，说她是沃土，是春风，是潮涌，是雷与电，是兄弟学校里的排头兵，为我们学校赢得了众多荣誉，说着说着他向上猛的举起了拳头，他的这个动作一下子让我想起来他发表在某杂志上的一首诗《我一拳把天空穿了个洞》。

随后颜主任让我说几句。我就简单的说了几句，主要是对学校给予诗社的支持表示了感谢。然后我就提到解散。大家都很沉默。我还想笑一下，我想我那个笑一定比哭都难看，因为我是装出来的，并且没有装到位，笑容在脸上还没有弥漫开来的时候就嘎然而止了。前面有几个感情丰富的小女生在低着头抹眼睛。

我说，今天你们怎么啦，以前我们一个礼拜开一次会多高兴，说到解散有这么痛苦吗？诗社不一定非要搞成团体，虽然我们在一起可能会学到更多东西，其实大家都是流浪惯了的人，诗社只能把我们短暂的召集在一起，最后我们还会各奔东西，因为我们的诗应该写在路上，告别七月走更多的路，我们才能喷薄而出。然后我就听到稀落的掌声。

◆沉 爱

我看了大家一眼说，我想最后点一次名，没到的同学，这次就不记录在案了。然后我读名单上那些亲爱的名字。3年来，从没有一个5次不到的同学（5次不到的同学，取消会员资格），只是新增了不少会员，就是入会也相当困难，写一份申请，交5元钱办会员证不说，还要向诗社交3篇以上的诗作，水平不高的同学是拒绝入会的，所以每次校内《潮中潮》发的诗都能被报刊选中。舒小娅不会写什么诗，不过她是最早一批入社的，那时候还没有这个规矩。

点名结束后，我就发现只有舒小娅一个人没有来。我问，有谁知道舒小娅为什么没有来？

从我身旁站起来一个女生说，张社长，你还不知道呀，舒小娅出事了。

我说，出事了，出了什么事？

她被车胎炸伤住院了。

在那个同学的叙述下我惊恐地看到如下的一个画面：舒小娅仪态万方的走在烈日当空的中午，她走呀走，最后走到一个装载电线杆的大型卡车面前，就在这个时候，那个一人多高的车胎经过长途跋涉和在烈阳照射双重作用下终于不堪重负不失时机的爆炸了。舒小娅就大叫一声，栽倒在地上，随后有血从她手上渗出来，再随后有人在离她不远的电话厅打电话，很快有一辆像撒泼的女人大叫着"完了，完了"的救护车呼啸而来。

第二天一早我就带了舒小娅的一些书往医院赶。可是出了校门以后我骑了一段路才明白不知该到哪个医院去，因为县城能出救护车的医院有两家，一家是城西医院，一家是协和医院。我想应该去协和医院，协和医院大呀，全国都有这座医院的分院，肯定在那里。我就买了瓜果就过去了。

到了协和医院的问讯处，里面有个穿白大褂的带眼镜的中年人低着头正看报纸，一个大眼睛的护士也低着头，不过她没有看报纸，她正摸自己白嫩的手指和手指上修剪的细长的指甲。我看了她一会，然后我叫她姐姐。

我说，姐姐，你们医院昨天出救护车了没有？

她看了看我有气无力的说，出了。

那你们接回来那个扎马尾辫子的女生住几号病房？

没接来！我们的车赶到的时候，已经让城西的车抢走了。她懒懒地说

第12章　医院里的张杨（张杨D篇）

道。我说了声谢谢，就从城东往城西医院赶。等到医院的时候，我已经是一脸的汗。进了医院大门，我就看见前面停了几辆新的救护车，里面有个司机正抱着方向盘打瞌睡。我又跑到问讯处问一个漂亮的护士，又叫她姐姐。

我说，姐姐，你们医院昨天中午出救护车救回来一女生住几号房呀？

出了三次，你要看哪个病人呀？她说。

我一听就很惊讶，我吞了一口水说，是扎马尾辫子被车胎炸伤的女生。

她看了看桌上一个绿皮的小本子对我说，318病房。

我提着水果一边擦汗一边去了三楼，在经过三楼楼口一面上写注重仪表的壁镜时，我还特意照了照，并且拿壁镜旁边用绳子悬着的一把小梳子拢了拢被风吹乱的头发，我在318病房前先是嘘了几口气，然后敲门。

进来吧。

我就看见舒小娅猫一样的窝在一女人的怀里。舒小娅看见我时她的眼睛明显的亮了。她惊喜的叫：张杨。我就看着她笑了。

有个中年人连忙从椅子上站起来走过来握我的手。

我说，你是——

我是大卡车的车主。他不好意思地说。

我是舒小娅的同学，过来给她送书的。

高三了，学习挺紧张的吧？

时间挺紧的。

舒小娅看我不理她就撅起嘴巴，张杨，我耳朵聋了！

耳朵聋了，还能听到我们说话呀？

还真是，左耳朵让车胎给震穿孔了，不过没关系，医生说用几天药就好了。车主对我说。

我说，呀，还挺严重的啊。

我过去看舒小娅，舒小娅悲悲切切地看着我。

我聋了，我聋了，你还会要我吗？张杨。

我的脸一下子就红了，我真不知道舒小娅会守着她妈和别人突然会这么问我。我想是不是让车胎连脑子一块给震坏了。

我说，你哪会聋呀，你好好的走你的路呗，你和车靠那么近，你是不

◆沉 爱

是好奇没有见过那么大的车轱辘,用手去摸去了。车主和大妈都笑了。

舒小娅伸出手臂让我看上面的点点血迹,我说,这咋弄的?

车胎上面有石子和灰粒什么的,给崩的。还好没有崩到脸。舒小娅就扬起她那张清纯可爱的脸笑。

这么厉害呀,这车胎爆炸都快赶上一炮弹了。我看着舒小娅有点心痛地说。

刚才你没有进来的时候,她还大喊大叫的,昨天晚上我搂了她一夜都没有搂住,叫车吓坏了。听说当时那一声响,几里以外的人都听到了。现在你一来她也不闹了。

我把买的香瓜拿出一个给舒小娅削皮。给车主和小娅妈一人一个。可车主说什么也不吃。我说,吃吧,大热的天吃个解解渴。车主也就接了过去,说他还有点事就出去了。

小娅妈一直拿眼睛打量我,最后对我说,你这娃娃,太实,从昨天到现在车主一分钱都没有出,你还给他瓜吃。说着从口袋里掏出50元钱来要塞我,学生正用钱的时候,你来还买那么多东西,上学容易呀,你把钱拿上。我说什么也不要。再说,我买那点东西该几个钱呀。她妈执意让我拿着,我就拿眼睛看舒小娅。舒小娅说,我妈给你的,你就拿着吧。我就接过来。

中午的时候,舒小娅的嫂子和她的一个同事下了班过来看她。舒小娅就一脸幸福。她们老把我瞅过来瞅过去的,这让我很坐卧不安。好容易走了,我忙去餐厅给她母女打饭。吃过饭,刚休息了一会,护士进来给舒小娅又换上吊瓶,这时候,学校的几个主任和班主任进来了。

舒小娅学习成绩在整个学校都排前几名,人漂亮乖巧很讨老师喜欢。来看她的老师其中有两个是和我谈过话的,说的委婉一点的是不准我和舒小娅来往,说怕我影响她考大学。不委婉的就拍了桌子,打了板凳。说,舒小娅学习那么好,人长的那么漂亮,你天天缠着人家跟在她屁股后面,就你——就你就你,我知道他们没好意思说出来,他们的意思是说我癞蛤蟆不三不四也想天鹅屁吃,不过他们就你之后,话题一转说,舒小娅考上大学,大学里面什么样的人没有,张杨,你不要以为你会写首歪诗你就感觉自己有多么粗多么大了,大学里出书的多了,她是没有见过什么世面叫

070

第12章 医院里的张杨（张杨 D 篇）

你给惜了，你也不要光席盖被子——一面热。不过让他说的我脸上热辣辣的，不用盖被子我就发烧了，然后他们让我表态。

表态就表态，我说，我和舒小娅以后各走各的路，我绝不招惹她。可惜当时没有刀，要是有刀我就剁个手指扔给他们看看我说这句话的决心。他们对我的回答还算满意。然后让我写一份悔过和认错的保证书。不写是不让我回到教室继续上课的。我就写了，并且写的蛮好，我是说字体。

我回到教室，教导主任又把舒小娅叫了出去。我想肯定和我是截然相反的态度，就是不截然相反，绝对不是那种伸长了脖子把唾沫喷你一脸的训话方式。

舒小娅从教导处回来后，我一直低着头像一个卑微的偷猎者。下了晚自习以后，舒小娅背着包仍在楼梯口等我，我像没有看见她似的从她身边一闪而过。

她从后面追了上来，我扭过头来冲她喊了一句离我远一点，就开始跑，她也跟着我跑，可我跑出去没多久，就听到身后舒小娅就叫了一声，摔倒在地上。我站住了，我没有走回去，也没有扭过头去。我静静站在那里，直到舒小娅一拐一拐地走到我面前。通过远处宿舍的灯光，我看到舒小娅脸上的泪水。我说，摔痛了？

嗯，路上太黑了。

那天晚上，舒小娅在她的房子外面很动情的一直吻我，我像一只离了水的鱼挣扎着，第一次对接吻心存芥蒂。

我对舒小娅说，小娅，你好好学习吧，老师不让我和你在一起，会影响你学习的，你要是考不是大学，学校里的老师真的会吃了我的。

舒小娅说，老师知道什么呀，有你在，我才能好好学习的，如果你想让我考上大学，你就别离开我。

我和班主任打过招呼，就坐在床上看普希金的诗集，那两个主任我理都没理。我看了很久，他们还在喋喋不休，主要是问暖说天气太热，房子里怎么没有电扇。然后就向舒小娅妈献计献策，说应该怎么样要车主赔偿，最好能打官司，挣取个青春赔偿费，真不行学校可以出面，学校是什么地方，那是教学和科研的地方，是全世界唯一的净土，就告他扰乱教学秩序，

◆ 沉 爱

并且讲了从报纸上看到的类似的案例。

我厌恶地扭过头去，看外面的风景，有一辆救护车箭一样地窜了出去，然后冲到街上拉响了笛鸣，向郊区飞去。

老师们终于走了，我给小娅妈说，我也要走了。舒小娅不愿意让我走，竟带着针头下床拉我胳膊。我倒退着说，舒小娅，我明天还有课呢，我还要上课。我带上房门的时候，看到舒小娅神情孤寂的坐在床上。

我从车房取回了自行车，不知道为什么我骑得很慢。西边天空有火一样的晚霞，把天边涂抹的五彩斑斓，一群不知名的大鸟嘎嘎叫着从我头顶飞过，他们一整天呆在西边的沼泽地在那里嬉戏，这么晚了他们要飞到哪里去。傍晚热凉参半潮湿的风吹起我头发，我想起我离开时舒小娅那失望的姿势。舒小娅的爸爸常年在外面包工程，没有时间陪她。

我骑了一段路，就掉过车往医院骑。我把车子又推向车房，那个看车子的老大爷很惊奇地说，你不是说要回去的吗？我说，今天晚上不回去了，明天一早走。然后把一晚上的看车费交给他。

我推开318病房，房子里没有开灯，我站在昏暗的房子中间，舒小娅仍以我离开的姿势坐在床上，像一座模糊的画像。我对她说，我不走了。舒小娅用手抹了一下眼睛说，妈，你把灯打开吧。我就看到她明亮湿润的眼睛。那个时候，我就想长久的失望和即刻的幸福原来是如此的简单。

看的出来小娅妈也很高兴。她说，今晚有我在，她就不用担心受怕了，你不知道她昨晚那个叫呀，可是就怕耽误你学习。

我说，没有什么，我回去会好好看书的，文科也没有什么，就是多看书就可以了，再说舒小娅会帮我的。

吃过晚饭，我和舒小娅开始看书，小娅妈就在一旁静静地看着我们，样子慈祥的就像《小楼风景》里的王启明。我曾不止一次的偷偷地观察舒小娅，有我在她身边，她看书真可以很专心，我好像就是她喜欢而独有的心爱玩具，存在的时候，她会一直静静的守护着，不在的时候，又会心神不定的到处找寻。我却不能，我看着书上一行行的英文单词，我老怀疑那是一节节正缓慢移动的火车车厢，轰隆隆的从书的一个角落里开进来，又从书的另一端开出去。我放下书开始翻看普希金的诗，只有诗才能让我浮躁的灵魂安静，这和我躺在舒小娅身边的时候是一样的。

第12章　医院里的张杨（张杨D篇）

当我和舒小娅端着牙具向水房走的时候，小娅妈也端着瓷缸跟着我们，我把牙刷放进嘴里，象征性的刷了几下，就吐掉嘴里还没有完全化开的牙膏，我怕牙刷坚硬的毛毛会损伤牙釉质。因为我固执的认为牙齿的色泽和使用什么牌子的牙膏根本就没有什么联系，有联系的只是和自身的体质和当地的水质有联系。我的牙齿这么白和整齐为什么还在刷牙上费力气呢。

小娅妈让我把旁边的一张床和舒小娅的床并在一起，说这样就可以睡我们三个了。我怕挤到她们就把一张椅子拉过来。我上半身躺在床上，腿就放在椅子上。舒小娅让我靠她紧一点，我没有动。她就用白色的床单向上拉，蒙住我和她的头，静悄悄地靠了过来吻了我一下，我既激动又害怕。我没有想到这个时候她还这么大胆，我对着她的右耳朵压低声音说，你妈。她却把嘴附在我耳朵上说，不怕，她累了。

半夜里，我醒了。我发现不知道我什么时候已经把脚放在床上了，耳边是舒小娅猫一样的呼吸声，她的手放在我的胸口上，手里还捏着我衬衣上的一粒纽扣。大妈睡的很香，还有隐约的长短不一的鼾声，我想昨天肯定是把她累坏了。就又把脚移到旁边的椅子上。

第 13 章

两个人的世界（王阳 & 姚建军）

　　姚建军第一次吻我的时候，我才知道他不是我生命中的男人。因为我很平静。他吻我尽管吻得既用心又贪婪，可我不讨厌也不喜欢，只是出奇的平静。

　　我在心里说，接吻怎么是这个样呀，这个人一定不是我要找的男人。

　　姚建军 1 米 80 的个头，身体匀称，面皮白皙，浓眉、大眼。长了一副让女孩子看一眼能怦然心动的外型。可我发现自己对他缺少应有的激情。我第一眼看到他产生冲动是因为他腰上的五四式手枪。后来我更加清楚这一点。因为和他走在一起的时候，我大部分时间在玩他的手枪。我喜欢把这个冰冷的铁家伙握在手里的沉重厚实的感觉。

　　姚建军很疼惜我。我们县城刚开始有手机的时候，他就给我买了一个手机，自己在腰上挂一个 BP 机，说我有事找他方便，其实是他找我方便。每个礼拜他至少有十次在打他的手机。至少有两次要到我的个人宿舍来。他来到以后就有点不老实，在他啃过我两口之后，就很快动情了。老用手指拉扯我的衣服。我用手一挡，拿眼睛瞪他，他就叹口气作罢。我说，你就那么谗啊，以后还没机会呀。

　　其实姚建军真的用强，我也就依他了。他就是胆子小，我一瞪眼，他就低下头嘿嘿的笑着直搓手，样子还挺逗。看他那个样子我就主动吻他一口，他就乐得直蹦高。我心想：在怎么对他没什么激情，我也是一个正常的女人啊。有一次打电话和北京的玲子聊天，她偷偷地告诉我，她为胡老师堕胎都两次了。靠，我用山东话告诉她，我是小小虫溜河岸——还是个雏呢。

有天晚上，我不知道为什么老想姚建军的种种好处。后来我对自己说，没激情归没激情，这屁大点的县城比姚建军好的还能到哪找去，再说要浪漫我也过了浪漫的年龄了。我很仔细地洗好自己的身子后，我就给姚建军打电话。我发现我今天晚上的口吻最温柔。建军今晚你过来吗？建军先是嘿嘿的笑了两声，然后小声说，现在是不行啊，我们今晚有个行动。正开会呢，等忙完以后我就马上到你那报到，你看好不？我的口吻就变了，叫你来，你还不来了。今天不来，以后别说我没给过你机会。我说完就挂了。

我心不在焉的批完学生的作文，然后接着看霍达的《穆斯林的葬礼》。这是一部特能赚人眼泪的书。我看到新月下葬一直沉默寡言的天星躺在新月的墓穴里怎么都不愿出来时，我又哭的一塌糊涂。一个人哭累了就趴桌子上就睡着了。手机响的时候，我看了一下表都夜里11点半了，就抓过手机说，你还想来啊，报道的时间早已过了。

王阳吗？我是刑警队的梁坤梁队长，你赶快到黑森林舞厅来一下，建军出了点事。

我一下子懵了，我问，咋了，建军咋了？

抓歹徒的时候叫人捅了一刀，赶快吧。

黑森林舞厅的外面，门口乱哄哄的围着一群人，门口有两个武警把守双手上举手枪。里面却出奇的安静———大群跳舞的人被警察隔开来。他们大多谨慎好奇地睁大眼睛。

我流了一脸的泪水和汗水看建军。我比谁都清楚已经不用送医院了。建军吃力地张着嘴说，阳阳我今晚没……没办法去你那报道了。然后就有血从他的嘴里涌出来。我流着眼泪吻他。我说，建军，你坚持住，我送你去医院。我要抱起他。

别动我，你看，这刀插得多准，没用……了，他想笑呢，可又有血沫从他的嘴里涌出来，我不停地用手指给他擦。建军的衣服里面穿着一件绿色的防弹衣。可是那把狗日的刀，像长了眼睛一样，绕过防弹衣从防弹衣的带子中间左肋处直插了进去，外面只露着一段刀柄。从那把古朴的刀柄

◆沉 爱

就知道这是一把相当锋利的刀,这把刀插得可真狠啊。

阳阳……我从上小学那会就喜欢你,那时候我叫大兵,老欺负你。建军喘了气望着我说。

我说,我知道,我真的知道。我转过头来大叫,谁动的刀。

我说这句话的时候,看到一带拷手的人很惊恐地站在旁边,我站起来,走到他面前,然后大叫一声,高高跃起一个下劈打向他的头部,然后那个人一个后仰,一口鲜血从口里喷了出来,带着抓住他胳臂的人一块倒在地上。安静很久的人像决口的江水一样轰的一声爆发了,他们大叫,好。

我回头看建军,他已经露出安静的笑容闭上了眼睛。我喊到,建军,建军,你醒醒!

小的时候,奶奶说,只有善良的人死后才能变成星星,做的好事越多,他的星星就越亮。现在我从黑森林舞厅走出来,忙着往天上飞。天上的星星真多啊,不知道哪颗是奶奶的。

我叫姚建军,我在尘世间的最后一眼,我看到那个穿着红色休闲服的女子,像舞动的精灵一样,高高地跃向空中,宛如一条精彩的虹。她那样一个完善而又舒展的姿势久久的弥漫在我的心头,让我知道已经没人能够伤害她了。她俯在我身上拼命地吻我,呼唤我的时候,我能感觉到那熟悉的香波的味道,那是一种幸福的味道。

邮局大院。六岁的我就开始知道欺负一个名叫阳阳的小姑娘了。我们一块从邮局大院出发,到城北小学上学。我想我们应该是亲密无间的。可是我却让她至少每天哭上一次。因为她学习比我好,我拳头比她硬。她喜欢向老师打我的各种小报告,说我把什么什么虫呀什么什么鸟放在谁的文具盒里谁的书包里了。在回家的路上,我就拿拳头敲她,她绷着嘴不哭,我想你不是不哭吗?我就一直敲到你哭为止好了。

我妈经常在大院里拿着扫帚追我,追得一个大院鸡飞狗叫的。阳阳的妈妈就出来拽住她。大兵又把你家的阳阳给弄哭了,这个兔崽子!阳阳的妈妈说,他们都是小孩子,闹着玩的,其实他们的感情深着呢。你没见大兵老捉个鸟,逮个雀的给阳阳玩呢!他还常常护着阳阳呢!

第13章　两个人的世界（王阳＆姚建军）

我只是喜欢阳阳和我玩，不让她和别的小孩玩。她只要和隔壁粮食局的小国他们玩，我就一定找个借口敲她。

我上二年级的时候，阳阳一家从邮局大院搬家了。因为她爸爸能写书，他的书出版了，文联大院就给了他一套大而漂亮的楼房，再也不用住家属院了。我很讨厌她爸爸，我感觉是他爸爸让我再也不能和阳阳头碰头地蹲在大院的葡萄架下斗蛐蛐。我见我爸买了他的书看，就偷偷地拿出来，放在地上用脚踩，然后用脚一路踢一直踢进了下水道。

搬家那天，我们邮局大院像过年一样热闹。有几个叔叔没去上班，给她家帮忙把家具往一个车上装。我爸还燃了鞭炮说庆祝他们乔迁之喜。只有我一个人很沉默。我躲在一棵大树后面，看着阳阳。她今天不用到城北小学去了，以后也不用去了。这让我很难过。我脖子上挂着书包，书包里还跳动着一只小黄雀。这是我昨天晚上在大院墙上瓜秧下抓的。我知道晚上它们喜欢躲在里面。我捉了一只要送给她，可她却不上学了。我看着阳阳鼓着圆嘟嘟的小脸兴奋的和她妈妈边说边比划，我就很难过。那张小脸我再熟悉不过，因为我多次很无赖用手捏过。

我看了很久，后来我爸看见我说我怎么还没有去学校，过来在我的后脑勺上拍了一巴掌。我就带着一巴掌的疼痛和满脑子的不高兴往学校走。可走到校门的时候，我并没有停下来，我走过刚兴建的中心花园一直走到一个空旷的地方站住了。

这个时候，我才想起书包里有只黄家雀。我把头伸进书包里看它。那个家伙竟在我的包里拉了屎。我生气地倒提着把它从包里拉了出来，放在地上。我拍着地，又吵又叫的让它跳着向前飞。玩了一会，才感到一个人真没劲，就解开绳子把它放飞了。我看着黄家雀在天上歪歪斜斜的飞出去然后就看到太阳。我看了看太阳知道要放学了，就赶快往家跑。

老师家访的时候，说我常逃课。我爸很吃惊，用他那厚实的巴掌拍我的脑袋。我妈心疼的说，你别往脑袋上拍啊，拍屁股嘛。我爸就俯下身子拍屁股。可我不哭也不叫，等他拍完了。我告诉他说，我要到城南去上小学。就你这样一天到晚老想着玩，到北京去也学不好。我爸又扬起了巴掌。我妈说，不是，你忘了，是王家的阳阳在城南上学呢。我爸愣了一下，然后

沉 爱

　　看着我气呼呼地说,你真没出息。没人家你就不上学了。你就这点出息啊！以后你和粮食局的小国他们一起去。他说一句话就往我脑门上点一下,一次点了我4次。针扎一样疼。其实我是不怕疼的,只要能让我上城南的小学。

　　最终我也没能到城南去上学。我妈说,好孩子,城南离家太远,我们都上班,没人接你。他们实在不放心。我不愿意和小国他们一起走,因为我和他们从没有在一起走过呀,以后我就喜欢一个人走路了。

　　有一天,我从县武装部走出来在街上看到王阳。她留着男孩子一样的头发,神采奕奕,尽管是七月的太阳,她的脸还是像小时侯一样白皙。我正要和她打招呼,可她却把脸扭向一旁,径直从我身边过去了。她过去了很久,我还站在原地想,又好像什么也没有想,只是傻傻的站在那里。

　　我妈对我说,你还记得小时侯和你一起玩的阳阳不。人家现在是体育特长生。被北京体育学院招走了。你小的时候老欺负人家,老惹她哭。听说她现在跑步都跑出名啦。我说,妈那是跑步吗？那是田径。

　　我和我妈说这些话的时候,我正看刚领到的入伍通知书。那上面的名字叫姚建军。我给我爸说,我不叫大兵了,我要改名字。我爸说,你想咋？大兵,我都叫你十几年啦。我说,爸,我叫大兵再当兵,一个部队里都叫大兵,多别扭。我想好了叫建军。我爸低头想了想说姚建军这个名字还真不错。

　　三年以后我从宁夏一个叫沙土坡的地方回到县刑警队。对于沙土坡那个地方我不想多做介绍。后来一个叫《笑林》的书是这样描写的：新兵入伍来到一个漫天风沙的地方进行集训。一天集训结束后,一个新兵慌慌张张跑进一间草房。一个老兵过来问他,你想干啥？新兵答道：上个厕所。老兵说：靠,你看清楚了这是厨房。新兵望着空荡荡的沙漠很委屈说,那厕所呢？老兵说：除了这间是厨房外,到处都是厕所。

　　三年的军队生活结束后,我从到处都是厕所的地方能回到县刑警队工作。没有想到我回来的第二年,王阳也回来了。王阳在街上拍我肩膀要看我的枪的时候,我差点惊讶地叫出来。看着她童话般的眼睛,我知道她并没有认出我来。她问我叫什么名字。我告诉她我叫姚建军。

　　回到家我就兴奋地直搓手。我妈的眼睛一直围着我转。后来我还是忍不住告诉我妈：妈,我见到王阳了。老王家的阳阳。她现在都不认得我了。她现在是少有的漂亮,说着一口地道的北京话,在大街上看我的枪。你们

第13章 两个人的世界（王阳&姚建军）

以后都不要说我是大兵呀。后来王阳知道我爸是邮电局姚局长时，她就骂我欺骗她，说我真能沉的住气。我就嘿嘿的一直乐。

刑警队如果没有事情，我就往阳阳的单身宿舍跑。等跑熟练了我就大着胆子吻她。可是她既不拒绝也不主动，弄得我也没有了兴致。等我动手要解她的扣子时，她就用手捏住我的手腕，拿眼睛看我，看得我心里毛毛的。我是这样想的：阳阳，小的时候我老欺负你，现在我绝不欺负你，我要保护你，总有一天我们要结婚的。

刑警大队会议室。梁队长神情凝重告诉我们今晚有个大的行动。我想来了两年了又不是没参加过行动。还用得着庄重成这个样子。可梁队长加大声音提醒我们说，都别嬉皮笑脸的，这不是个一般的行动，是协助外省捉拿一批毒品流窜犯，对方身上可能是带着枪的。为了安全起见，所有参加抓捕的人员都要穿防弹衣。就在这个时候，有个队员跑过来说，建军，办公室有你电话。谁呀？我随口问道。还能有谁？你女朋友呗。梁队长冲我点了一下头：快去快回，别黏糊。

我到黑森林舞厅的时候，心里还乐呢，王阳给我电话。嘿嘿。我和队友分散开来一边随着幻灭的灯跳舞一边警惕地睁大眼睛。震耳欲聋的迪曲让下面所有的人跟着疯狂。上面两个领舞的人高举着双臂摆动着身体。下面的人摩肩接踵。在这个地方交易毒品，毒品贩子还真想的出来。人这么多还真不好识别，就是认出来还真不好抓。就在这个时候我看到一个留着平头的学生模样的人在一个男人的屁股后面摸了一把，然后把一个黑色的塑料带子交给了他。知觉告诉我一定有货。就匆忙挤过去把手铐一下子锁在那个人的手腕上。那人看到手上的铐子一怔，挣扎的要跑。我从怀里把枪扯出来。我刚说，别动，你老实点……然后我就大叫了一声。因为我清楚有人把一个无比锋利的家伙从我右肋处斜插了进去，它不仅刺伤了肝部，而且还伤及到肺。因为我的呼吸瞬间就困难了。我向天花板开了一枪，然后抓紧铐子倒在地上。

人群像遭了炮击的水一样的四散开来，然后又很快地合拢。梁队长俯下身对我说，建军，你先把铐子撒开。你先把手撒开好吗？我就撒开了手。他的眼泪落在铐子上，铐好那人后，交给站在身后的两名队友。

建军，你坚持住。车马上就过来了。梁队长扶住我说。血从我嘴里涌

◆沉 爱

出来。我摇摇头说，别忙了，不用了，给阳阳……还有我妈打电话吧叫他们到这里来。我轻微地咳了一下就喷了大量的血。我隐约的听到梁队长在骂，娘的，你们谁带手机啦，谁带手机啦。然后我艰难的说出一个号码。后来，我嗅到熟悉的香波的味道。就睁开了眼睛。我看到阳阳一脸的泪水。她低下头拼命地吻我。泪水就流进我嘴里，我感到好咸就又往外吐血。阳阳不停地给我擦，就像擦她不小心沾了污秽的心爱的玩具。我说，我喜欢她，从上小学一年纪那会就喜欢她。她的眼泪不停地落在我的脸上，她说她知道。然后她站起来飞向空中，接着地下就躺倒了三个人。

第 14 章

我爸老不正经（张杨 & 舒小娅）

高考结束以后，我去了舒小娅家一趟，是她约好了日子让我去的。她说，那天她在家等着我。我说，我不想去，我从没有到外人家去过，我姥姥家还不怎么去呢。她说，我们的关系还是一般的关系么，姥姥家？你和你姥姥接吻么？！看着她对我咬牙切齿的样子我说，去。怎么不去，你就是我姥姥！

那天早上，我就吱吱呜呜给我爸妈说了。我说我高中有个同学一直对我不错。这不高考结束了，她邀我到她家去玩。他们对我在学校的事情多少也有耳闻。我看着他们凝重的表情，然后指了指身上的衣服说，这都是舒小娅给我买的。然后我就说舒小娅的种种好处。说她学习多么好，我们在一块没有别的意思，就是互相学习，她老帮助我。我数学现在之所以能考及格都是她的功劳。我爸说，你去吧，别忘了给人家也买点东西。我妈就骂我爸说，老不正经。有老不正经就有小不正经。你这当爹的还鼓励儿子谈恋爱呀。

我不知道我妈为什么一恨起来就骂我爸老不正经。其实最多的时候我感觉我妈爱我爸胜过爱我们。她对我爸的好是一种实实在在的爱，看了以后会让人嫉妒。我爸要是出差半天，说好中午回家吃饭，如果中午来不了，她就开始坐卧不安。至少这顿饭她是吃的不怎么舒心。有一年夏季雨水特别大，道路被挖开来排田里的水。爸爸和几个人一块去放水。晚上很晚了还没有回来。我妈一遍遍的说沟深路滑坡陡。我说不怕的，有几个人呢，

沉 爱

再说我爸爸会水的，掉进去也可以游上来的。可我妈还是一次次从房子里走到院子里。看着她为爸爸担心着急的样子，我说我还是去看看吧。我妈对我说了一句：你也要小心水呀。然后把手电递给我。

我爸有本砖头厚的《苏联体育理论研究》，里面夹着全家人的照片。我妈经常翻开来看。有次她指着一个胸前垂着两条辫子的女子问我，是妈妈漂亮还是这个小姨漂亮？我认真的看了看她和照片。然后说还是小姨漂亮些，她的头发比较好看。我妈长时间的没有说话，然后幽幽地说，她差一点没有成为我妈妈。我不知道另外一个女子会和我有什么关系。但我知道我妈经常把一个叫李春天的女人的名字写在我的田字本上，然后又撕了去。

我爷爷一辈子最骄傲的事是生养了5个儿女，然后节衣缩食把两个儿子都培养成了国家的大学生。等这两个儿子都要离开家的时候，我爷爷却不干了。在我爸接到去大庆油田工作的调令的那个中午，爷爷就把我二十郎当岁的爸骂了个狗血喷头。最后我爸对爷爷说，爹，你也别骂了，大庆我也不去了。明天我到县教育局把我的关系转那里去。爷爷这才长舒一口气说，养儿子能干啥？还不是老了图你们个照应。都撒腿跑了。老了我和你娘脸前头连个端茶递水的人都没有。你哥哥走的早去了宁夏，那是部队的死命令，咱拦不住他。天高皇帝远的回不了家了，你要再走了，我就真白拉扯你们了。

爸爸第二天去了县城以后又去了省城。找到那个叫李春天的同学，那时候李春天正叫他的爹托关系要把我爸和她一块留省城呢。我爸见到他第一句话说，春天，你别忙了，我现在是镇上的一名教师了。镇中学离家近，步行也就是20多分钟的路。

在那个炎热的夏季，我爸第一次学会了喝酒，并且是和一个女子。两天以后我爸苍白着脸色回来后，往自己的小屋里一躺，一直睡到第二天中午。下午不声不响地摸起镰刀和我爷爷一起去田里打猪草。

后来的事情是：我爸死皮赖脸追镇饭店的女掌柜的。之所以说死皮赖脸是我爸曾向女掌柜的承诺说，不论以后的贵与贱，他心甘情愿的养女掌柜的一辈子。有人说，对一个女人的最大的赞美就是向这个女人求婚。女掌柜的动了心，就陪送了大批的嫁妆毅然决然地嫁给了他。

第 14 章　我爸老不正经（张杨 & 舒小娅）

等女掌柜的怀上我以后就再不去饭店上班了。我奶奶说，你不去上班，在家吃闲饭呀？！我妈说，我挺着个肚子怎么去上班呢，我养娃娃呢。我奶奶看了一眼她的肚子就很不乐意，哼了一声说，这么早的急着要孩子干啥呢？谁都知道在那个买东西全凭票供应的年代国营的饭店可是一个黄金职业呀。家里还等着我妈往家弄点饭店的煤回来烧火呢。我奶奶就给我妈脸色看。一家人都吃白馍的时候，还特意给我妈蒸上两个黑窝头。可那两个黑的窝头一出锅往往先让我爸拿到了。那个时候一对年轻人头聚头的抢着争那个黑窝窝吃，眼泪通常会落到咸菜碗里。

后来李春天来县城做采访，鬼使神差的来到我们家。看着我爸手足失措的样子，爸的样子让我妈很不高兴。我妈倒是热心肠，拉着李春天的手嘘寒问暖。一副女主人的姿态。李春天一边讪讪地笑着逗我玩一边感叹说，这时间真是好快呀，一晃的工夫都有娃娃了。我妈把还不会说话的我举到李春天的面前说，叫小姨吧。

后来，我试图窥测我爸的真实想法，其实他也没有什么想法。哪朝哪代的爱情都不会完满。这才让能爱情亘古到永远。不过这件事倒是让他明白了应该给下一代更多的自由。所以我才能从自己家里出来到舒小娅的家里去。

我到舒小娅家的时候，舒小娅并不在家。我提着个大的纸袋站在她家的院子里。小娅妈从房子走出来：张杨，你怎么来啦？我说，小娅让我来的，她叫我来看看您。

舒小娅的嫂子看到我吃了一下。偷偷地问她妈说，这人怎么到家里来了？

高考完了，同学之间都互相走动走动。她妈说。

我在房子里刚坐下来，隔着门帘就看到舒小娅进了院子。她看了一眼院子里的车子就笑了。我拂开门帘，我们就在阳光下互相看着笑。我们的笑容像极了院子里明媚的阳光。

她把我带进她的卧室，然后抱住我。过了一会她像想起来什么，从抽屉拿出我写的诗让我看。我看着我曾经熟悉或遗忘的句子，很吃惊：这么多呀，你都放着呐。多垃圾的东西。

你是垃圾，我就是垃圾筒，专门用来装你。舒小娅笑着说。

沉 爱

嘿嘿，你还做诗呢？够先锋的。我摸着的她滑腻的嘴唇说。

她嫂子家的孩子过来，晃动着黑漆漆的眼睛看我。

我问他几岁啦？小家伙。他伸出四个手指头让我看，然后怯生生的说五岁啦。我说不对吧，是四岁了吧。然后拿糖果给他吃。

可可，你叫他啥？舒小娅弯下腰问他。

可可就摇着头看我。那你叫我啥？舒小娅继续问。

姑姑。

对了，你叫我姑姑，就应该叫他姑父，知道了吧。

姑父。他响亮的叫了我一声。倒是吓了我一跳。

我对舒小娅说，你怎么叫小孩子乱叫呀，别让你妈听见了。我对可可说，别叫啦，吃糖吧。啊——我害怕。

舒小娅撅起嘴白了我一眼。就和可可做游戏，唱儿歌：

　　小燕子穿花衣
　　年年春天来这里
　　我问燕子你为啥来
　　燕子说这里的春天最美丽

我看这她们活泼跳跃的身影感觉一下子长大了。"姑父"想一想这个称呼既感到有点好笑又温暖。

我们家的可可漂亮可爱吧。舒小娅偎在我身旁说。我望着舒小娅说：没有你漂亮也没有你可爱呀。说着我就用手指摸舒小娅光洁的脸。

奶奶，他摸我姑姑的脸呢！可可冷不丁地叫出来。这次我差点没有跳起来，舒小娅也吓了一跳。然后就格格地笑了。

舒小娅对可可说，可可，你出去吧，出去看看你奶奶在厨房里做什么好吃的。

我要回家的时候，舒小娅非要跟我回家。我说，我已经来过了，你还跟我回家干嘛？你妈她能同意吗？

我就要你跟我妈说呀。你一说她准同意。

第14章　我爸老不正经（张杨 & 舒小娅）

我对舒小娅的妈妈说，大妈，高考已经结束了，您让舒小娅到我们家玩两天吧。

路上车多，你们一定要小心，要早些时候回来。

我想她妈还真开通就笑着说，知道啦。然后我和舒小娅收拾好她妈要我们带上的东西开开心心的上路了。

夏日午后的柏油路被太阳晒的软软的，像极了池塘里的乌泥，天上有几片薄薄的云，像竹竿子上挑着的白衬衫。没有风，风不知道跑到哪个旮旯里睡觉去了。路上偶尔开走过来几辆重卡车带来一点风的影子。

舒小娅戴着太阳帽，穿着件印有卡通狗的白T恤和我并排行驶在一起。我说，舒小娅，还有好长的路呢，我给你唱支歌吧。舒小娅说，你还会唱歌呀？！

其实你们女生都不知道我会唱歌，男生说我是小有名气的歌王呢。

你要是歌王，我还是歌后呢。舒小娅不服气地说。

那我们就赛赛，然后我就唱张雨生的《大海》。

唱着唱着我停下来，想起来一件事。我问舒小娅：你到了我家怎样称呼我妈我爸？

叫你妈姨，叫你爸叔，可以吧？

行，蛮好，像亲戚又不是亲戚的称呼，我还真怕你一张口跟我一块喊爸和妈呢。

你想的美呢。

当我推门进院子的时候，我爸妈都怔住了。他们一定是在想，早上那会出去一个，到了晚上怎么就回来一对呀。不过我妈在狠狠地审视了我几眼以后，还是表现出相当大的热情。问路上热不热啊，说一个女孩子大热的天骑车走这么远的路可真遭罪啊。然后我妈就忙着给我们打洗脸水，并拣出一个大西瓜出来。

我去厨房拿刀的时候，我妈就跟了过去。她问我舒小娅怎么会到家来？

我理直气壮地说，她要跟来我有什么办法？你也看到了那些菜都是她妈让我带来的。

你们俩在一块没有做什么事吧？

085

◆沉 爱

我说，妈。你想哪里去了，没有，绝对没有。我妈说，没有就好，你还是上学的学生可别做傻事呀。

舒小娅在我们家就像在她自己家一样，一点也不拘束。一口一个姨比我叫妈都甜。一会就把我妈喊的心花怒放。

我爸问了一些关于我们这次高考的情况。舒小娅对这次高考表示了莫大的信心，并说我学习一直很努力。主要是英语和数学底子差，不过语文在实验中学没有人会比我好。我们扯东扯西的又说了一会话，舒小娅就帮着我妈择菜了。我妈说，小娅，你歇着吧，我自己一个人就可以。

晚饭，我妈就端出来一桌子好吃的。还谦虚地说，今天来不及做了，明天再细细地做几个菜。舒小娅一个劲夸我妈的手艺好。我妈不无遗憾地说，好久都没有正儿八经的做过菜了。等以后有时间我教你。我端起汤碗就偷偷乐了。

晚上，舒小娅和我妈睡一床。第二天起床后，我问舒小娅在我家睡觉还习惯吧？舒小娅白了我一眼，小声告诉我：和你妈睡一块能习惯吗，我一夜动都不敢动，别扭死了。然后她就嘻嘻的笑：今天晚上我想和你睡一起呀。我说，得了吧，你。你没有看见我妈俩眼瞪的像灯泡一样看着我们呢。

白天，我们在院子里树荫下玩或躲进房子里看电视。因为我妈偷偷告诉我，不要带舒小娅上街，一男一女在一起叫镇上的人看见了笑话，你们还都是学生。大热的天我才不愿意出去晒太阳，什么也不做看着坐在自己面前的舒小娅，这种两两相望就是我最大的幸福。

高考成绩出来了，舒小娅考上了本省的一个师范类大学的英语专业。不是太好，是一个专科院校刚升的本科院校。我就不用多说了，虽然知道迟早是要落榜的，但是结果真的出来以后还是避免不了悲痛、伤心、难过和恐惧。等各种难以言明的滋味都趋于平淡，剩下的就是到哪个学校复课的问题了。

舒小娅怕我难过，自己一个人在夏日的中午骑车来到我家，买了一些有价值的参考书并把她多年的笔记本给我，我站在院里一声不响地看着她，暗暗地对自己说：张杨，以后绝不辜负舒小娅。

第 14 章　我爸老不正经（张杨 & 舒小娅）

　　这个时候，我妈才真看出舒小娅对我是真的好来，我妈说，杨仔，好好努力一年吧，你看舒小娅对你多好，考不上大学你能有个啥？就是舒小娅白给你，你敢要吗？

　　原来的高中是不能再去了，去了老师即使不说我，我在里面也没办法呆下去，树挪死，人挪活，我决定去城里的另一所重点高中去复读。

　　舒小娅陪我一块办复读手续，交了相当一部分复读费，领了一些书和生活用品，安排好住宿，领舒小娅到一个小饭店吃饭。

　　我对舒小娅说，小娅，你到大学报到的那天，我就不送你了，唉——开始复读了，现在才知道学习不是一个人的事情，而是两个人的事情，等我一年，我保证会考到你的身边，舒小娅长久地看着我，然后一字一顿的说，我可以等你十年。

第15章

上学也要送礼（张杨 E 篇）

　　站在人潮喧闹的十字街头，看着舒小娅的车消失在街道的尽头，夏季燥热的风吹动着我的头发，那一瞬间，我发现了自己的忧郁，并且这种忧郁一直伴随着我到若干年以后。我走到学校旁边的一个小商店买烟抽，发现这个商店并对外租书，那个老板把烟递给我说，新来的，我笑了一下：嗯，来复读的，那个老板叹了一口气说，年年都这样，上大学的少，落榜的多，不是说考大学的比牛毛都多，考上的比牛角都稀吗？

　　我深深地吸了几口，然后长长地吐出来，看街上走动的人群，旁边一个披肩发的女子用眼睛定定地看我。我扭转身来，把半截烟扔在地上，用脚踩一下，往学校里面走。

　　第一节是班主任卢老师的数学课，他显然对我没有什么好感，因为在我回答他的提问之后，他用白眼球瞥了我一眼，就把眼睛转向房顶继续讲他的课，我很尴尬站在教室中间，后来我还是自作主张地坐下了，我不是怕累，我怕影响我身后的同学看卢老师在上面板书，卢老师又瞥了我一眼没说话。

　　下课了，我低下头想没有舒小娅在，这一年可怎么过呀。教室里乱糟糟的，他们都有话说，互相打听对方来自哪个学校，互相询问对方知道他们学校的谁谁谁不？我低下头看舒小娅买来的新的复习资料，然后就听到讲台上有人敲桌子，有个清脆的声音说，上课了，同学们静一静吧。

　　我抬起头来一下子愣住了，语文老师，是那个在学校门口见我买烟抽的女子,她看见我也明显的愣了一下,不过她的嘴角向上一挑,一个明显的笑容,然后在黑板上写下"王阳"两个字。

我叫王阳,你们的语文基础知识老师,今年咱们学校的语文实行了教学改革,语文是由两个老师来上的,礼拜五下午的作文课由马老师负责,不过每周一次的周记是交给我来看。她说。

我感觉她不像个老师,她不开心,沉默,忧郁而又任性,这一点我从她的眼睛中可以感觉出来,她的声音清脆但略带疲惫,就像一个孤单行走在旷野上的人,她为了检查同学的语文基础知识,由她提问学生默写了二十个词语:笑眯眯,川流不息,一蹴而就,踟蹰,哈密瓜,美轮美奂……

几个前排的同学走过来帮忙把默写的内容收了起来,她开始讲课,不过她真不怎么的专心,因为她像是在思考一件比讲课更重要的事情,她会不由自主地停下来,等发现自己停下来以后,她想为自己的失态笑一下,但总没有笑出来,我在下面看着她,微微摇了几下头,她把眼睛落在我身上,又迅速地跳开了去。

上了一天的课,晚上回到宿舍。同宿舍有个瘦瘦的男生,扔给我一只烟,然后告诉我他叫卢卢,是班主任卢老师的远房侄子。有什么困难可以找他,我点了头,心想我是来上学的,一个学生能有什么困难。

第三天上语文课,我和一个叫朱蓓蓓的女生被王阳叫了起来。她说,全班97个同学只有我和朱蓓蓓把她提出的全部词汇默写对了,那个把两个小辫子垂放在肩前的女生就站在我右下方偏着头看我,王阳对我和她笑了一下,然后让我们坐下,她那个笑很是明亮。像一道闪电瞬间划过她那忧伤娇艳的脸庞。我想一个人的精神状态可以通过一个简单的笑容改变的这么彻底。

我就不怎么爱笑,因为后来卢卢偷偷告诉我一件事。几天后他已称呼我大哥,他说,大哥,你还不知道吧,咱们学校的文科复读生太多,为了纯洁学生队伍,学校要求各班班主任减员,每班人数不超过90人,我听我叔叔说起你,说你在以前的那个学校又打架,又泡妞的,所以——我一听心里一下子凉了,我首先想到了舒小娅,刚来一个礼拜就被学校撵回去,怎么向舒小娅交代呀,怎么给我妈说啊。卢卢接着说,不过说实话,我蛮佩服你的,我们这个年代的青年谁不叛逆,谁不叛逆谁就不是二十一世纪

沉 爱

的新青年，我正想附和他一句，没想到他又来了一句，泡妞多爽啊！我白了他一眼，然后抽出一只烟递给他。

我问卢卢，你说，我该咋办吧？

给我叔送点礼吧，送了礼他还能让你回家呀，我牺牲一回领你到他家去。

礼拜六晚上。我咬了咬牙花了100元钱买了一大箱饮料和水果。心想，哎，这就是生活呀，年轻轻的就要这个样子了。

卢卢在前面带路，我在他后面跟着向郊区走。卢卢说走个近路，后来转来绕去竟然走到一片墓地前，黑森森的松树林，风经过的时候哗哗做响。上面是一轮惨白的月亮，有个叫声像人笑又像人哭的猫头鹰正叫欢畅，扛着三十多斤重的大纸箱，走在凸凹不平的小路上。

妈的，他还真他妈住的远。这是我很久很久第一次骂人。

卢卢说，大哥，要不我扛会。

我问，还多远？

还老一段路呢。

坐下歇会吧。我就放了箱子。一屁股坐在路旁的一个墓碑上面。然后抽出根烟扔给卢卢。

班主任家。班主任在开了门让我们进去以后，又折回沙发上继续看电视。我站在空旷的客厅中间，主动地坦白了我以前不检点的行为，并向他保证要好好学习，做一名合格的优秀的高中生。班主任好像对坦白从宽这条就不怎么感兴趣。因为他的眼睛一直放在一个满清正严刑逼供的连续剧上。我真想走过去，给他闭了电视机，问问他，我刚才给你说的话，你听到了没有。不过师娘还算让人欢喜。给我洗了一个比鸡蛋大不了多少的苹果放在茶几上，说，你吃呀，学生嘛，上个学也不容易，我也是从学生过来的，你来就来呗，买什么东西？以后知道路了，你和卢卢要常来呀。

礼拜一早自习。班主任卢老师把一个座次表写在黑板上。写完后，拍了拍两手的粉笔灰，学生都抬着头看他。

你们现在就要按我黑板上排的这个桌次坐！没有写到名字的同学以后

第15章 上学也要送礼（张杨E篇）

就不用来上课了。收取你们的学杂费，财务处会退还给你们的。卢老师说完一转身带上门走掉了。

教室里就像遭了炮弹的营房一片狼籍。没有写到名字的同学正红着眼睛啪啪打打骂骂咧咧收拾书。一些后面的同学忙着把自己的桌子往前面搬。只有我静静的坐在那里。直到我身边过来一个学生说，同学，这个位置是我的，麻烦你让你一下。我才搬起我的桌子往教室最角落里去。

以后我就更加沉默。上课的时候想干嘛干嘛。没有哪个老师会在乎角落的同学会做些什么。可是王阳的课呢？她通常会通过狭窄的过道走到我的桌前。静静地站在那里看我写字。其实我对她有着很模糊的概念。她让我既痛苦又欣喜。她老是提问我问题。我不得不从教室的最角落里站起来回答她的提问。几乎所有的同学都摆出鸭子睡觉的姿势回过头看我。我想，是不是我每次的回答都做出了最完美的回答，而让她上瘾了呢？她再有问题提问我时，我就站起来，装出一无所知的样子，一言不发怔怔地看着她。

不过，有一次我是主动的回答了她的问题，具体点讲应该是我反驳了她。那天语文课她带进一块小的黑板。老师们经常把一些课堂上来不及写的东西写在小黑板上带进教室。她的黑板上写的是苏芮《牵手》的歌词。我没有想到的是她把那首歌词当作用词不规范，语法不当来讲给同学们听的。她讲着讲着，我就从角落里站了起来。我说，老师，你等等，你这样讲是不是不合适呀。她就呆呆地捏着粉笔愣在上面。

然后我就做了如下的陈述：这是一首相当完美和曼妙的歌词。路过你的路，梦过你的梦，悲伤着你的悲伤，幸福着你的幸福，不是什么用词不当，这首歌是苏芮写给她3岁的女儿的，用就了这样的语言表达方式来说明母女心心相通的亲子之爱。

王阳惊喜地看着我，同学们惊奇地看着我。

王阳问：还有吗？

我说，没有了。

她说，张杨，你说得很好，我还真不了解这个写作背景。不过这个歌我也是蛮喜欢的。下面我就给同学们唱唱这首歌吧。

下面的学生热烈地鼓起掌来，然后王阳就开始唱歌。她唱的很动情。我还真没有想到她能把这样一首很平滑的歌唱的这样婉转动听。后来，我

◆沉 爱

就隐约不自然起来。因为教室里只有我们两个人是站着的,她又是一直望着我这个角落唱的。我就在她的注视下低下了头。她唱完以后才说道:张杨,你坐下吧。

中午学生宿舍里。卢卢把一支香烟丢给我说,大哥,你发现没有,王阳对你挺有意思的,公然在讲台上给你唱情歌呢。

我说,她是老师呀,你瞎说什么,你没有见舒小娅常来找我。

大学的课程远没有高中来的紧张。舒小娅在大周末就坐了从省城来的车来学校看我。在老师刚讲完课出去以后,她就会把她那漂亮的小脑袋探进教室里喊我:张杨。然后我就会在男生起劲的"张杨,张杨"的叫声中站起身来向外走。

我和舒小娅走到街上去,因为没有目的,就一条街一条街的向前走。我半是欢喜半是忧伤对舒小娅说:舒小娅,你一来我就没有办法上课了。舒小娅说,我不见见你,我就老想你。我说,靠,我们两个人完全没办法了。

后来舒小娅在路边从包里翻出一本新书给我看说,她们刚开了日语课,挺好玩的。然后舒小娅问我学习现在怎么样了?我说,还可以吧,快期中考试了,结果出来就知道了。

华灯初上的时候,我们终于走累了。我就送她去城北她姨家住,她在那里住一个晚上,第二天再返校。

期中考试成绩出来了。我的语文在16个高三班取得了头名。那个叫朱蓓蓓的同学考了个第二。王阳知道成绩以后很高兴,连教作文的老马都很高兴,有次他特意从讲桌上跑过来,趴在我的桌子上说,你小子……嘿嘿。

老马60多岁,面目清瘦,花白的头发,终年就见他穿一套衣服。一身中山装穿得笔挺。不抽烟,不饮酒,没什么嗜好,人多少有点清高。据他自己说,他是个高级教师,本来是退了休的,因为教学成果显著,又被学校返聘过来。其实他是不想来教课的。自己有退休金,有养老保险。老了老了说什么也不想再教学了,之所以又回来还不是因为我们高三复读生可怜。

老马开头的这些话,就让我不怎么喜欢他。何况他主张把作文当作"八股文"来写的写作模式。

我是个自由惯了的人,写文章天马行空,信笔由缰,写到哪算哪。老

第15章　上学也要送礼（张杨E篇）

马对我的这种自由随性的写作方式很是惧怕，多半打上不及格的分数。我在他的作文课上一般会完成两篇文章。其中的一篇文章就是自评自析自己刚完成的文章试图扭转老马对新一代人作文的看法。不过老马根本就不吃我这一套，除了作文继续给我打上不及格外，还热烈地回应我的文章。我们一来二去的大打笔仗搞的很像文化大革命时期面合心不合的阶级敌人。

不过我还是很喜欢听老马讲课的。因为他讲课的时候有一半的时间在跑题。其实讲师教授讲课离题正是知识储备渊博的表现。而高中的老师讲课离题是能很好的活跃教室内的气氛的。让那些上课正走小差的同学一下子来了精神。比如我，因为老师和我一样也在开小差呀。

老马讲着讲着就啪的把书一合，开始讲他读研究生的儿子。谈他儿子的小时候多么可爱，讲他儿子的种种糗事。谈到高兴处就嘿嘿的笑几声：那小子……嘿嘿。有一次他出人意料的谈到儿子的女朋友，说那个大城市的姑娘是多么的漂亮。我在后面都快憋不住笑出声来。尽管他不欣赏我的文风。到了后来我才知道，老马的妻子在给老马生下儿子的第二天就去世了。

王阳负责同学们每周的周记。我的周记发下来的时候，王阳都是用朱红的笔写道："好""很好"之类的话。有次因为偷懒写了几行字的小诗交了上去，没有想到她用多于小诗几倍的文字进行了点评，这真让我兴奋和惊诧。不几天她拿一本印有这个重点高中名字的稿纸给我，说是让我把一些比较好的文字投给报社。我应承的接过来，然后就地取材把稿纸当做信纸写成满满几大页的思念寄给在省城上学的舒小娅。

有一天，朱蓓蓓在校园里叫住我：张杨。听人说你诗写的很好呀，能不能让我看看，我也写诗的。她羞红着脸说。

我已经不写了。我说道。

为什么？她问。

因为有了爱情。

她很惊讶：你写诗是为了得到爱情？

然后我就对着阳光笑了：是因为有了爱情再也写不出好诗来了。

王阳在一个早自习的清晨把我叫到办公室。我们面对面的坐了下来。我不知道我为什么一点也不惧怕她。你可以从我这个懒散且后仰的坐姿上看出来。我感觉我们就像是熟识很久的朋友。虽然她是我的老师。

◆沉 爱

　　我看了你的成绩。她说，按说你的语文这么好，其他的功课也不应该很差的。可事实上你的其余的功课并不出色。

　　我看着她说：数学我不敢说会怎么样，别的功课只要我认真一下，就可以考得更好。

　　王阳饶有兴趣地看着我。我就继续说，比如说吧，这次期中考试，政治老师说，这次期中考试没考及格的同学就一个，我考了91分，不用说我，我也知道我是倒数第二名，如果政治考试时，我认真做一下，考个第二名是没有什么问题的。

　　我发现王阳像看外星人一样紧紧地盯着我看，盯着我心里直发虚。不过，我还是笑了一下，也定定地看着她。

　　张杨，她用另外一种低沉的声音叫我，你知不知道你是多么狂妄，你是我见过的最狂妄的人，你太狂了，你知道吗？

　　我说，我知道。

　　这样对一个学生来说是个大忌，你也知道吗？

　　我说，我也知道。

　　我们都不再说话了，就面对面的坐着。我盯着她那清澈如水而又略带忧伤的眼睛，感到它像极了此刻正斜落在自己手背上的那缕秋日的温暖阳光。

　　你头发那么长了，剪剪吧。剪剪人就会更精神些。王阳和我一起走到办公室门口时对我说。

　　中午我剪了发从外面回到教室。卢卢看到了问我：我们不是说好一起留到年底的吗？他这样一问我自己也感到奇怪。多好多长的头发呀，说剪"喀喀"几刀就剪了，舒小娅让我理个发我还推三阻四呢。

　　我的周记最终还是被朱蓓蓓几个女生拿到宿舍里去读，过了几天，我问她要时，她又说传到别的班级里去了。

　　一天傍晚，我在校园里走路的时候，就听到身后有女生说，快看，那个穿风衣的就是张杨，人不光长的帅，还会写诗呢。我心里就乐开了，忽然就想到周记上的那个唇印。那次我拿回周记，无意中翻到后面的空白处，看到一个粉红色的印记。感到很奇怪就用手去擦，擦着擦着就突然明白了是唇印。现在想来准是哪个小女生印上去的。

第 16 章

接吻还是咬人（张杨 F 篇）

舒小娅总在礼拜六晚上八点钟的时候给我打电话。电话就打到校门口的小卖部内。那个时候我多半边翻看着大大小小的杂志边和老板闲聊。因为常在这里租书看和老板混的比较开。电话铃一响，老板接过一问就喊：张杨，电话。我放下书就接过来了。

舒小娅多半是给我讲她们学校的新鲜事。什么她参加舞蹈班啦，什么校文艺晚会上有她的时装表演啦，什么又有男孩子给她写情书啦。只有最后一条让我很不放心。末了舒小娅总是不无遗憾地说，可惜我不在她身旁。有一次电话打过来竟给我放她录的歌给我听。她说，我录了一首自己的歌放给你听听。然后听筒里就传来按键的声音。她唱的是叶凡的《相思》。

我听了几句就忙不跌的喊：喂，喂——小娅以后再听吧，人家的电话，有人等着打电话呢。然后我就挂了。其实没有人打电话。我想每个礼拜六在这里泡电话也不是办法呀。我不花钱。她不花钱呀。

后来，我就去了省城一趟。因为舒小娅一直要求我过去。她说，张杨。你过来看看我好吗？好吗？后面的那个好吗就有点挠人心了。我就让你看看我。我们宿舍的人都知道我有男朋友，可你老不来。又有男孩子追我了呀，追得可凶了。然后我就听到她那边同学嘻嘻地笑声。你来我给你报销路费。来吧。啊——

我说，不用，我不是没有钱，主要是没有时间。不过我还是答应

◆沉 爱

去了。

中午十一点,我下了车就看见舒小娅面带微笑站在校门口,风扬起她的长发。我看到她眼睛里明亮的笑容。她身边还有一个和她一般高一样俏丽的女子。

舒小娅说,这就是王瑶瑶。

我说,王瑶瑶,你好。常听舒小娅谈到你。

王瑶瑶上下打量了几眼。就拍打舒小娅,怪不得对人家这么痴迷,原来是少有的帅哥啊。我说,什么呀,高三复读生,都不好意思到你们大学来,要不我也早来了。

上大学还不是早晚的事。明年吧。舒小娅说你学习可不错呢。

我就讪讪地笑了:未来的事情还真不好说会怎么样呢。

舒小娅把我带到她们女生宿舍。一屋子的女孩子像麻雀一样喊喊嚓嚓。说知道你要来,我们昨天一下午都在打扫卫生呢,可累了。你带什么好吃的没有呀。我就从包包里掏出糖给他们吃。他们说这是喜糖吧。舒小娅就红了脸说,是不是的你们先吃着吧。

有个留着短发的女同学双手捏着一颗糖放在胸前,字正腔圆的背出句:

啊——

糖

美好的回忆

沾在牙齿上

我看着她们一下子愣住了。然后她们都哄堂大笑:我们都读过你的诗,《糖》那诗写的真不错。我说,舒小娅,你怎么把我以前写的东西随便给人看呢?

舒小娅说,又不是外人,一个宿舍的姐妹,我们比亲姐妹还亲呢,你们说是吧?

她们就大声说,对,比你和舒小娅还亲呢。

我说,大学就是好呀,看看你们多快活,哪里像我们高四生天天闷在教室里,看书都看傻了。

舒小娅领我到校园里四处逛,遇到她的同学她就要过去主动地和他

第16章　接吻还是咬人（张杨F篇）

（她）们打招呼，然后把我介绍给他（她）们。我就傻瓜一样的站在一旁讪讪地笑。

吃过晚饭，我们去了红星电影院，在那里呆了一个晚上。电影没有看多少，光顾着翻来覆去的接吻了。后来，舒小娅狠命的咬我，把我嘴唇都咬出血来，一股淡淡的血腥之味在我们嘴里弥漫开来。

我说，舒小娅，你这是干嘛呀，把我嘴都给咬破了。

她说，我想吃了你。说着又在我脖梗子那啃了一口。

清晨。我们从电影院出来。俩个人都很累不过精神都蛮不错。经过一个小广场的时候，有个青年人在那里弹吉他。清越的吉他声飘荡在早晨流光异彩的光线里，我和舒小娅都被那美妙的声音吸引住了。我们静静地站在那里。最后舒小娅偎过来对我说，那人吉他弹的真不错呀。

期末成绩出来了，我的语文成绩又是一个全级第一。一次第一可能是个偶然，第二次的第一就是真的第一了。并且政治真的像我说的那样考了个全年级的第二名。班主任卢老师第一次在班上表扬了我，说我学习上进势头比较猛，说我日新月异。尽管我把他教的数学那门科目考的仍是一塌糊涂，其实文科生有个显著的特点就是都能把数学考成一塌糊涂。

那段时间，王阳和我都比以前要快乐一些。在我看她的时候和她看我的时候，我们都会很默契地笑一下，眼睛里充满了自信。

冬天冷的正紧的时候我们这下了场大雪。先是成片成片的鹅毛雪在空中飘。后来大片的雪花在空中造成了交通堵塞，被风拧来扭去形成了冰疙瘩。哗啦啦像铜钱一样从空中落下来。当天我们镇上刚巧是个集市，早上出门的时候赶集的人抬头看了看天还一览万里的晴空。近中午的时候就成了这个样子，集上的人便一哄而散了。赶紧躲进临近的房子里避雪凌子，赶集回家走到半路的人慌忙弃了自行车，跑到不远处的一个大桥下。都议论这场雪来的好怪好大呀，是不是国家哪个大官又要罹难了。说是国家第一代领导人毛主席他老人家去世的时候，这里下了三天的大雨的啊，全公社的人都是站在雨里拜祭他老人家的。

当天我是在县城里，刚从一个音像店买了一本"枪与玫瑰"的专辑跑

◆沉 爱

出来。看了看惨白的天空，便护着脑袋向前走。刚走出去没有几步路就听到有人叫我：张杨，你过来。我看到王阳推着自行车，手里拎着一袋子水果，一身晶莹的站在雪里。

王老师，这天你还回家呀？

跟我一块回家吧，这里离学校太远。我家就在前面，你帮我拎着袋子。

我看了看她，正在犹豫。

快接过去呀。

我想助人为乐，大雪天送老师回家也是应该的。

就愉快地接了袋子和她一块迎着风向前走。

王母看到我们一身是雪的回来，先是很惊讶地叫了一声，心痛地说道：这丫头，雪下得这么大，你还回家，你就不会在学校呆一个晚上呀。然后就使劲地拍打王阳身上的雪。

妈，我回家你还不欢迎呀。这个就是我给你说的连续两次语文都考第一的张杨。

我说，阿姨好。

好，好，这么大冷的天你还送王阳回家，可别冻感冒了。

我说，没事，我当时——

王阳正用一个干毛巾搓我的头发，我刚说到这，她猛得一扯，我就住了嘴。

一个房门打开了，走出一个精瘦的中年人，大脑门，花白头发，手里握着一个热气腾腾的茶杯。我看了一眼就愣住了，我说，您不就是写《城北记事》的那个——

那个中年人就笑了。然后坐在沙发上问我读些什么书。我很谦虚地说不怎么读书。但是还是稍微的说了一些对文字的看法，最后不失时机的说先生的《城北记事》写得是真好呀。其实我也就是在学校门口的地摊上看过这本书，当时翻书的时候忽然看到作者的照片和简介，一看竟是一个县城的就不免多翻了几页。本来是打算再看几眼的，一看内容是写文化大革命时期的故事，就立马又放下了。接着翻李海洲的《九重门》。

王阳围着一个花围裙在厨房里做晚饭，边做饭还边哼着歌。不时拎着勺子从厨房跑出来，倚在客厅的门口看我和他爸聊天。

第16章　接吻还是咬人（张杨F篇）

他爸问我，现代文坛有什么新的动向呀？

我说，出了一大批新生代写手，一个比一个猛，像韩寒、李海洲等，又出来几个美女作家像卫慧、棉棉等等。

王阳他爸对我嘴里的这些词好像有点陌生。他说这些人的作品怎么样呀？

我说这样说他们吧：是写情写性高人一等，刺贪刺虐低人三分。

王爸就有了感慨，说他闭门不出已经一年多了，正搞一个大型的连续剧，已经搞到山穷水尽的地步，这个电视连续剧让他即兴奋又疲惫不堪，然后领我到他的书房看他的作品。

晚上我在王阳家吃饭，王阳总给我加菜，说都是她做的，让我都尝尝。席间，王母即惊喜又担忧地看着王阳。

吃过晚饭，我要回学校，王阳和王爸都不同意让我走。他们说，天黑路滑风大，雪还没有停，不如在这里住一个晚上，反正是有地方，我就一脸求助似地看王阳。

王阳说，你看我爸今天多开心啊，平时我回家他都不太理我，今天他就和你说了这么多的话，你们晚上在好好的聊聊文学，多好的老师啊。我还能说什么呢。

晚上，王爸孩子似的给我谈起他求学的艰难和创作的过程，我没有想到这个一直沉默的人一旦开了口会有这么多的话。我说，写作的人多是忧郁，孤独，内心充满快乐的人。

他定定地看了我一眼说，你说的对极了，不忧郁，就写不出有内涵的东西，不孤独，就不能踏踏实实地搞学问，不快乐，就不能让自己的东西充满朝气和生命力。然后，我们就都笑了，他还给我看他设计的假山盆景，他说那些石头都是从东面的山上一块块的自己动手捡来的。我想他真是一个和蔼可亲和对生活有着无限热爱的人。

王阳在她的卧室里听我刚买回来的《NOVEMBER RAIN》的带子。我走过去问她，你也喜欢听摇滚啊。

恩，以前在北京没少看了演唱会。

我突然想到一个问题。我说，王老师我今晚睡哪里啊？

王阳温柔地看了我一眼，我想那个眼神一定把我当成了孩子。

我已经收拾好了，今晚你睡我床，我和我妈睡一床，我爸睡书房。

◆沉 爱

我说,我不睡你的床,我睡书房吧。

咋了?你嫌我的床不舒服啊。

不是,你的床,我……

没事,你睡吧,我爸的书房他是不会让你睡的,平时他是不允许外人随便进他的房子的,今天你已经例外了。

第 17 章

去新疆考大学（张杨 G 篇）

元宵节过后，天气冷的厉害。我穿了一件天蓝色的羽绒服，留着新长长的头发神定气闲地走在校园里。我目光深邃，烁亮，并且经常面露喜色。这和我以前的忧郁形成了极大的反差。因为年假的时候，天上掉下来个馅饼，并且这馅饼不早不晚地落到我的头上。

离年还有三天，家里来了一个和我爸年纪相仿的中年人，他身材高大，脸色红润，说话声音洪亮，就是头发有点稀落。他一边和我爸扯东道西一边一脸慈爱地看着我。我妈叫我喊他表叔。我爸说，什么表叔，叫干爸。然后我就知道了怎么回事。

我这个姑奶奶的儿子和我爸一块上学，一连做过几年的同桌以后，就去了新疆一个边远的地方当兵。后来我爸进了一个体育师专，最后做了老师。

在我爸做了老师的几年以后，他们又在我家的院子里相见了。当时三岁的我和两岁的弟弟张柏坐在床上正为了一块糖果大打出手。结果是弟弟夺得了糖果，而我急得哇哇大哭。表叔定定地看了我们俩一会，就扭转头来对我爸说，学军呀，我走的时候，你让我带上个孩子吧。然后把手指指向了我。

我爸我妈听了就一脸的忧愁。表叔继续说，我也知道你们为难。可他婶子很喜欢小孩子的，现在我们都没有生育，我想把杨子带到新疆去，等我们生育了有了自己的宝宝再把杨子送回来。我爸和我妈也就不好说什么了。因为我们这个地方有个习俗：自己不会生育时，带上个别人的孩子，

沉 爱

天天看着小孩子玩，心情高兴了，自然就会生育了。

后来，表叔就带着我坐了4天的火车到了一个叫沙城的地方。不过我在沙城只呆了两年，就又被表叔带着回来了。因为表叔家添了一个丫头。我婶子还不想把我给送回去便说：老家破家烂院的能有什么呀，这一小子一闺女多好玩呀。表叔说，老家来信催呢，杨子的妈在家闹呢！咱当初给人家承诺的好好的，现在咱有了孩子不能老霸着老张的孩子不给，是吧？后来表叔就带上我又坐上火车轰隆轰隆的回来了。我说我儿时候的记忆总会有打雷一样的声音呢。

表叔和我爸在房子里聊天，聊儿时的感情，聊生活的重压，聊过去的岁月和曾经的理想。百无聊赖的时候聊到了教育，聊到东西部教育的差别，聊到高考的残酷。我爸叹了口气说我学习还算不错，不过还是落榜了，正复读呢。这地方几十个人才考上一个，高考难呀。表叔听到这里就突然拍了一下大腿。天上就掉下一章馅饼来。他说，大哥，你还记得不？我当年把杨子抱走给他在新疆落了户口。几十年来，他的户口我都没有注销。虽然杨子是回来啦，但我总感觉他是自己的孩子。就你说的他现在这个成绩到了新疆他还不能考一个名牌大学呀？别说自治区教委要求考生必须有在疆三年以上的户口。杨子十年以上的户口都有，他都是个老新疆了。

你说，听到这个好消息我能不高兴吗？我把这一爆炸性的消息告诉舒小娅。舒小娅当时就高兴地鼓起掌来。可是她刚说了两个好呀好呀就安静了，然后就是沉默。我说，舒小娅你怎么啦这么快就不高兴啦？

她说，张杨，你不会再考我们那个学校啦，你考上一个好的大学，就会很快把我给忘了。

我说，哪能呀？我张杨是那种人吗？咱们早就是一家人了，咱们的事家里都知道啦。我想了想，然后指着我左胸部又说：到时候，我这里挂一名牌大学的牌子，背一把吉他，你不是喜欢吉他吗？到你们学校去找你，往你们校门口一站，让你们宿舍的那帮姐妹看看，你的男朋友是她们男朋友当中最棒的一个。

三月份的时候，天气渐暖。春风吹绿了田野里的草，吹开了树上的花，吹动着天空五颜六色的风筝。

第 17 章　去新疆考大学（张杨 G 篇）

有一天，我经过操场的时候，看到王阳一个人在放风筝，身边还站着一个小孩子。王阳边牵着风筝边望着孩子边向前跑，风筝总是歪歪斜斜飞不起来。我看了一会便走过去说，王老师，我来帮你吧。

王阳高兴的把线交给我，她在后面扶着绿色的大蜻蜓，我们逆着风向前跑去，风筝就稳稳地飞了起来。我们抬头看飞在夕阳里的风筝，心中就充满了和风筝一样的心情。我从来没有看到过王阳的笑是如此的灿烂，像极了地上的孩子，干净而又透明。

我把那孩子从地上抱起来。她有着和王阳一样明亮的大眼睛。我一边和王阳说话，一边用手摸小家伙的鼻子。那家伙一点都不怕人，还咯咯的笑呢。我忍不住就在她红红的脸蛋上亲了一口，说道，呀！真香。这是我吻舒小娅常经常说的话。我回过头时，发现王阳正怔怔地望着我，眼睛里隐约有了泪光。

我有点不知所措，很小心的把孩子递过去说，王老师，您怎么啦？

没什么，没想到你会这么喜欢孩子。说着，她低下头就在我刚吻过的地方又亲了一口。

我定定地看着她，我说，老师，我马上就要……我本来想告诉她我就要去新疆的。她却笑了一下说，教室里的灯都亮了，快回去上晚自习吧。

四月十八日教室内。卢卢，朱蓓蓓等几名同学帮我收拾书，班主任卢老师倚在教室门口。我对朱蓓蓓说，我走了，以后你的语文就是全校第一了，看你还不怎么高兴呢？朱蓓蓓的眼睛就湿了。卢老师这个奥数老师长久地看着我最后撇了手里的烟对我说，张杨你要走了，给同学们说几句话吧。我踌躇了一下，就走到讲台上去，看着朝夕相处的同学，曾经在一起笑过哭过同为了高考而努力，因为落榜又走到一起的同学。有人说没有经过高四复读的人生是不完全的人生，这是多么经典的一句话呀。没有人会了解我们复读生会在想什么？只有我们自己最清楚自己。

我一开口才知道我的声音今天是沙哑的。我说，同学们，我本来是要和你们拼到最后一刻的，不过我当了逃兵，走了捷径。不过我无论走到哪里，我的心永远和你们在一起，我们是一个战壕里打过硬仗的兄弟。我这个人脾气有时候不太好，也和一些同学有过小的摩擦。我希望同学们能够谅解我，我相信我们的友谊，我最后说一句，我是真的爱你，会真的怀念您。

◆ 沉　爱

所有的同学都热烈的鼓起掌来。后面的有几个同学扯着嗓子在喊：张杨，《怀念您》再唱一遍吧。

我笑了，我说，别，别，马上就上课啦。可他们有的就从凳子上站了起来。卢老师看了看我说，你就再唱一次吧，我也想听听。你们春节联欢晚会那天，我有点事情没能赶过来，不过听别的老师说，你们搞的挺好。我平静了一下，吁了一口起说：有会唱的同学一定要和我一起唱呀。然后我就唱道：

　　　　转脑里总打转

　　　　似与您咫尺见面

　　　　这痛快感觉自来像无限骄阳

　　　　每次我想起您

　　　　也要我忆记往事

　　　　您每每浅笑令人尽忘掉忧愁

　　　　只可惜一切令我心伤痛

　　　　因此刻不会复再我俩我俩这段情

　　　　怀念您到黎明

　　　　离别您再无言

　　　　怀念您想当初分手使我放任的酒醉

　　　　不想再补救

　　　　我已作好一切

　　　　到别处追索觅寻

　　　　我有理想您未能共行在身旁

　　　　已各有各方向

　　　　……

第 18 章

告诉自己完了（王阳 & 张杨）

姚建军去世后，我才知道世界并不是我想象的那么美好，暴力、争夺、枪杀、毒品，像打开的潘多拉魔盒一样，一下子展现在我的面前。我向刑警队和学校领导说，我不想再当教师了，我要进刑警队，我要为建军报仇。我说这句话的时候语调低沉，神情坚毅。

刑警队也很希望我能加入他们的行列，他们说让我当教师可惜了的。因为我在黑森林迪厅一个背飞，他们都见过，没有见过的拐弯抹角的也知道了是我一脚是如何的厉害。

几方面都有这个意向，人事局就给我顺利地签发了调令，同意我到刑警队工作，不过仍让我留校工作一年。他们说我现在的心情不适合干刑警，戾气太重。为照顾我的情绪，还是先继续留在学校干一年，就在这个时候我见到了张杨。

张杨在学校旁边的商店买烟抽，他的神情有点像刚去世的建军。剑眉、瘦脸、棱角分明，只是神情忧郁、桀骜，浓重的烟从他嘴里肆无忌惮地吐出来，抿着嘴巴在店门口若有所思地看街上过往的人群，然后他就看到街对面的我。他皱了一下眉，然后把半截香烟扔在地上，用脚踏一下，往学校里面走。我想，他是这个学校的学生？！

我更没有想到他还是我的学生，新学期的第一节语文课，我看到他，他们都愣住了，然后我从他眼睛里看到一丝惊喜和更多的桀骜不驯。我从来没有见过这样的眼睛，自由、散漫、霸气逼人。原来他这种隐约的霸气

◆ 沉 爱

是来自他对自己的自信。后来我提问了许许多多的问题，他都能对答如流，并且更深层次地阐述问题。几乎每节课，我都要提问他，后来我自己都很惊讶，我喜欢他从自己的座位上站起来，用眼睛看着我回答由我给出的问题。

经过他的课桌时，我会停下来，静静地看着他。我希望他有问题问我，但他从没有主动问过我。我就站在他身边看他写字。他的字很漂亮，和他本人一样，既帅气又张扬。我想我一定影响到他了，因为他抓笔的手在轻微地抖。我看了一会儿，就转身到举手有问题要问的学生那里去了。

我到数学教研组找卢老师拿我的一份材料，我看他正愁眉不展拟一份精简学生的名单。我瞅了一眼，看到张杨的名字也在上面，我的心里突然像被什么东西击了一下。我对卢老师说，张杨那个学生的语文很好，人很有灵气，我喜欢他。卢老师很认真地看了看我，他看了看我认真的神态就拿笔把他的名字划去。

礼拜一上课，我才发现自己不仅仅是喜欢他那么简单，至少我一直都在注意他。我推开教室门就愣住了，张杨已经不在了，他的那个位置已被一个女同学所代替。我的心很清晰的痛了一下，这是我很久都没有的感觉。当时，姚建军嘴里吐着血躺在我怀里时的感觉会如此清晰的再次传来。我紧张地环顾整个教室，看到低垂着头坐在教室角落里的张杨，偷偷地嘘了口气。一节课，他都没有抬头看我，我想他心里一定很难过。快下课的时候，我还是问了他一个问题，他有点惊讶地站起来，没有回答。我第一次说了他，我说他：一整节课你在下面低着头看什么呢？你学习怎么可以这样不用功？他却把身体往后墙上一靠，无所谓惧地看着我。他的眼神大胆而放肆，像是一下子洞穿了我所有的心事，我却无力地低下头说：同学们，下课吧！

张杨的日记写得很认真，看的出他对文字有一种特别的喜爱。他文笔生动，感情挚热饱满，一些时评写的汪洋肆泽，犀利中肯。有时他还写一些诗，因为是写思念和感情的，我想他多半是恋爱了。后来，我就看到张杨和一个长得很漂亮的女孩子在街上走，我很生气。我不知道是出于老师的责任还是自己的私心，我一直想问问他，但我没有。我知道，孩子式的爱情多半是做给别人看的，外人越加干涉，他们就越感觉自己伟大，越是

第 18 章　告诉自己完了（王阳 & 张杨）

不能分割。我在后面默默地看着他们，心里有种很奇怪的感觉。我想，我是不是嫉妒他们，因为没有爱情的人最受不了的就是别人的柳前月下事。可是我看到别的人一对对地走在一起，反应并不是如此强烈呀！

我向马老师问起张杨的情况，马老师嘿嘿地笑着说：那小子，写作蛮有灵气，可就是狂了点，一堂作文课他通常写两篇作文交给我，并且风格迥异，写作很见功底，其中还有指责我和谈自己写作感受的。真是又爱又恨，多少年没有见过这样的学生了。

期中考试，张杨的语文取得了年级第一。几天后的一个早晨，我把张杨叫到办公室，这是我第一次单独和一个学生谈话，尽管我在班内口若悬河，指点文字，解惑授业，但却没有和学生单独谈过话。我想自己是个刚毕业的老师，他们大多是读书不爽的复读生，现在的学生大多思想复杂，再说都是半大不小的小伙子，有什么事我都是课堂上说。

他在我对面坐了下来，我问了他一些学习情况，他说他有些科目也可以考第一，第二的。我紧紧地盯着他说，张杨，你知不知道你是多么狂妄？你太狂妄了。他笑了。他说，他知道，他什么都知道。我想他一定没把我当作他的老师，因为他很懒散地斜靠在椅子上，两只明亮的眼睛从额前的几缕长发中透过来，无所顾忌地看着我。我想那绝对不是看老师的眼睛，否则不会是那么大胆而热烈，我也定定地看着他。我为什么要怕他，我对自己说。突然我在他眸子里清晰地看到了我自己，我把眼睛放下来，一缕温柔的晨光从窗子里走进来，斜落在他那白皙的手背上，然后我清晰地听到来自心底的一个声音对自己说：王阳，你完了！

我不再把张杨看作我的学生，有时候，我真想亲近他，我非常喜欢有课，这样我就能看到他。我发现他在注意我，因为走进教室，第一眼看他的时候，他每次都若无其事地看着我，我们都若无其事的在关注着对方。我不知道别的同学是否注意到我对他有着很特别的感情，至少他应该知道。这种很特别的情愫是种想让他知道又怕他知道的东西。有一次，我在家里评点学生的周记，忍不住翻开他的周记，在上面吻了一下，当我看到那的粉红色的口型印记时，还是不由得慌了，用手去擦，可怎么也擦不去了。

◆ 沉　爱

期末成绩出来了，张杨的语文成绩又是全年级第一名，并且政治如他所说考了全年级第二名。16班有个叫杜小月的女生仅比他多考出两分考了134分。再上课的时候，我们的目光碰在一起，都会笑一下，我知道他正充满自信。

我想我是不是太容易忘记疼痛了，这让我更加怀疑我以前对姚建军的感情。他对我那么炽热，我却反应平平。可对于张杨一个年仅18岁的孩子我却时常充满了幻想，从没有为我这种龌龊的念头感到过羞愧。如果说他是个孩子的话，我在他面前更像个孩子，我总感觉他有一种隐约地驾御自己的能力。他的狂妄、傲慢，和对一切事情的不屑一顾，像极了那时的自己。在他锋芒初露的时候，我却黯然失色了，所以我决定带他回家。

他跟我回家的时候，天上正大片地落着雪，雪大，风大，师生路途相遇，回家。一切看起来顺其自然，可我妈不自然。我妈看到我很久以来的第一次笑容，而且从内心深处露出的笑容。我穿着那件很卡通的睡衣在我妈的卧室里来回走动的时候，我妈就不自然了。她用惊喜和担忧的眼神望着我，知女莫若母，姜还是老是辣，我心里一点想法全被我妈一眼看破。在我妈面前如果我是红尘，老妈就像得道的高僧。她用手抚着我的头叫我丫头。我妈说，丫头，你是不是喜欢上那个孩子了？我故作轻松地说，怎么可能。我妈说，别骗妈，你看你乐的。

我爸和张杨他们在客厅坐而论道。我爸在闭门写书近一年之后，总算找到一个可以说话的人。谈到最后，兴致大起，带张杨进书房看他亲自从东山上背下来的奇形怪状的石头。我坐在柔软的床上听张杨刚买的"枪与玫瑰"的带子。后来，张杨走过来小心翼翼地问我，他睡什么地方。我说，睡我的床。他的脸一下子红了。

元宵节还没来得及过，学校又早早开课了。我又见到了张杨，他穿着那件草绿色的风衣，留着长长的头发。上午上完课，我夹着讲义回房子，张杨去餐厅吃饭，刚巧，我们走一路。我们靠得那么近，可谁都没有说话。我的高跟鞋敲在冰冷的水泥地面上发出叮叮的脆响，就像我紧张咚咚直跳的心。我拿眼睛看他时，却发现他鼻尖上渗出了细小的汗珠，在这个寒冷

第18章　告诉自己完了（王阳＆张杨）

的冬天，我想笑。我知道有种感情已经让我们变得紧张和不自然。

3月份的时候，刮起了春风，傍晚的操场上空飘舞着五颜六色的风筝。我站在二楼的阳台上往下面看，每天晚饭后张杨都会经过操场去到教室上晚自习，他经过操场的时候都会停下来呆呆地望上一会儿风筝，我却躲进我的房子的窗帘后面看着他。再后来，我买了个大蜻蜓，到了晚饭的时间，我领着隔壁张老师的女儿成成出来玩。一个人很难把风筝放起来的，其实我并不怎么想放，我抱着成成等他。我看到张杨从餐厅出来了，就放下成成开始放风筝。张杨向我走来的时候，我听见了自己心在笑的声音，我把线给了他。他在前面意气风发地牵着跑，我在后面举着风筝，一撒手风筝就稳稳地飞了起来。我抬头看飞在夕阳中的风筝，张杨孩子似的跳跃着向前跑。风筝越飞越高，我想自己何尝不是风筝呢？正因为心有所牵挂，才能快乐的飞翔。张杨已经牵着线轴转了过来，他抱起成成指着天上的风筝让她看。他一会儿摸摸成成的脸蛋，一会儿捏捏成成的下巴，成成就一直笑个不停。突然张杨俯下头来在成成的脸上狠狠地亲了一口，我感觉那一吻像一下子亲在自己脸上一样。我的眼睛湿润了。张杨回过头来看着我，他有点不知所措，很小心地把孩子递给我，我接过来就在张杨刚吻过的地方又亲了一口。张杨怔怔地看了我好久，好象有话要说，我笑了一下，说他该上晚自习了。

4月份，张杨去了新疆，他一直都没有告诉我。他走后，我的心好像一下子被掏空了，像是一个在大海中抓着船板漂流的人，一下子失去了方向，知道下一步会漂向哪里。大多的时间我又陷入了沉默，还好，过了9月份我就可以到县刑警队上班了。

第 19 章

我的处男情结（王阳 & 张杨）

（一）王阳

我把摩托警放进车库。

一整天泡在警局既让人兴奋不已，又使人疲惫不堪。我把枪掏出来放在桌上，然后把外衣脱掉，用一块白色的方帕很仔细地擦枪。擦枪的时候，我通常会把音响打开听"枪与玫瑰"的《NOVEMBER RAIN》。刚打开音响，我就从椅子上一跃而起，我转过身说：谁？出来！

张杨从我卧室打着哈欠出来了。他看到我就摇着头笑了：等你等的太久了，就在你床上睡着了。

我过去一把拽住他的衣领：你胆子不小！警署抓你抓不到，你跑到我家里来了！"

你是我老师，我能不来么？他看着我用忧郁的口气说，别用这家伙指着我，说不定会走火的。他轻而易举拿掉我的枪，不知道为什么我只能呆呆地望着他。他忧郁、桀骜、颓废和绝望。我看着他，感觉他像个受了委屈的孩子。我想问他，这几年他到哪里去了啊，为什么走的时候不告诉我。

他用喉咙里沉闷的声音叫我王阳。然后把头埋在我的肩上，我抱住他，我能感到他身体的颤抖。他像片在风中漂荡的树叶，他把我当作他的大地。后来，他像只温热的小狗一样拱我的颈部，我想推开他，可推了几次都没有推动。我说，张杨，你——

他用手解我白色衬衫上的纽扣，等他解到第二颗的时候，我还是抽出手很果断地打了他。我骂他，猪。他捂住脸，没说什么，只是呆呆地看着我，一副莫大委屈的样子。

他说，我这个房子以后不再安全，他们的人随时都可能找到这里，让我最好住在局里。说完，他就向门口走去。我说，你来就是告诉我这些的吗？他悻悻地折回来，走到我面前，盯住我的胸说：我还能做些什么？

流氓，你变了——然后我又抽了他一巴掌，他却大笑着开了门走了出去。我咬着手指捂住嘴巴，无力的一下子瘫坐在地上。

（二）张杨

我带着王阳给我的两巴掌疼痛，奔跑于荷里活道的大街。我向霓虹下的路人大叫，然后踢飞了一个店门前的垃圾桶。路人用翻白的眼球看我。我向天空大笑和狂叫，他们一定认为我是个精神出了毛病的人。后来，我走进街角的一个酒吧，我向侍者要了一大瓶威士忌，就站在吧台前大口大口地喝了起来。我喝到半瓶的时候就醉了，一个妖艳的女子走过来，用他那比酒瓶还要冷的手指摸我的脸，问我是否要 High 一下。

我说：我还是处男呢！你知不知道这个年代处男和处女一样值钱。

她说：有你这么老相的处男吗？都二十好几的人啦，你还好意思说处男？你骗谁啊？你。

你不信？！不相信可以摸摸我的鼻子呀。

我摸你鼻子干嘛？摸你的鼻子就能摸出处男吗？切。我不试，我十六岁就出来了，要试用下面试。

我说，操！真正婊子呀，你滚远点。我摇晃着递给侍者一沓钞票。当他说谢谢的时候，我就走到街上，走到街上我就更加迷茫，最后想了想要了辆计程车，对司机说去兴港大厦。

香港的繁华才是真正的繁华，但是繁华并不能代表繁荣。一路的流光异彩，各色的男女在城市里穿行，他们来了这里又从这里走向世界。车子

◆沉 爱

开得好快,我的头一阵发晕,张嘴就要吐。司机说,你他妈的别吐。然后手忙脚乱地拿纸袋,他还没有找到,我就吐在他车上了。我说对不起,对不起,真对不起呀!他使劲地推我说:你他妈的给老子下去,我不载你这头猪。他推我第三把的时候就停住了,同时也把我推清醒了,因为他把我左腋下的手枪给推了出来。

我把枪捡起来放了回去,他很紧张地看着我说:是阿SIR呀?!我说我哪里是阿SIR,我是大佬了,黑社会啦,快开车吧。

有人把我抱到床上,然后用湿毛巾给我擦脸。当她要走的时候,我向她伸出了手,她俯下身来犹犹豫豫地吻了我一下,我就搂住她的脖子。后来,她就扒我的衣服,我闭着眼睛,感觉自己像一个在沙漠里迷失方向的人在漫无目的地奔跑。记忆中我手里拎着一个软乎乎沉甸甸装满钱的袋子,狂奔于沙丘之上,我不停地喘息、惊恐、慌乱地经过一片山岗,小的土丘和枯死的树一直努力向前,好像前面有我的出路和方向。最后我累得不能动了,一头栽倒在地上,发出狼一样的嚎叫。那一刻我知道自己彻底的崩溃了。

我醒来的时候,天还没有亮。我在暧昧的灯光下想了好久,才明白自己躺在陈英的床上,因为陈英的长发拂在我脸上。她赤裸着身子半卧着,大睁眼睛看着我。她给我的第一印象是她一定哭过,否则眼睛不会那么明亮,只有被泪水浸过的眼睛才会有这样的光泽。她低下头吻我,她趴在我耳边说我好猛,她的这句话让我一下子记起很多东西。我想我流泪了,因为她用嘴像鸡吃米一样在啄我的眼睛。她说,她让我成为了一个真正的男人,她说我其实什么都不懂。然后她把我从床上拉起来,我们面对面的赤裸着坐在床上。她用双腿紧紧盘住我,把我纳入她的身体,后来,她一次次地颤栗地向我扑来。我听到她像狼一样沉沉低哞,可我并不想停下来,因为我还没有叫,等我发出像狼一样的长啸,随后我像推一面墙一样推翻了她,我和她轰然倒地了。

我整天的目光游离,一次次用手指触摸自己的鼻尖,然后告诉自己说不是处男了。我对自己说这句话的时候,好像我失去了一件我一直真心守护的东西。我整天的心神不定和坐卧不安,陈英开始在微波炉上开始煲各种汤给我喝,我喝足以后,就孩子似的央求她上床,可她总要拿捏三分,说我有多么坏。我说,快呀,不愿意我就走了。她就开始脱衣服,因为我

第 19 章 我的处男情结（王阳 & 张杨）

无事可干并且喜欢上这种你上我下，反过来倒过去，永无止境的运动。终于有一天我想出去看看外面的阳光，便我对陈英说，我出去一下。临出门的时候，陈英给我打了个飞吻说，晚上你可要早点回来呀！

我去了邀月轩茶坊，它是荷李活道街底的一家格调优雅茶店。里面卖茶壶也外卖茶叶，茶壶以大陆的宜兴茶壶居多，茶叶则以老板研发出来的玫瑰乌龙最为特别。在一片片褐色的茶叶中，点缀着一朵朵玫瑰花苞，喝起来没有乌龙的浓烈，却有玫瑰的淡雅。

那个下午我就坐在邀月轩当街的一个茶座上喝茶，阳光温暖的照在我身上，后来从窗玻璃里看到王阳一身白色的休闲服，驾着一辆摩托警从我眼前一晃而过。我端起杯刚喝的时候，就马上放下了，因为我看见"飞膝王"托尼和另一个人共骑一辆摩托车也过去了。我慌忙冲到街上扭头四望，有个年轻人刚好把摩托车停在我身边不远处，我冲过去就推起他的车，我对他说，对不起，我借用一下你的车。那个人高声叫道，打劫呀。我已经冲了出去。

他们一直把车往郊外开，路愈来愈凶险，城市已远远的抛在身后。后来到一片草甸处，托尼从手提的大包里掏出一把弹枪。我一边把摩托车加速，也一边掏枪。托尼抬起手来向王阳的摩托车开了一枪，王阳的摩托车则早已一拐，冲进了草甸里。我心里一惊，抬手就打了一枪，很明显这一枪打在托尼的左胳膊上，然后他单手挚枪，向我开了一枪，我猛一个后转，迅速趴下，把车屁股给了他。不过我背部还是一麻，中了一片霰弹片。我又开了一枪，这一枪打在开车人的背上，他向前一趴，摩托车就翻倒在地上。王阳飞快地把车开过来，托尼站在地上向他瞄准的时候，我从立起的摩托车上飞了出去，踢飞了他的枪。

王阳和托尼两个人打得很凶，王阳连着两个空中背飞都被托尼闪过去，仅一个后踢狠狠地打在托尼的头上，尽管托尼已满脸鼻血，可这一脚就像打在别人身上一样。最后，反被托尼踢了一脚，只一脚就把王阳踢到草甸深处去了。

我站在托尼的面前。托尼说：没有想到我还能有机会和你交手，老四，我更没有想到你是个吃里扒外的家伙，老三是不是你害死的。这次我回去一定告诉安老板，你原来是和条子是一伙的。

113

沉 爱

我说：你还能活着回去吗？

那就看看是你易木长弓厉害，还是我"飞膝王"厉害咯。

俗话说：先下手为强，后下手遭殃。在他正和我说话的当儿，我抬起腿一个侧踹打在他的左脸上，他嘴里流了血，然后从口里吐出一颗牙齿。他左右晃动了一下脑袋，握响了十指的所有关节，像头笨熊，向我扑来。他的每一拳打在我身上，都让我浑身欲裂，我的拳头打在他身上就像打在墙上一样软弱无力。我从"飞膝王"的笑容里明白了一切。我中的霰弹是喂过毒药的。托尼一个提膝，我马上一个后仰，刚好膝盖擦着下巴走过，我就这么晃了一下，他就用双手提到我背上的衣服，把我平空抬起来，然后又一个提膝的动作。我不能再犹豫了，拿出Z8专配的特制小手枪，迅速地向他腹部开了一枪。他顿了一下，紧紧地抓住我，然后又是向上提膝，我就照着他的另一个膝盖开了一枪，他一下子跪在地上，把我摔了一脸的灰土。我从他手里挣脱出来的时候，才发现他已经死了。

王阳从草甸丛里跑过来，脸上有多处擦伤。她过来抱住我，我从身上掏出一把小匕首，对她说，快，把我背上的一个霰弹片取出来，有毒！她扒下我的衣服看伤口。去医院吧，她说。

来不及了，你取出来再说。

我用唾液润了一下刀片，然后交给王阳。

你不怕痛吗？

靠，命比痛更重要，你在伤口上划个十字，把里面的毒血放出来，别挖窟窿就可以了。

然后我就感觉有冰凉的东西带着疼痛穿进背部。我咬紧牙，有汗从额头上流下来。我说，王阳，你这样一动刀子，我想起我表弟的一个故事，我讲给你听听。

王阳在我背后"嗯"了一声，我是咬着牙讲这个事实的：

我表弟给一个河北的商人做保镖，有一次去了外蒙，在那里得了阑尾炎，住进了医院。那外蒙虽然穷，可医院的药品却特别贵，穷人用不起药。都是简单的处理一下，一般的手术都是能忍则忍。因此医院的病房里到处都是哭爹喊娘的声音。医生就在病床上给我表弟的腹部擦了点酒精，拿着个明晃晃的薄刀片就要手术。我表弟说，你这是干嘛呀。医生说，手术呀。

第19章　我的处男情结（王阳＆张杨）

我表弟说，你们就这样手术吗，你给我打个麻醉针呀！这个时候，我表弟才知道，外蒙由于药品紧张，做这样的小手术是不打针的。我表弟还能说什么呢？再说他还是一保镖呢。就点着头说做吧，别愣着了。眼睁睁地看着大夫拿刀子往自己腹部划。旁边一个男子做同样的手术时发出了比杀猪都响亮的叫声。

医生就直接拿刀子划开了我表弟的小腹部，整个手术过程中他楞是一句都没哼。只不过把床单用手抓出了两个大窟窿，那些外蒙的大夫说，中国人真的好样的。

我讲到这儿的时候，霰弹片已经取出来了，可是我的故事还没有完，我还得继续讲：

等回国转机到乌鲁木齐，我表弟才知道伤口化脓发炎了。到医院揭了纱布才知道，一个阑尾炎手术给整了个四指多长的大口子，就缝了四针，你说能不发炎？乌市的医生也不客气，在伤口处插进两个橡皮管子排脓，受的罪比在外蒙还要大。王阳已经用嘴嘬取我伤口的毒血。我扭过头去问：王阳，你说我表弟是不是特男人？王阳却是一脸的泪水。

你不痛吗，你这个功夫还有心情编故事。

我说，是真的，就是我表弟，二舅家的，小时候教我游泳的那个。

我信，你们都是好样的。然后她看了我一眼，就把白色的运动衫脱掉，又脱掉白色的内衣。我看到她那丰满挺立的胸部和完美无暇的小腹，我艰难地咽了一下唾液。

看什么看，转回头去。

然后我听到她在我背后嘶啦嘶啦扯内衣的声音，她把内衣撕成大小相等的长布条然后用它紧紧地绕过我的伤口，缠在我胸前。

王阳到上面看了一圈回来告诉我说，3辆摩托车都坏了，走不成了。我说，给你们局打电话，让他们来接。

我们没带手机啊。

我们没有，那两个死人身上也不会没有吧！

王阳又到上面去翻两个人的口袋，从那个开摩托车的人身上翻出来一个手机，拨了号码，放在耳边等了一会儿说，没信号。

我说，怪事，香港也会有盲区呀？这是什么地方。

115

◆沉 爱

这个地方叫草甸洼，九龙一个最为偏僻的地区之一。王阳无奈地望着我说。

王阳今天上午接到一个电话。

听说你在内地很能打，有没有兴趣和我打一场？

王阳说，你丫的，我为什么要和你打，你要打架你也找个男人呀！

对方就哈哈大笑，我要告诉你，我是托尼呢？托尼你不会不知道吧？要扭碎你脖子的人。

王阳愣住了。

下午3:30就在草甸洼见，只有你和我，我要是打输，我会乖乖地回警局，你要是输了，就滚回内地去。

王阳对着话筒大叫我怕你啊的时候，对方已经挂断了，放下电话，王阳好不容易在九龙的城郊图上找到这个叫草甸洼的地方。

我说，王阳，你真傻，你就不怕死吗？他们都一个个的是亡命之徒，你赢了，他会乖乖地跟你走啊？你就这么想抓他？

我来的时候，给我的一个警员留了个电话，我说我到草甸洼办点事。王阳自鸣得意地说。

我说，靠，你以为你很聪明？别说你，咱俩也不一定打赢他，不是有这把特制的小枪我也废他手里了。那个家伙东南亚一带的拳师让他打遍了，打遍了东南亚还不等于打遍全世界了，让他给顶上一膝盖，给让炮击中是一个道理。

再怎么说，我在内地也拿过冠军呀！

女子冠军？女子队的冠军就和男队的二流队员水平差不了多少。

王阳气得用手排打我的肩部，后来猛然停了手。你的肩还疼吗？

早就不疼了。

那脸呢？我那天下手蛮重的。

我没有回答，然后用手指轻触了一下鼻尖，苦笑了一下，很黯然地说，我早就没脸了。

王阳定定地看了我。我叹了口气说，我以前一直认为我做事很伟大，自制力也强，现在才感觉自己很肮脏。

116

第19章 我的处男情结（王阳＆张杨）

路上有辆大卡车轰隆隆地开过来。我跑了上去，司机并没有停车的意思，我向天上开了一枪，车才哆哆嗦嗦地停了下来。我上了车，把枪扔给了王阳。我说，你在这里再呆会儿，回城我给你们局打电话，让他们来接你。大卡车载着我向城区走去的时候，我听到王阳用嘶哑的声音在后面叫，张杨，张杨，你怎么把我一个人给扔下了。

快到城市的时候，我用车主的手机给王阳的警署拨了个电话，对方问我是谁的时候，我就挂了。车主看了看我满身的伤痕，说，阿SIR呀，我原来还以为是遇到劫匪了呢？

安顺天府邸。我给安顺天说，托尼死了。安顺天很悲伤，然后就大发雷霆，大骂王阳是个婊子，丧门星，让他坐卧不安，生意大跌，并且他的所作所为已经引起有关部门的注意，颜面扫地，还要穷于应付上面的一些人的调查。以前吹捧歌颂过他的一些报社，现在正一点一点地揭他的伤疤。他现在正火烧屁股地四处灭火，累得早就人不是人，鬼不是鬼了。后来，他查看了我的伤口，盯着我苍白的脸色说，你也够累的了，先回去休息吧！

我回到我的房子没多久，陈英就提着大包小包来看我。她一进门就着急地问，伤的重不重，伤哪儿啦？我看她那个着急的样子说，不太重，让枪给崩了一下，看过医生了，睡觉应该没什么问题，伤的也不是关键部分。她就笑了，你这个样子，还逗能呀！好好躺着休息吧！我看着她，想王阳现在应该回警署了吧。

陈英围着一小块带卡通狗的花围裙，在厨房手忙脚乱地给我弄吃的。她这个样子让我想起曾经的王阳：那时她围着花围裙手里拎着炒菜用的铲子，时不时从厨房里跑出来，看我和他爸爸聊天。我想时间可真快呀，自从在大屿山看到王阳后，我越来越喜欢回忆了。我会长时间地保持一种姿势，陷入回忆。

117

第20章

相互看着新鲜（张杨H篇）

2001年夏天，我在新疆的一个北部边境度过。我居住的那个地方叫沙城，距哈萨克斯坦只有几十公里。我拿着表叔给沙城一中校长的信，很轻易地进了学校。校长是个矮胖的人，圆脸，眼睛特别大，深邃、敏锐。他问我表叔在乌鲁木齐过得怎么样？我说挺好的。然后他就给我讲他们亲密无间的友谊。他说，表叔以前是他的队长，在一次实弹演习中救了他一命，自己身上让弹片崩伤三处。我惊讶地"哦"了一声，才知道为什么我叔家怎么有那么多成瓶成盒的药片。后来我从部队又考了学，就分到这个地方当校长了，一当就当了20多年。校长深怀感慨地说。

后来他要安排我住宿、吃饭的问题。我说，不用安排了，我都自己办好了。

内地来的孩子办事能力就是强，都见过世面，不像这里的娃，事事都要操心，不过，你要是有难处，一定要告诉我。

我说，在这里读书一定会给您添麻烦的。

沙城是个魔鬼与天使混合的地方。刮大风的时候，昏天暗地；风和日丽的时候，学校不远处的小湖，连湖里的鱼和湖底的沙都可以看清楚。那时候我多和一个叫古巴的同学就站在湖边唱伍佰的《挪威的森林》：那里湖水总是澄清/那里空气充满宁静/雪白明月照在大地/藏着我最深处的秘密。

我想歌中唱的"那里"就是我脚下所站的这片土地。空气清新到"氧

第 20 章　相互看着新鲜（张杨 H 篇）

吧"里的状态，天空海一样蓝，太阳也比内地亮，还有什么比这里更让人心情舒畅。到了晚上，天上有无月亮都可以看到各色的云彩，瓦一样的一片片地排列着。这个现象让我大为惊讶。云彩，晚上的夜空里有云彩。这是我快 20 岁时的突然重大发现。以前我只知道晚上的夜空有月亮，有星星，尽管现在星星很难看到了，月亮也已经像国人的肤色。没有想到这里的夜空除了像水晶一样的星星以外，还有层层的白彩在夜空中排列着。

可是漫天刮起风沙的时候呢，所有的一切都没有了。小城建在沙漠之上，就像一张桌子上放了一个鸡蛋，既显得突兀，又担心一不小心它什么时候就会掉下去。这种小心翼翼不是没有道理，大风刮起的时候，整个小城上空都是灰蒙蒙的。白天在教室里上课风沙起来之时时间就像突然跳至到夜晚。我趴在玻璃窗上看外面灰暗的天空和远处灯塔的隐约灯光。有风扬起沙粒透过窗户的缝隙很痛地打在我的脸上。

老师便停止讲课，让我们自由看书或者让我讲讲内地的情况。然后我就讲内地的经济发展和风情景观。很难相信虽然家家几乎都有彩电，可他们还是不太相信电视这个传媒。

我从内地转到沙城，一下子成了贵宾，就像土著人里忽然闯进了个现代人。彼此双方都感到陌生和新奇。据学生讲，他们这里只有校长离开过新疆，只有少数人去过乌鲁木齐。学生们不仅聚在我身边听我神侃，连老师都想知道内地到底是什么样子。

内地到底是什么样子的呢？我给同学们讲的时候，显然就刻意夸大了。他们听的时候都一惊一乍的。我自己讲的时候也是一愣一愣的。我的惊愕是发现自己有那么多的精美用词和演讲的天赋。我说外面世界的楼房有多么高，我把中国的大楼一下子讲成了美国的世贸大楼，说外面的服饰和发型，把中国人的服饰和发型又讲成了韩国哈韩一族。说内地人的头发的各种色彩，和女人的各种眼影。我讲到内地女人是如何的漂亮和狂野，我就想到了巴西的女人。说她们多么的放浪形骸和有颗怎样不羁的女人心。刚说到这就有一个黑壮的小伙子跑到我面前用食指很仔细地按我鼻尖。

我说，你这是干嘛？

没想到他放下手指对我说，你还是处男呀！

我惊讶地"啊"了一声。

◆ 沉　爱

　　我不知道是他的"你是处男呀"还是我的惊叫导致了许多前排的女孩子回过头来看我。我细了声音问他，你是怎么知道的？

　　这是我们蒙古人的法子，我摸你鼻尖里面还有个硬尖尖还挺立着，说明你还是童子身。我不由的一脸佩服地看着他。靠，你说的真准。说着，我伸出手来要摸他鼻子。

　　不用摸了，我的早化掉了。

　　我还是摸了摸他的鼻尖，软软的像个棉球。然后又很仔细地摸了摸自己。真的，我里面还有个小骨头在撑着。我问他叫什么名字。他说叫古巴。我说，古巴？怎么还是一个拉美社会主义国家呀。

　　"古巴"在蒙语里就是"硬汉"的意思。

　　我说，古巴这个国家的确是够强硬的，连美国都不怎么怕。

　　古巴是民考汉学生，就是少数民族学生考汉语类大学。他们从小就说本民族语言考汉语类大学的确是有困难，不过这样的学生是有政策照顾的——可以降70分优先录取。可古巴的语文已经非常棒了，普通话说的还特标准，就是脸圆圆的，鼻子有点塌，否则一眼看过很难相信他是少数民族。我来到以后参加了这里举行的一次考试，古巴的成绩很多汉族学生很是惊慕，我的成绩则让老师们大跌眼镜。老师们和校长共同研究了我的成绩，然后拿出近年来的新疆高考成绩表加以比较和对照，最后得到一个结论说，我的成绩可以上北大。我听了既惊喜又大为不安。一个在东部学习二流的学生到了西部就可以上北大。这真让我有点不安，同时，又为我那个县城一个学校读书的同学鸣不平。我想我真幸运呀！来了就是个准北大呀。然后我对教务上表态说，如果我能上北大，我就可以让班上的同学考上重点。我就尽我所学把从家乡带来的一箱子习题集和舒小娅买给我的参考书和她整理的笔记拿给他们看。教务主任看到那些题集很是吃惊，说我是雪中送炭，是及时雨宋江。他说专门派了几个老师到内地到处研究高考样题也找不见这样的好题呀。他们连夜加班赶印，让全体高三学生至少人手一套。说这是秘题，并严防此题集向新疆以外的地区泄露。他说今年的沙城要在高考上打个漂亮仗。

　　沙城这个地方有很多特别之处。比如买卖，一天就3小时的买卖时间。上午所有的店铺都闭门不开，不营业，究其原因，才知道原来都在睡觉。

第20章　相互看着新鲜（张杨H篇）

下午开了店铺一会的功夫又收了摊。不像内地，人还没有起床，就先把店门打开，不到深夜不关门，一副坐收渔利姜太公钓鱼的态势。再就是对钱的态度，我去商店买东西付帐，店员先不着急收我的钱，只是对着我手里一把零散的钞票发愣。他问我是怎样放钱的，我傻子一样的神态惹得他很不高兴。他把我手里的钱全部抓过，铺平压整了，按从大到小的顺序一张张整理好，然后从中间一折交给我。后来我才明白这个地方所有的商店是拒收五成新以下的纸币，再新的钱只要是贴上胶带就没人再用了。从银行里取出来的钱都是全新的或八成新以上的纸币。这一点和内地大为不同。在内地钱即使不烂到像冬天池塘边的杨树叶子样，只要能认出是多大的纸币都照收不误，人们只关心他的面值大小，有谁在乎它的新旧程度呢。可在这里就不行，他们都知道怎样去爱护人民币，说每张纸币上面都有国徽。他们的这句话让我大吃一惊。

我每天9：40分的时候去学校上课，星期一的时候则要提前半个小时，因为这一天早晨学校要升国旗。

所有的学生和老师都神情凝重呈扇型站在旗杆下，穿着礼服带着白手套的军乐队，护旗队仪仗队气宇轩昂的在前面走过，校长在校大喇叭里亲自指挥。他坐在校广播室，可我怀疑他能看到这里所有的一切。尽管学校广播室被一幢初中部的教学楼给挡住了，可是他与那些穿礼服的学生配合的丝毫不差。当他喊"立定"的时候，护旗队刚好走到旗杆下。

大会进行第一项，升国旗，奏国歌，唱国歌。

军乐队奏响了国歌，一些低年级的同学举起了手行少先队礼，所有的人都在唱国歌。我看着鲜艳的五星红旗冉冉上升，突然有种莫名的感动，这种感动就是来自脚下的这片土地。在我们那个地方，学校只抓学习了，一年也没见红旗在学校飘过，就是偶尔见一次，不是国庆节就是上级要来学校检查了，但不知道是谁，又是什么时候把旗子升上去的。而在这个远离首都北京万里之地呢？在这个离中国心脏最远的地方，可他们的心却与祖国最近。

大会进行第二项，学校党支部书记颜老师向国旗致词。

一个中年男子的声音开始讲中国的历史。从五四运动讲到九一八，然后到新中国的成立，最后讲到江总书记的三个代表，讲到学生在中国历史

121

◆ 沉　爱

的重要作用。说学生是中国的未来，肩负着复兴祖国，为国献身、死而后已、鞠躬尽瘁的历史责任。

　　大会进行第三项，由学生代表张萌同学发言。然后广播里传出一个稚嫩的童声，说自己应该怎么好好学习，怎样长大，渴望长大报效祖国，并说了他这个礼拜有什么事没有做好，竟然让妈妈帮他洗了次衣服。如果在老家听到这些话，我也许早就笑翻了，可这个时候我突然有种想哭的感动。

第 21 章

太岁爷上动土（张杨 I 篇）

  我一直以为沙城是世外桃源，是远离尘嚣的一方净土，可是不久我发现自己错了，并且在这里扮演了极不光彩的角色。

  没等高考完，我就在小城找到一份兼职工作。因为有一天走回我租住的房子，发现自己刚取回来的 1500 元钱被别人拿走了，并且我新买的一双运动鞋也不见了。这个偷窃事件让我对沙城的好感一扫而光。每个礼拜六、七两天，我到一家预制厂用车推沙子，可以得到 40 元钱。这期间，我收到舒小娅的两封信。她一边诉相思之苦，一边鼓励我好好学习，注意身体，并且要求我每天至少吃一个鸡蛋。我心说，还鸡蛋呢？钱被偷去了，现在我是自力更生了，一天就吃两顿饭。可我回信说，我这样的身体，一个鸡蛋咋够，我都是吃两鸡蛋，外加一杯纯牛奶，学习成绩如日中天，校长都说我可以考北大的。

  吃不吃鸡蛋倒无所谓，我想应该怎样把丢的钱挣回来。那天，我终于发现一个机会。我和古巴到街上逛的时候，才知道乌苏啤酒在小城广场做推广活动。两辆大卡车屁股对屁股，放开车兜子搭成一个平台，上面排着一长溜的长桌，每个长桌上放着两瓶打开的啤酒，有个长得像程前，说话像赵忠祥的主持人，用让人听着牙根发痒的普通话说，我们乌苏啤酒在全疆举办第五次啤酒节。今天来到沙城，男士只须一口气喝两瓶啤酒，而不外洒一滴，女士只须喝一瓶，速度最快的男、女主角可以分别获得本公司 3000 元和 1000 元的现金大奖。

◆沉　爱

　　5个男士和5个女士上去以后，很快就败了下来。因为他们没有一个不喷出来的。然后他们的歌舞队给大家表演歌舞。新的一组准备完毕上去以后很快又败下阵来。下面是一阵热烈的掌声和一片唏嘘声。

　　我看了一会对古巴说，我上去。

　　古巴惊讶地说，你行吗？

　　没事，我在老家都是嘴对嘴的喝三瓶，不就是两瓶啤酒吗？eezz（意为easy）然后我领了个胸牌号码，在一个名为《蒙古姑娘》的舞蹈表演结束，我走了上去。

　　主持人让我们挨个儿自我介绍，这中间就有很大做秀的成分。那个主持人废话连篇，好不容易才问到我，我说，张杨，高三学生。

　　那个主持人就点了头说，好样子，有勇气、有气魄、有能力，敢作敢为，敢争天下先，祖国需要你这样风华正茂的青年人，你和他们不一样，他们都是酒吧工作的，就是没喝过酒也都是闻惯酒味的。你还是个学生能行吗？不行就算了，可别硬撑。这大热天的和他们一样喝上瓶啤酒解解渴算了。

　　我说，行，怎么不行，就为了你那3000元钱上来的。

　　当我把一瓶啤酒一点不剩的快速灌进嘴里时。下面已经是掌声一片了。这时候，我身旁的两个人已经从口里把啤酒喷了出来，我嘘了一口气，然后又拿起第二瓶，向灌水一样向胃里灌。那个主持人一手拿着麦克风，一手拿着秒表给我加油。我把空酒瓶放在桌子上，然后砸吧了一下嘴看着车下的古巴笑。

　　好样的，主持人对下面的观众说。好样的！多棒的小伙子，他喝的两瓶啤酒的速度，他又看了一下表说，是15秒，和青岛啤酒节一个美国人最快9秒的速度还有点差距，但他这个速度相当难得了。小伙子，你现在有什么感受？

　　我现在是什么感受呢？我的胃里像钻进去一只西班牙的斗牛，它一个劲地冲我的咽喉处顶，我正用力地强行压制它。我想这他娘的是啤酒吗？怎么有这么大冲劲呀？可主持人一直在问我感受，他要让我讲话，并且夸我身体蛮棒，用手不失时机敲我胸部。我想说，你怎么这样啊？我一张口翻腾上来的啤酒终于从我口里和鼻子里喷了出来。喷了我面前的主持人一脖子，可他只是用手抹了一下，转过身去，很高兴又非常遗憾地告诉下面的观众，好，又喝吐了一个。

事后，我一直很后悔，我为什么喝完不马上下来，下来吐在台下我不就赢了吗？不管怎么说奖金是没有得到，却吃了一个礼拜的胃得乐。

一个月之后，我坐一辆破旧的中巴车回牧场。上了车以后才发现，除了开车的司机和我是汉族外，其余都是少数民族。他们是从各个牧场坐车来沙城买东西的。下午的时候，他们会随车分散到不同的牧场。他们身上散发着浓郁的牛奶气息和牧草的味道。我在一个靠车门的座位坐下来，打开窗户看外面的草滩。

车经过一个路口的时候，停了。上来一个中年人，40多岁，看不出是什么民族。我眯着眼睛瞅了他一眼，他人还算精神，但一脸的疲惫，一看就是个走远路的人。他向车内看了一眼见没有空座，就在车门口站定了。我眯着眼睛随着车一摇一晃的摆。他手里提着两个塑料袋，一个装着一把韭菜，韭菜已经从塑料袋上端露了出来，另一个鼓鼓囊囊的一大包，不知装了什么。

后来车转弯了，阳光从车门的缝隙里射了过来，照在我脸上，也照在他提着的另一个塑料袋上。我的心剧烈地跳了几下。因为我隐约的看到里面装的是几近半袋子都是百元的钞票。四个老人头在强烈的阳光照射下在我眼几乎一览无遗，我心里惊叫一声：靠，钱。这么多钱！这个人竟用一个普通的塑料袋拎着，真是大胆呀！可走在路上，谁能想到这个穿着破旧衣服，一手用个塑料袋拎包菜的人，另一只手里的同样的塑料袋会用来装钱呢？

我心里一直咚咚直跳，我从来没有如此紧张过，近在咫尺，一捆钱的力量竟是如此巨大，我继续眯着眼睛，为了证实自己没有看错，我又利用一次阳光射在他包上的时候，仔细地看了一下。不错，真是钱，如果这些钱能……我为这个卑劣的念头感到可耻。可是他提着一大捆钱的手老在我眼前晃，有几次他左手韭菜叶都擦到我脸上了，就不能不让我这么想。我长这么大从没有见到过这么多钱，我想有几十万吧？应该还不止这些，因为我曾在高中跟着我一个同学取过一万块钱，100元一张的也就是一指多厚，他当时卷吧卷吧就塞口袋了。记得当时我还对他说，一万元原来就这么一点啊。

◆沉 爱

　　我想到这里大漠风沙，地广人稀，做上一次谁知道呢？然后离开新疆，回老家上大学也需要钱啊。我又想手铐、监狱什么的。我长这么大还从来没有做过这么大的思想斗争。我又想到我的钱被别人盗了，想到姑奶奶都70多岁了，还自己喂奶牛、挤牛奶和做手工鞋挣钱。算啦，人怎么会这样呢？这样做和强盗有什么区别呢？我第一次骂了自己，可这个人怎么会有这么多钱呢？会不会是抢的呢？

　　又到了个路口，那个中年人跳下车去，几个蒙古人也提着东西从我面前下去了。我犹豫了一下，鬼使神差地也跟着跳了下来。

　　我伸了一下腰，嘘了几口气，然后把脚上的两只鞋紧了紧。那个中年人在前面和几个人有一句无一句地说着话。我在后面慢慢地靠近他，等到了他身旁时猛地一把拽过那个盛钱的袋子，用百米冲刺的速度冲下路基向荒漠跑去。那个人很惊讶地叫了一声，然后就跟着冲下路基。

　　我兔子一样穿过沙丘和滩草，一直向前狂奔。我很惊讶我的速度，仍然还可以那么快，风在我耳边呼啸而过，后来我就得意于这种速度。我相信没有人可以追上我，就像5公里越野赛一样，后面人的影子越来越小，最后我回头看时，已成了一个小黑点。我手里拎着个沉甸甸装着钱的袋子，发足狂奔了沙丘之上，我不停地喘息，惊恐、慌乱地经过一片山岗，小的土丘和枯死的树。奔跑是我唯一的出路，直到后来我累得不能动了，一头栽倒在地上，发出狼一样的嚎叫，然后沉沉入睡。

　　第二天，我从荒漠里醒来，浑身酸痛，仅仅过了一夜，再看塑料袋内的钱时，突然没有了激情。我站在一个高岗上举目四望，只有江水一样的沙漠和头顶一轮蒸笼一样的太阳。我看了许久，发现自己迷路了。我想找回我昨天踏在沙子上的足迹，怎么也找不见。昨天晚上刮了风，可我昨天晚上睡得多么欢畅呀，竟然梦到了舒小娅从省城坐着他常坐的那辆白色的大巴车来新疆看我。我高兴地拎着她去牧场看我姑奶奶喂的奶牛，还教她应该怎样去挤奶。沙漠的夜晚冷得冻死人，半夜里我从梦里冻醒了，我坐在沙地上想我的梦，我搂这一袋钱却没有做与钱有关的梦，这让我很失望。然后我站起来，跑步取暖，看天空淡薄的云彩，等身体暖和了，又狗一样的蜷曲着卧倒再睡。

　　我提着一袋子钱漫无目的在沙漠里走，深为我昨天的行为感到可耻。

第21章　太岁爷上动土（张杨 I 篇）

如果沙漠里突然出现一座公安局，我会毫不犹豫地走进去。如果还能回家的话，然后我请求他们让我回家。我走了很久，想了很多，在中午的时候，我发现我左前方有个黑点，就惊喜地奔过去。等我看清楚是那个追我的中年人时，我还是愣住了。他躺在地上冲着我笑了一下，脸就有恢复成痛苦的表情。我想那肯定不是失去钱的痛苦，而是来自肉体的疼痛。

我小心翼翼地走过去，把钱扔在他的脚下时，我就看到他肩后部的一片乌血。他对我说，他被胡蜂给蜇伤了。对于胡蜂我是知道的，是沙漠里奇毒无比的蜂，三只蜂毒足可以让一个奶牛死亡。林希在《蛐蛐四爷》一文中写道，四爷得到一只常胜大将军，这常胜大将军就是胡蜂所变，胡蜂作恶一年，冬蛰未死，第二年能再从土里钻出来，便是蟋蟀中的常胜大将军了。

昨天晚上他在追我的时候，碰到了一棵树上的蜂窝，就让胡蜂给蜇了。他看了我一眼就咧开嘴笑了。他从腰里拔出一把小刀子，用唾液润了一下刀片交给我说，在那个乌血的地方画个十字号，把里面的蜂毒吸出来。我就跪下来用那把刀子在上面划了个十字，然后就有许多乌血涌出来。我用嘴巴去吸，然后一口口地吐在沙地上，直到地上的血变成鲜红色。然后用他的衬衣包了一下伤口，就和他并排卧在沙地上。

你的速度可真快，要不是我连夜赶了两天的路，我一定可以追上你的。他说。

你有枪，为什么不在我抢你钱的时候开枪呢？我在撕他衬衫包扎伤口的时，发现他腰里有把枪。

有那个必要吗？你还是个孩子，而且我相信还是个不错的孩子。你胆子够大，观察仔细，还有速度。他抓起我的手看了一眼继续说，你还是个用枪的好手呢，你看你的手指多么柔软。

我很惊奇地看着他，你是做什么的呢？我问。

你看我像做什么的？

带着枪，一个人带这么多钱，不是绑匪就是警察。

中年人就笑了：听说过特工吗？你想当特工吗？

不想，我只想考大学。

我刚才说过了，你人小胆子旺。连我你都敢劫呀。你怎么看到我袋子

◆沉　爱

里装的是钱的？还有你身体蛮棒，天生就是当特工的料，还有你这双手。说着他把枪取下来放在我手里，摸摸看是不是很舒服。我的手抓住枪的时候，突然有种异样的感觉，是一种天高地阔的感受，我感觉自己在沙漠里高大了许多，突然感觉自己很像一个英雄，尤其枪特有的那种沉重，让我的心情变的宁静和踏实。

食指长过中指的人是天生的钢琴家，你这双手比女人还要柔软，最适合用枪。因为你出枪的速度永远都会比别人快。

我很吃惊地看着他。

小伙子，别这样一直盯着我，我是中共中央情报局第八处的处长。维语名字叫艾克拜尔，中文名字叫唐司，我一个处长都栽倒你手里了，我很有兴趣把你吸收到我们 Z8 的队伍里来。

我看着他说了一句：我想考大学。

他就大笑起来，会满足你的，即能让你上大学又能让你当特工，并且还会有优厚的薪水。

我们两个在沙漠里穿行，他便给我讲许多优秀特工的故事。他说，全国的情报局按离北京的远近分为十个区，新疆是第八区，对外简称 Z8。Z8 主要从事的是卧底和缉毒的行动。以前的特工都是从各个军事院校选拔，这样选拔出来的特工虽然是优秀的，但不是最优秀的，因为这些人带有明显的军人气质，明眼的人一眼就可以看穿的。实践也证明了这样的人办事能力虽然强，但是暴露性也强，效果并不是最佳。中共中央情报局在人员招收方面就做了相应的变动。特工人员不一定非要军事化，要向低龄化发展，重要的是培养特工意识。

特工是国家的精英。他们身份神秘，出生入死，为了祖国死而后已。只有他们的某个上级领导知道他们从事的职业。但是大多艰苦困难的任务都是由他们完成的。一些大案要案得以在短时间里破获一般也得靠他们提供线索。通过你今天的表现，我就有信心把你训练成一个优秀的特工。

我说，我如果不愿意干呢？

他就笑了。你不是正和我一起走么，你身上的霸气比我身上的还有浓呢。

后来我们搭乘了一辆去乌鲁木齐的车。第二天，唐司带我进了一个类

第 21 章　太岁爷上动土（张杨 I 篇）

似工厂的大院，等进了几重院子以后才发现这里别有洞天，房舍俨然，井然有序。很多人看见了唐司都要"啪"的打一个立正。他只是微笑的点一下头。

再后来有人带我去做体检。最后泌尿科医生把我脱光来翻来覆去的检查了几次，说我一切正常，就是包皮稍稍长了些。我羞红着脸在他们的哄笑声中接过自己的衣服来见唐司。他已穿一件灰色的风衣神情璀璨的正翻开一本相集。和我在中巴车上见到他时，俨然是迥然不同的神态。

后来，我才知道真正的无冕之王不是记者，而是这些一年到头只能穿便衣的特工，虽然他们也都拥有相当高的军衔，但那些身带勋章的戎装照片只存在个人的机密档案里被有限的几个人翻阅。

下午的时候，处里的几个人给我开了一个简短的欢迎会。然后我就在五星红旗和党旗下庄严宣誓。看着那么长的几大段誓词，我念的热血沸腾。我真切感觉到能成为特工队伍里的一员是种真实的骄傲。誓词说的那么多其实总结起来无非就是：保密，服从，忠诚。保密自己和组织；服从领导和集体；忠诚祖国和人民。

第二天下午的时候，有人给我送来票说，我可以回去了。我说，怎么这么快就要回去啦，我什么也没有做呢。

他说，不用做什么，回去考大学吧。

我说，那我还是特工吗？

是啊，照你的誓词做就可以了。

◆沉 爱

第 22 章

滞留乌鲁木齐（张杨 & 舒小娅）

我回去两个月之后参加了大学考试。可通知书来到学校的时候，老师们都傻眼了，只有我清楚怎么回事。我被乌鲁木齐一所二流的高校录取了。古巴考取了中国民族大学，他问我怎么回事。你不是报的是人大吗，怎么来了个职大的通知书呀？我说，那几天考试失常，睡不好觉，还闹肚子，真是关键时候拉稀了。

我叔叔在乌鲁木齐给我接风，我们都一脸失望的神色。他说，杨子，你不可能考这么差的，是不是来的晚了，不适应时差呀？我说，是啊，那几天考试时闹肚子。哎，本来想出疆的，没想到还是留这里了，离你这么近也好啊。

好是好，你家那个对象咋处啊？

我这才倒吸一口气，想起舒小娅。

张杨走后，我的一颗心也跟着去了。我给他在新疆的学校写了几次信，他很热情地回复说，怎么怎么想我，说没有我在他身边夜里一个人睡觉好不习惯，手都不知道往哪放好，还说，新疆姑娘也很漂亮，不过考上大学就马上回来找我。

等快高考时，我怕他分心就没再写信和他联系，等考完以后再找他时，就再也联系不上了，我只好又去了他家一次，要了他在乌鲁木齐学校的电话号码，打了过去。我说找张杨，没有想到他还真在。他的声音低沉，好

第22章　滞留乌鲁木齐（张杨＆舒小娅）

像有什么不开心的事。他说，舒小娅，对不起呀，我没能考出去，留新疆了，你看咋办吧？

我说，那你也不能不理我，不能不给我打电话呀，我说过我会等你的。那边沉默了好久就挂了，然后我再拨就不再接听了。我一直在想是不是我一直没有把自己给张杨，伤他自尊了。

那天，他来省城乘车去新疆，晚上我们仍住在一个房间里。可是我们从没有做过越轨的事，我们洗过澡回到房间。他跪在床上一直对我说，舒小娅，舒小娅，我明天就要去新疆啦。

我说，去呗，知道你要去，我才逃课出来陪你的。

他咽了一下唾液说，我不是这个意思，我是说，你怎么这么笨呢？然后他用手点了我眉心说：我去新疆一时半会儿又回不来，你就不可怜可怜我啊。

我说，不行，我说过了等结婚以后，要是你提前得到我，你就不会珍惜我，很快就会把我忘记的。

他说，你这是什么狗屁逻辑，舒小娅，你说我张杨是那种见异思迁的人吗？你这个样子只会让我不喜欢你。他有点生气了。

我说，你不喜欢就不喜欢吧，让你搂着睡，你还不满足呀。

穿这么多衣服，裹得像个粽子，连个线条都没有，我能满足呀。说完他气鼓鼓地躺下来。

我趴在他耳边说，明天你还要上车，这么远的路，算了吧，我给你留着。

后来，他躺在我身边睡着了，他的表情还像个受了委屈的孩子。我吻了他一下，看着他睡觉的样子，想了很多。最后我真想把自己给了他，我想起他说的每一句话都让我感动。他说，我是他的神，他躺在我身边的时候就会莫大的幸福与满足，他说自己是个卑劣的偷猎者。在我面前他不敢轻举妄动，我紧紧地抱住这个偷猎者，我怕他走后真再也不回来了。

张杨走后，我在夜里老想起他，想起他跪在床上用那双明亮灼热的眼睛看着我，低三下四地说，舒小娅我求求你了的神情。那个时候，我感觉他的样子有点好笑。他在我面前平时一直表现的是骄傲和自大。可是我却强有力地拒绝了他，我想我一定伤他自尊了，他是在向我求爱呀。想到这一层意思的时候，我突然泪水长流了。

◆沉　爱

　　我在大学就学一门语言维语。我知道这是工作的需要，就像你不能上人大只能上职大一样，也是工作的需要。我要Z8训练一年，在那个对外宣称是糖果生产场的秘密训练地，我在那里玩命地学习各种技术和枪械的使用。我的教官说，只有现在玩命，才能保证以后不丢性命。我不这样认为，我是这样想的：让一个人中断思维想念的最好办法是让他过度的劳累，只有这个样子，我才不会想起舒小娅。队里的人说我好样的，肯吃苦，训练起来像个疯子，并且斗气如牛，唐处长也说他没有看走眼。

　　礼拜天的时候，我会带着一身伤痛去表叔那里吃顿饭。可坐在那张柔软舒服的沙发上，我多半会不由自主地坐着就睡着了。

　　吃饭的时候，表叔问我，大学里就那么累吗？可要注意身体呀！

　　我说，就是瞌睡，可能还不适应这里的时差。

　　电话铃响了，我叔走过来说，杨子，找你的。

　　谁呀？

　　说是舒小娅。表叔看了我一眼继续道，你快一点呀。

　　我皱了一下眉，心想，她怎么打这里来了。

　　舒小娅在电话里问我：过年的时候，还回去吗？

　　我说不回了，寒假时间太短，一来一去的都把时间耽误在路上了。

　　你就不想见见我呀？又有男孩子追我呢。

　　是吗？那也挺好的，找个比我帅的吧。

　　舒小娅就挂断了电话，我想她一定生气了。

　　你怎么这样对人家女孩说话？婶子过来问。

　　我吁了口气说，她说又有男孩子追她。

　　你傻呀，人家是在试你呢！

　　以前我在的时候，就有许多男孩子追她。现在我们离这么远，我还能看着她啊？

　　我婶子叹了口气说，哎，你们年轻人的爱情怎么像小孩子过家家。

　　春节过后，处里对我的功课进行考试，维语得了个及格，其它的散打、跆拳、枪械、拆装防爆装置、铁丝开锁、网络技术运用、远距狙杀、设伏潜入等一些科目，都取得良好的成绩。然后处给了我一张交通银行的太平

第22章　滞留乌鲁木齐（张杨&舒小娅）

洋卡，说里面是我前八个月的薪金，从我宣誓的那天起处里就给我发放了薪水，并且说每月初都有专员把钱打进去，还说，卡的原始密码是六个一，他让我用的时候改一下密码。我心想不用改了，处里不是经常说最显而易见的才是最秘密的，最简单的才是最安全的吗？根据处里的指示，我又重新拾起了高中的课本，他们说我是该上一所更好的大学的时候了。

我给我叔讲了我要重新参加高考的事，我叔听了我的宏伟计划，很是高兴。他说我早就该这样想了。上那职大，出来后也没什么出息，不如趁早拆火。他要我回家和他们一起住，可以提供一个安静的学习环境，并且有我婶子在家做饭，吃住都方便。我抽空偷偷地跑到处里说明了一下，就从学校搬进表叔家。

每天早晨，天刚放亮的时候，我就从床上爬起来，走到乌市的大街上，在零下十几度的空气中，踏着没脚的积雪向前奔跑。当我大口喘着气，不得不弯了腰停下来的时候，我就会很清晰地想起舒小娅。我知道我从没有忘记她，我把围巾挂在脖子上，慢慢地走回去。寒冷的风像舒小娅的小手一样，拂在我冒着热气的脸上，然后摆动了我的衣角和头发。

第23章

所谓重点章节（王阳H篇）

　　我用刀子划破张杨背部的皮肤，而他盘着腿，坐在草甸上给我讲故事听。我的眼泪一滴滴地落在他背上。这个一直占据我思维的男人，从我在他眼睛里清晰看到自己的那一瞬间，他就让我陷入他的河流而不能自拔了。

　　这个桀骜不驯像匹野马一样的男人在救了我以后竟坐上一辆路过的大卡车，扔下他的枪，向我嚷了一嗓子，把我独自扔下，走掉了。

　　我站在空旷的草甸之上，穿这宽松的休闲服，第一次感到孤独和无助。我出现的这种感觉是来自另一个身体从我身旁的突然离开。当我抿紧双唇撮住张杨伤口的时候，我清晰地发现，我需要他在我身边，我需要他来让我依靠，我的胸因为没有内衣的遮拦和我沉重的思维一样像一个渴睡很久的女人在白天的某个中午醒来，再也难以入梦了。

　　局里给了我一个处分，说我作为一个缉毒队的队长，没能统一行动，协同部署，而是逞个人之勇，无视组织，更主要的是给局里带来了两具尸体。我的上司第一次发火了。

　　他说，警署并不是火化场，别老把尸体往回搬，哪怕是敌人的尸体。

　　我说，我不往回运尸体，那就等警署给我收尸吧！他们都个个亡命之徒，拿着枪，生擒活捉容易吗？

　　上司看了看我说，你先回房子休息吧，有任务的时候再叫你办。

　　丫的，要收我的枪就直说，何必拐弯抹角。然后我把枪拍在上司的桌子上，转身走了出去。

我在自己的房子里郁闷了几天，我的几个弟兄过来说，Madam，没有你在警署骂我们还真没劲，快回去吧！

我说，没有上边的命令我能回去吗？等通知吧！

也难得警署给我们这么长的假，我一个人利用2天的时间把九龙玩了个遍。最后我去了和我一起从内地调到香港另一警署的姐妹那。我们见了面彼此拳来脚往地亲热了几下，然后就笑了。

她说，王阳，你好清闲呀！想姐妹啦？

我说，想是天天想，这不被警署挂起来，没地方溜了，就溜你这来啦。咋了？

哎，还不是我脾气大，出手重，老给局里整死人，把他们搞烦了。

也是，你说你们缉毒队吧，哪天不死人，过日子提心吊胆的，哪像我们也就是在网上查查罪犯的线索，发发通告，并且有内部的QQ系统，还可以和局里的某个帅哥聊天呢。看你一个人怪可怜的，我请半天假，陪你一个下午。

我说，得，你别请假了，我过来看看你就走，要不你上司看见你又该骂了。这香港人都是工作狂呐。

我从我姐妹那里回来，走到荷里活道街底的时候，就看到张杨。他坐在邀月轩茶座喝茶，一个笔记本电脑放在腿上。他低着头正打一些东西，我在窗玻璃外静静地看着他，显然他感觉到我了。他把笔记本合起来，然后冲我笑，我推开玻璃门走了进去，在他对面坐了下来。他给我斟了杯茶，我们就静静地喝茶，互相看着对方，都不说话。外面几缕阳光从窗玻璃里透过来散落在桌子上，其中的一缕落在他捧着茶杯的白皙的手背上。

这个情景一下子让我回到过去。第一次单独见他，第一次心里怀着某种不可告人的情愫，在一个早晨把作为学生的他叫到办公室。而此时，却是在香港某天的下午，命运之神让我们坐在一起。

对面的男孩个子长高了，面部轮廓更加分明，对我形成了一股更加难以抗拒的力量。我知道我心里想什么，我面前的这个男人就知道我在想什么。只有他能洞穿我所有的心思，我有时候既欢喜又惊惧他的眼睛。他的眼睛总在思考，你所有的思想会在他的眼睛里会一览无余。后来，我站起

◆沉 爱

来走出邀月轩,他就跟着我站起来。我们走到街上,融入到人潮涌动的街头。他穿着笔挺的西服,提着笔记本手提包。我穿着天蓝色的套装,提着手提袋,我们像极了一对大公司里的职业男女。那一瞬间,我忽然羡慕着那些朝九晚五,公司里的上班族来,可我们都是身上带枪的人。

我打开荷里活道的房子,他把手提电脑扔在桌子上,然后走过来拥住我。我吻了他一下,问他背上的伤还痛吗?这是我在邀月轩茶馆见到他后的第一句话。他摇了摇头,然后我就流泪,我很奇怪为什么这段时间老是流泪。在睡觉前,在黎明前,没来由的一个人在房子里就哭了。他用手指擦我脸上的泪,可我的眼泪很多,他低下头犹犹豫豫地吻我眼睛。他的脸让我的泪水弄得一塌糊涂,他撮住我的眼睛像猫一样吮我的睫毛。我的手紧紧地缠住他的脖子,拼命吻他。我们像在深海溺水的人,感到呼吸困难和摇摇欲坠。他吻我嘴唇,我们张大嘴巴像一对贪吃的动物一样互相啃咬着。他把我口腔内的空气全部抽空,随之也抽空了我的思想。我们紧紧地靠在一起,有几匹马的力量。后来,他放开了我,像一个好不容易爬上海边的人,像一个即将渴死的鱼一样大口喘气。他向我微笑,并且面部潮红,他用手指抚摸我膨胀的胸部,然后用双手卡紧我的腰部。

我脱去他的上衣,抽去他的皮带和皮带上的枪,然后把他们狠狠扔到房间一个不知名的角落里去。

他动手脱我的衣服,不过他笨得真够可以,一个胸罩他搞了半天都没有搞开。他就不好意思地笑,他这个笑还让我怀疑他还只是个孩子。他问我怎么办,我很纳闷,我用手牵住他的手,让他摸我背部的挂钩。他像是一下子明白了,脱去我的胸罩。他长久地凝视我的身体,最后他把头埋在我的胸上。我们手忙脚乱,从来没有这么慌乱。他抱住我,我不知所措地看着他,他喘息着左奔右突,一副急于寻找出路的模样。

我吐着气说,张杨,你慢点。他咬紧嘴巴,一点一点地进入我。我说,别动,好吗?我怕。他喘着气笑了一下,看着我就没有动。他的心跳让我浑身颤栗,我用手一遍一遍地抚摸他光洁的背部,我感到他的那个东西在我身体里正如他的心脏一样一下下地强有力地跳动着。我喘了口气,然后用手按住他的臀部。他知道我需要什么,就猛地往上一提,我叫了一声,张口狠狠地咬向他的肩头。

第23章 所谓重点章节（王阳H篇）

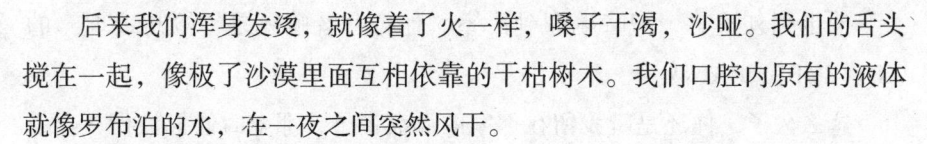

后来我们浑身发烫，就像着了火一样，嗓子干渴，沙哑。我们的舌头搅在一起，像极了沙漠里面互相依靠的干枯树木。我们口腔内原有的液体就像罗布泊的水，在一夜之间突然风干。

我说，我要喝水，我要喝水。

他拿起床前的一瓶矿泉水，喝了一口噙在嘴里，过了一会，然后口对口的一点点吐给我，等我摇着头说不喝了的时候，他告诉我说，这个时候直接喝太凉的水不好。

他放瓶子时看见床上的鲜红的玫瑰花一样的血迹，他定定地看着我楞住了。然后他用手指摸了一下鼻尖，绷着嘴，眼泪流了出来。我坐起来，用手臂紧紧缠绕他，他的眼泪又把我弄的一塌糊涂，我很惊讶，他还有那么多的泪。

张杨，张杨，我轻声地在他耳边叫他。他流着眼泪吻我，我就吻他湿漉漉的眼睛。后来，我们又做，我们不停地做。一开始，我们还小心翼翼，后来就有点癫狂。直到最后我们累得都瘫软地叠在一起。他在我耳边说，我希望白天永远不要来临。我说我们最好这样互相依偎着死去吧。我们都流泪，不知道为什么。是我们互相拥有的太晚，还是爱情本身就是忧伤呢？

天还是放亮了，可我们的精神都很好。我们像两只小狗一样，紧紧的并排靠在一起，我们什么也不想说，只是紧紧地拥着对方和看着对方。

后来，他又把我扶在他身体上面，我在上面摇晃着极难为情。我说，不行，太累了，我坐不住。不过我还是把他纳入自己的身体，我一次次地像秋千一样从低处荡开去，又从高处荡下来。我的头发像粼粼的水波一样漾在他的脸上，然后我们颤栗、喘息和大叫。最后我像片树叶，从他身上跌落下来，用梦呓般的声音告诉他，我死了。

下午的时候，我们醒来。张杨爬起来给我们弄吃的，我躺在床上看着他不想动。他端过来一口口地喂我，我半趴在床上看着他，有一种很伟大的幸福。他用手抚弄着我的头发说：阳子，如果我的坏人，你会不会抓我进去。我看着他摇了摇头说，不会。你要是坏人，我就和你一块当坏人，多少年前你很深刻地影响了我。我会带你离开到一个只有我俩的地方去，在那里，没有人知道我们来自哪里，也没有人知道我们曾干过什么，到我们老的时候，我们还会死在一起。

◆ 沉　爱

他走到外边去，把音响搬到卧室。他打开音响就是"枪与玫瑰"的《NOVEMBER RAIN》。

这么久了，你还是听我留在你家的那盘带子，那个时候你为什么会爱上我。张杨问我。

我不知道，你知道吗？杨子，这个世上，有种人就是为了爱情而出生的。她出生后就是在这个世上寻找自己的爱情。我可能就是，可我出生的时候，你还没有出生，让我孤独而寂寞的等了你这么多年。可是你呢？你爱上了舒小娅，你是那样的爱她。

张杨看着我陷入了回忆。他说，为了舒小娅，我杀了人，我杀了树田雄—那个日本人。这是我组织之外唯一做出的重大决定，我从没有为此后悔，我从16岁开始爱她，爱了多少年，你知道她为什么离开我了吗？是有人伤害了她，她比任何人都活得痛苦，她一直试图用她的坚强来掩饰她的脆弱，她什么事都埋藏在心底从不告诉我。

第 24 章

女人就像音乐（张杨 J 篇）

2002 年我来到西安，进了 C 大。C 大有 4 个校区，每个校区都花园一样。重点大学和一般大学就是不一样，就三字，够气派。

我用银行卡的钱交了学费。爸爸对我上大学而没有从家里拿钱吃惊不已，他问，你上大学怎么就不交学费呢？我说，我在学校成功地申请到国家的助学贷款了。我爸很久没说话，后来他说家里有钱，我供得起你们。我想他不可能供得起我们，因为同年我弟弟也考入了北京的一个高等学府。一年内家里出了两个在重点大学读书的儿子，我爸比捡到了金元宝都高兴，小镇上的人也跟着直嚷，说该老王家请请客了。我爸就慷慨地拿出部分钱来，在镇上给乡亲们请了三天的大戏。

我在 C 大学工程管理，就是土木工程，现在全国比较重视管理方面的人才，到处叫嚷有管理才有效益，所以土木工程把土木二字去掉也和管理靠边了。

我们工程管理系的学生穿着白色的大褂，走在 C 大的校园里，不知道的还以为我们是医学院的护士，因为我们每个礼拜都有实验课，怕一些建筑用材弄脏了衣服。我们学如何看图纸，画图纸，工程监理，各种沙子，石子，灰土的合理配置。有时候，我们扛着照相机一样的水平仪，在校园里东照西照。大多时候，我们则在绘图室把 A0 的图纸用锋利的刀子裁成有严格规定大大小小的图纸，用 12 种粗细不等的铅笔在上面绘制各种线条。我喜欢这些与绘图有关的小刀子、尺子、小刷子、绘图橡皮之类的东西。

◆沉 爱

面对它们，我感觉自己是个想象力丰富的画家。教我们制图课的系主任说，建筑是古代而又现代的职业，它与人类一同而来，最终又将与人类一同消亡。他还说建筑是一种艺术品，是一首固态的音乐作品。当你从他身边经过的时候，你就会为它的美妙的曲线和超卓绝伦的气质为之震撼和惊叹。

我想我是因为喜欢音乐而开始喜欢建筑的。C 大的第一节课，学生们挨个儿自我介绍。前面的几个同学说来 C 大是一种无奈，是一种花落去，是一种高考调剂的无情，他们本来是报考了北大、复旦的。我看那几位时眼睛里就多了几份崇敬。我在接到通知书的时候，尽管当时也面如沉水，假装着唉声叹气，说着不尽如人意，可内心是多么的欢欣雀跃呢。

班主任老师在上面叫我的名字。我说，我来西安是因为西安有陈忠实、贾平凹；来西安是因为郑钧、许巍和唐朝。我喜欢他们的名字和音乐。我坐下来的时候，旁边有个白白胖胖的同学看了我一眼说，丫的！怎么和我一样啊。然后他站起来：我叫和弦，是吉他、贝司里的和弦。我来自北京，到西安上学的想法和张杨的想法是一样。都是喜欢这里音乐和文化。我有把贝司，巨漂亮的贝司，希望同学们能够喜欢我，喜欢我的贝司。然后他坐下了。

放了学，我到和弦的宿舍里看他的贝司。看他所说的巨漂亮的色彩，是我没有想到的白色。我说，怎么会是这种颜色，多苍白无力的颜色。他看了我一眼没有说话，插了电伸开手来一弹我才知道什么是力量。音乐像头斗牛从宿舍里奔涌而出，跑到楼道里，然后顺着楼梯旋转着滑了下去，倏的一声烟一样扩散到校园里，消散了。

和弦看了看聚在门口的几个脑袋对我说，看见没，这就是音乐的力量。然后他把贝司递给我。我说我在新疆就弹过几次吉他，贝司我玩不了。

新疆是个音乐和舞蹈的殿堂，我在那里跟维族老师学习维语的时候，也跟他们学习了一点演唱和演奏民乐的基本手法。那时候我就想我一定要把吉他学的精深一些，总有机会弹给舒小娅看的。

和弦说，想什么呢，其实是一样的，弹弹吧。

我说，六根弦和四根弦怎么会一样。就勉为其难地弹了半首《阿拉木罕》。

第24章 女人就像音乐（张杨J篇）

星期六的时候，和弦陪我去逛诺亚依琴行。我买了一把黑色的吉他。简明流畅的曲线，沉默浓重的色彩。我看了它一眼就把它从琴架上取了下来。

有一天，我在餐厅吃饭，看梁咏琪的 MTV。她正抱着和我同一色彩和款式的吉他边弹边唱。我忍不住对坐我身旁并不认识的一个同学说，看！多漂亮的吉他。他看了我一眼又低下头继续扒他的饭。我想真是个不懂音乐的家伙，和他说话理都不理。

为了提高吉他技能，我报了学校的吉他音乐社，每个礼拜六，我背着吉他去琴房，那位出色而幽默的老师，第一节课上他用他熟练的手法给我们演示了出色的吉他技巧。他用吉他模拟了各种声音：长号的，短号的，鼓的，唢呐的，锣的，笛子的，火车的奔跑与枪炮的轰鸣，救护车的尖叫与各种动物的声音，后来竟然还有男女的喘息和呻吟。我们这些抱着吉他听课的人一个个目瞪口呆，第一次真正见识了吉他的巨大魅力。然后他用吉他伴奏给我们演唱了正在热播中《情深深，雨蒙蒙》的主题曲。

他说，我们学吉他都应该有明确的目的。不同的目的形成了对音乐的不同理解。你可以把音乐当作自己的一种职业，像郑钧、超载走到全国人民的面前。你也可能仅是为了某个人而弹唱，因为你感情的无法宣泄而成就了自己的音乐。如果是这样你就能在自己的琴弦上找出一根弦，作为自己的情弦。当你拨动这根弦时，你就会心有所属而停止不前。我在下面偷偷地划了一下，就把第一弦作为自己的情弦，因为我弹这根弦时，想到了舒小娅，并且这根弦像极了舒小娅清越的声音。

舒小娅给我打电话来，我发现我仍不能抗拒她的声音，她要是一个礼拜不打给我，我就会打给她。她说，她想我。我本想挣扎掩饰一下，可我还是告诉她我比任何人都想她。后来我还很直白地告诉她说，我很想她的身体。那个时候，我知道她刚去一家外企做实习文秘。我说，我们见面吧，见面吧，见了面好好说话。寒假的时候见面吧！她说，好吧，好吧。

后来我就老盼着放年假，快到年假的时候，我的吉他已经弹得相当不错，因为我在新疆的时候就接触到一些弹奏的技巧，并且吉他社有位出色的老师，另一方面和弦也很用心地教我。他说，他有个梦想就是成立个摇滚乐队。他说我唱歌唱得可以，歌词写得好，他需要我。我说，行呀。有

◆ 沉　爱

机会人手够了，咱们也组个队。

有一天我从琴房跑出来给舒小娅打电话。打了好久，她才接。我说，舒小娅，你干啥去了，怎么这么久才接？她呀地叫了一声就哭了。我说，你怎么了，怎么了？谁欺负你啦？你告诉我。

她说，没什么，刚才叫热水烫手啦，都是你不在弄的。我嘘了一口气说，是这样呀，要小心，你自己在外面更要小心，要是有人欺负你，你就告诉我，我在大学学跆拳道呢！她说，没事，谁欺负我呀，不用担心，你净瞎想。然后她就挂了。我抓着电话愣了一会，就又回到琴房。再弹吉他的时候就不怎么专心了，我想舒小娅会不会出什么事了。因为她以前接到我的电话时，她是多么欣喜呀。每次都是我催她挂，她还不愿意挂，我只好数一、二、三说同时挂。

和弦在网吧上网，他拿着一把四一在网上横冲直撞从A门冲向了B门，别人死了几次，他还不死，枪法和他弹贝司的手法一样娴熟。我也上网，可我与和弦在不同的网吧，我在大象网吧，这里上网的人少，我坐在一个无人的角落，打开我的加密信箱，匆匆浏览一下就关了。电影刚看了一半，和弦就过来找我。

你就为了一小时省5毛钱，玩这破机子呀。

我说，我又不会玩游戏，机子又不卡，能看网页，聊天就行呗。

《007》呀，别看了，下吧，有个事情要给你说。

我和和弦出了大象网吧，和弦说，本部有个叫起死回生的乐队解散了，正招新人呢，咱们去看看。我和和弦就背上自己的家伙。带上你写的几首歌词也让他们看看。说着他从我抽屉里拿了两首歌词，我和他去了校本部。

C大有四个校区，2000年全国学校实行了合并，改组。强强联合，壮大中国的教育事业。其实大多数的高校合并是大鱼吃小鱼，强吞弱，在纷纷改头换面之后，对外宣称，我们的实力增强了，因为我们更加综合了。

C大在高校改革浪潮之中，应运而生。据说是改组比较成功的几个少数高校之一。

我们穿过几条街到了校本部。在一个破旧教学楼的地下密室，找到那个叫尚活的男生。我们进去的时候，他看了我们一眼就斜靠在沙发上没再

第24章 女人就像音乐（张杨J篇）

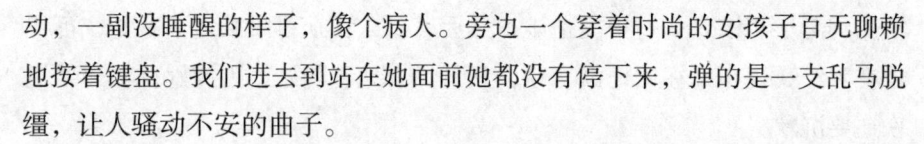

动，一副没睡醒的样子，像个病人。旁边一个穿着时尚的女孩子百无聊赖地按着键盘。我们进去到站在她面前她都没有停下来，弹的是一支乱马脱缰，让人骚动不安的曲子。

和弦掏出他那把白色的贝司，自己找了个插板通了电，用手拨动琴弦轰隆隆像开火车一样的加入进去，后来就大幅度晃动着贝司也是一副乱马脱缰的模样。旁边的女孩随着和弦的调子把键盘敲成了一盘散沙。尚活从沙发上站起身来，我看见他的眼睛中发出光来。他走到和弦的面前说，我叫尚活，公路学院的。

和弦说，我叫和弦。然后指着我说，他叫张杨，我俩一个班的，都是建工的。然后我给他完整地弹了那首新疆民歌《阿拉木罕》。

尚活皱了眉头。我只好说，我才学了半年多点，手法有点不太行。

尚活说，你弹的不是不太行，是太不行。

我说，你怎么说话呢，你最行，可以了吧！妈的，这样肆无忌惮地打击我对音乐的狂热。我真想过去给他一拳，让他知道谁是太不行，谁是不太行。

然后我收起吉他装进套子里。

和弦说，别呀，怎么一见面就斗牛呀，都是一个学校的，看歌词，看歌词，张杨的歌词最牛B。他把我的歌词递给那个敲键盘的女孩。她看了很久，我想就几句歌词用得着看那么长时间吗？她很认真地看了我一眼说，是你写的吗？我点点头。然后她走到键盘前面，把我的那首歌词给弹了出来。后来她的脸上露出笑容。她的笑容在这个阴暗的地下室里既阳光又突兀。然后她对尚活说，怎么样啊，给编一下曲吧！

寒假。我见到舒小娅。

我再三给舒小娅打电话，她最后才说，你去车站接我吧。

我在车站等了她一个多小时，她的车过来了。见到她的时候，我才归于平静，就像树叶归之与泥土。舒小娅穿着长统的皮靴子，画着浓妆，穿着一件裘皮的外衣。她从车上跳下来，拎着几大包东西递给我。我愣愣地看着她，很吃惊她这种变化，这是以前那个清纯可爱的舒小娅吗？

她看着我，眼睛亮了一下就暗了下去。我本来在等她的过程中，想好

◆ 沉 爱

了见到舒小娅该怎么过去拥抱她，然后又怎么在众目睽睽之下吻她，可我现在呢？我现在站在原地没有动，只是愣愣地看着她，因为她比我还要忧伤还要沉默。

我们离开车站，走了一段路。我拥住她，要吻她，可她狠劲地推开我。我又试了一次，用手搬转她的头，可她绷紧嘴巴，别过脸去。我放开了她，因为她说，我已经有男朋友了，你别碰我！

我收了一下衣服，感觉有点冷，抬头看快要黑下来的天空说，前面还有一公里的路，快走吧。

舒小娅把一支烟递给我，然后给我点上。她自己也抽出了一支。我很惊讶她会抽起了烟。我以前抽过几次，不知被她骂了多少回，我抽烟后，她从没有让我吻过她。她说她讨厌烟味，她说她的肺不好。我说，可有时候写东西累呀。我在她面前吸烟的时候，她会静静看着我，然后走到窗户前，打开窗子，然后回到我面前她会小声说，吸烟会影响到后来的孩子。我就笑，大笑，孩子，哪来的孩子，不睡觉哪会有孩子。舒小娅特喜欢孩子，看见别人的小孩子，她就跑过去逗人家小孩玩，也不管认识不认识人家。孩子的妈妈还特高兴地抱起来让她看，我只好在旁边看着等她。心想：一个女学生这么早喜欢孩子可真怪。

有一天，她在睡觉之前对我说，我想有个孩子，像我一样漂亮，像你一样聪明。你说是男孩子好，还是女孩子好？

我说，当然男孩子好，男孩子能传宗接代，能干大事，女孩子长大就鸟一样飞了。

她就嘟起嘴不高兴，说我是老封建，现在都什么年代了，还这么重男轻女。末了她对我说，还是女孩子好，女孩子是妈妈的小棉袄。

我们终归不会有孩子的，因为我们只是接接吻，如果接接吻就能生孩子的话，中国的人口早就不是13亿了。

舒小娅在开始抽烟，并且抽得很凶。我一支还没抽完，在看烟蒂上的 more 时，她又接上一支。

我对舒小娅说，舒小娅，你变了，你不再是以前的你了。

舒小娅说，张杨，你没有变吗？你在新疆的时候为什么不理我，我每个礼拜六晚上都在我们宿舍楼下，等你的电话，可是你打过吗？

第24章　女人就像音乐（张杨J篇）

我低下头不再说话。

前面有人嗦嗦地走来，她在问，是杨子吗？

我说，妈，是我。

怎么这么晚才回来？在家等你们都等急了。

舒小娅的车今天来晚了，我说。

我们回家，吃了顿很沉闷的晚餐，因为我妈早把菜做出来，尽管用碗扣着，但还是凉了，今年的冬天好像要比往年冷些。我妈说再去热热，舒小娅便不让。她说她吃不了多少。我妈坐下来没再动，很明显没有以往的热情，因为我们每个人都感到舒小娅变了。

舒小娅很久不再说话，一说话她就说菜这个有点咸了，那个有点淡了，要不就别过脸去看电视，好像我们是她漠不关心的人。后来我们都扭转头去看那个百无聊赖的清朝电视剧。我还时不时给舒小娅夹菜。我说，舒小娅，你吃呀，别客气，自己家啊。

舒小娅就看着我，然后低下头吃我夹的菜。

吃过饭，我和舒小娅来到里面的房子里，我给她轻描淡写地说了我在新疆上学的事，主要讲了那里的风土人情。

后来，我妈进来了说，小娅，你一个女孩子在外面上班，我们老不放心。不行，你就回家，在家当个老师也不错，毕竟是个女娃，你知道杨子在新疆上学，还叫人家给劫了，抢去千多块钱。

舒小娅关心地问我，没事吧？

我说，没事，别听我妈说，我钱放房子里是让人家偷走的，谁敢抢劫我呀。

妈叹了一口气出去了。舒小娅安静地坐在床上灯光柔和的打在她涂满油彩的脸上，我看了一会，然后把我考虑很久的一句话说了出来：舒小娅，我们定婚吧！

舒小娅的眼泪雨一样地落下来。她的眼泪好像早就蕴满了她的眼睛。只因我的一句话喷涌而来。我第一次知道眼泪还能直接从眼里掉出来，而不是蜿蜒而出。我被她眼泪弄得不知所措。她静静地看着我，让眼泪肆无忌惮。我紧紧地抱着她说，舒小娅，你咋了？她只是把下巴放在我的肩上，闭上眼睛。

145

◆ 沉 爱

舒小娅还是和我妈共睡一床，而我躺在另一间房子里失眠。我想舒小娅肯定和我一样在失眠。我先是在心里喊舒小娅，舒小娅，后来这种暗哑的声音就从喉咙里偷偷地滑了出来。

第二天，我起得很晚，舒小娅掀我被窝的时候，我醒了。舒小娅早已梳洗好了，她比以前更加漂亮，还是大眼睛，神采飞扬的样子，只是有种深不可测的忧伤。她说，杨子，你快起床吧，姨都把饭做好了。

我说，昨晚想了你一夜，想累了就起不来了。你吻我一下吧，吻一下，我才起。她就飞快地吻了我一下。我就触到她那冰凉柔软的嘴唇。

我穿好衣服，端着牙具要出去刷牙。她朝窗外看了一下，走过来，紧紧抱住我吻我，发疯一样地吻我。她直接把舌头吐进我的口里，让我吻她。她的行动让我惊慌和兴奋。我手忙脚乱地吻了她几下。我说，舒小娅，别叫我妈看见了。可她不管，双手搬住我的头，我看见我妈端着洗脸水进来了，就推开了她。我吁了几口气，用手擦去舒小娅弄在脸上的唾液，然后洗了脸，洗完脸我拿起挤好牙膏的牙刷，愣了一下，又放下了。

吃过早饭，舒小娅说，我要回家。我和我妈不让她走，尤其是我，可她下定了决心。我妈拿了钥匙，打开衣橱拿出一件粉红色的毛衣说，我花了一冬天的时间给你和杨子一人打了一件毛衣。我给杨子打了个纯白色的，给你打了个粉红色的。人老了，眼睛也不行了，比不得年轻人打的好，我是现学现打的，你试试可身不。

舒小娅很仔细看毛衣，就像看一件心爱的玩具，不住地夸我妈手巧。然后我就看见她眼睛里的泪水。我想怎么又要哭呀，别让我妈看到了。刚好她背过身去，然后脱去外衣，到试衣镜前穿那件毛衣。她在那面镜子前站了很久，本来她要脱下来，我妈说，今天外面天冷，有风呢，穿着吧！你和杨子穿的衣服都太薄单了。

舒小娅还是执意把毛衣脱了下来。她对我妈说，姨，先给杨子留着吧，然后她折好交给我妈。

我送舒小娅去车站，外面在刮风，很凛冽的风，我竖起大衣上的领子，帮舒小娅缠好围巾。我说，现在你和我都不快乐，我希望我们永远都是高中，永远。我摸了一下舒小娅鼻子下面，还是忍不住问，这个地方怎么会有个疤痕？

第24章　女人就像音乐（张杨J篇）

烟蒂烫的。

怎么回事？烟蒂烫的？！

舒小娅不再说话。她抽出一支烟来，递给我。我接过来放在嘴上，舒小娅又抽出来一支。我夺过来，把它掷在地上，然后用脚狠狠地踩碎。我对她嚎起来：我不允许你这样，你看看你现在成了什么样子，让我担心，让我们全家人担心，谁要是欺侮你，你告诉我，你信不信，凭我现在的能力，我能很轻易地杀了任何人，你信不信？我想我的眼睛都已经红了，你有什么话就说，谁欺负你了？

舒小娅猛地甩开我，她用异常激动的声音向我喊：张杨，我已经变了，我不再爱你了。

舒小娅蹲在地上，这句话一下子被大风刮的好远，路上有人向我们这边看。

我说，你不爱我，为什么到我家来？你不爱我，你为什么对我那么好？你不爱我，为什么要和我在一个床上睡觉？你不爱我，为什么给我买衣服？看见没有，我还穿着三年前你买给我的内衣，我扯开大衣让她看。

舒小娅歪着头用半是嘲笑的口吻说，我爱你？我爱你？！我让你真正碰过我吗？没有吧。然后她放肆的大笑。

操，我一脚踢飞脚下一个废弃的铁盒子，然后我拉起她说，你走吧，我送你去车站，以后我再也不想看到你，你走！

舒小娅挣开我的手，瞪起那双明亮的大眼睛仔细地看着我。我发现那双前不久前还很清澈的眼睛里现在却蒙了一层哀伤的灰。她用手抚上我的脸，认真地触摸着。我愣愣着看着她，本以为她有话要说，她那张开一半的嘴，在一道清澈的泪滑落时猛然闭紧了。

乡村的风肆无忌惮的吹起我的长发和冰凉的面孔，还有舒小娅裘皮的大衣和及膝的长筒靴子，这一切我突然发现和脚下这条我走了上千次的小路格格不入。我想到底是什么让我们有这么大改变呢。

舒小娅坐车走了，她把脑袋靠在车窗上，一直都没有回头。车走了很久，我还站在车站不想回家。

第 25 章

渴恩乐队成立（张杨 K 篇）

　　回到 C 大，我比以前更加沉默。所有的同学都在讨论这个寒假有多么快乐，只有我不快乐。

　　和弦说，张杨你怎么这么不开心呀！走，到大雁塔拜拜佛去，我就和他去了大雁塔。

　　大雁塔是西安的标志性建筑，据考证《大唐西域记》记载：西域称佛塔为"亘娑"，唐语为"雁"，所以雁塔的得名是由梵语音译而来，叫大雁塔是因为后建的荐福寺塔与雁塔遥遥相对，比雁塔小，因此人们就逐渐将这座塔叫大雁塔，而将荐福寺之塔叫小雁塔了。

　　我站在玄奘面前双手合十，许了个愿望，然后离开了。

　　我坐在大象网吧最里面的角落里，看了一下邮箱，回了一封信，然后听歌。QQ 上和弦的头像闪了几下，我打开一看，是个网址，知道是和弦发给我的一个网名叫"蕾丝的花边"的网友是文章。

　　和弦是贝塔斯曼的会员，每个季度都有书和催款通知单一块寄到他手里，可他很少看书，也不见他写过什么文字，而我同宿舍有个同学，每天都躺在床上看标为黑皮经典玄幻系列的书。每天都趴在床上写日记。有一次，他站在床上告诉我们他有十三天没有写日记了，然后他就趴下来补了十三天的日记。他还能背许多首唐诗。我们宿舍的人说他是饱学之士。我也一直以为他是个思想深刻的人。有一天，我看了他写的一篇东西，很是

第 25 章　渴恩乐队成立（张杨 K 篇）

失望。因为那是我小学五年级就写过的一些东西。不见怎么读书的和弦的文字却够老辣。我拿着他的皮本子在宿舍内看。熄灯了放不下我就到楼道里去看，还给他本子的时候，我问他 QQ 号是多少？然后他告诉了我，并且说他喜欢在榕树下看一个叫"蕾丝的花边"人写的文章，那上面还有她的照片，人长的绝 B 漂亮不说，还是北大的文学研究生，下次上网发你看看。

我就看"蕾丝的花边"的文字，会写文字的人很容易被别人的好作品所激动。我在看她的文章的时候就有点躁动和不安。我想马上写些东西出来。和弦说"榕树下"是中国最纯净的文学网站，很多读书看书的人都在上面注册会员。看到榕树下有诗歌专栏，然后我以"易木长弓"的名字进行了注册，计划发些诗歌作品。

时间如流水一样的奔走，我仍背着吉他去树林深处。我喜欢听第一弦发出的声音，我知道自己不能没有舒小娅。

弹吉他的时候我就会想起她，好像她就在我不远处听我弹唱。有很多女人说我弹吉他的样子最为动人。

学校的领导答应了我们的请求，因为我们给那位开明的校长接二连三发 E-mail 和往他的意见箱投递我们的想法。我们说一个一流的大学不能没有一支好的乐队，让我们的音乐来丰富大学的校园文化吧，让我们纵情的歌唱吧！校长就答应了我们的请求，投资 5 万多元，给我们买了架子鼓和电贝司等设备。我们的渴恩乐队在 5 月 10 号正式成立了。

乐队成立那天，我、和弦、尚活、夏菁雨还有打架子鼓的谢兴东，一个比一个兴奋。我们喝了很多酒。尚活说，妈的，张杨，你小子好有才情，渴恩，Croon，英汉通用，低声吟唱。比我们以前的"起死回生"好多了，说是起死回生，哪一次也没能活过来，唱到中场就被观众嘘下台去了。

我说，我们的乐队就是渴望众生恩泽和恩泽众生之意。Beyond 都知道吧，我就叫他边缘乐队。我知道我那天喝多了，因为痛快，喝着喝着心就痛了。我看着对面的夏菁雨的时候老感觉那是舒小娅。我说，夏婧雨，你别老瞅着我看，来来来，都喝，酒好东西呀。然后我们的杯就"砰砰叭叭"地碰在一起。

尚活的舌头后来都喝大了。他说，张杨，你写的那些歌由你来主唱，因为你最懂歌里面的感情，我都给你编好曲啦。歌词写得太缠绵悱恻，你

◆沉　爱

给我写首火药味十足，性和暴力的，我来唱。

　　我说，再怎么颓废，看到的都是阳光和鲜花啊。这样的歌词我写不来，我现在还是一处男，怎么能写性啊，不过你放心，我就是编也给你编一首出来。

　　夏婧雨和其余的人都愣住了看我。我用腥红的眼睛望着他们说，你们不信，是不信我写歌词的能力还是不相信我是处男？我用手按了按鼻子接着说，你们摸摸我鼻子，里面的小骨头还挺着呢。是我一位蒙古朋友告诉我的。他说是挺着的都是处男！我他妈还是处男呀。然后我喊了一声舒小娅就滑到桌子底下去了。

　　礼拜天在地下室排练的时候，他们问我舒小娅是谁。我说，高中的一个同学，早就不联系了。夏菁雨说，张杨，你就别骗我们了。你喝醉酒叫她，我们都听到了，你的歌词都是写给她的吧？我看了她一眼说，什么呀，为一个女孩子写歌，幸福死她吧。我的歌词是面向感情上的劳苦大众的。

第 26 章

我们现场摇滚（张杨 L 篇）

  我们的乐队终于出来和西安的摇滚歌迷见面了，陕西六大高校校园摇滚在我们学校大礼堂举行。

  我们停课准备了一个礼拜，又兴奋了一个礼拜。在兴奋当中高校摇滚拉开帷幕。因为是在 C 大举行，举办单位和赞助商就考虑让我们渴恩乐队先出场。那个赞助商听了我们半支曲子就决定让我们先上。他说第一炮一定要打响，我们人多，音乐元素丰富，第一个出场准行。

  海报上说晚上 8：00 举行的摇滚演唱会 8：30 还没有举行，我们乐队的成员站在台上，可尚活还没有来。台下的学生站起来又坐下，他们在下面喊：怎么还不开始呀？你们开始呀，耍大牌呀。我跑到后台去找尚活，尚活穿着一身绿军装在和他的女朋友闹别扭，并且骂骂咧咧吵得很凶。

  我说，尚活，你们先告停吧，感情的事以后再说。前台的观众已经开骂了，赞助方催了几次让你上场呢。

  尚活就抓起头盔戴在头上，抓起身边的绿吉他和我上了前台。下面是学生们热烈的掌声，我背上电吉他，尚活偏着头看着下面的观众，然后做了一个静止的动作，突然抡圆了胳膊把那支绿吉他像他上次摔酒瓶一样，重重地摔烂在台上。有几个小的木屑飞溅过来打在我头上。我们都懵了，尚活若无其事一样抓过话筒扯大嗓门说，"陕西省六大高校夏之夜摇滚音乐会"现在正式开始。下面有女生的惊声尖叫和男生的大声叫好响成一片。鼓掌，经久不息的鼓掌。赞助方和观众还都以为这就是摇滚的另类，这是

◆沉　爱

摇滚乐独特的开幕方式呢。其实，只有台上的我们几个人知道，尚活把他女朋友送给他最爱的吉他摔碎了，同时摔碎的还有他们的感情。

我们是 C 大的渴恩乐队，Croon——。我是第一吉他手尚活，尚且活着意思。现在我没有吉他了，我把我的吉他摔碎了，女朋友送我的，今天我们的感情终结了。下面的人"啊"了一声就寂静了。

这是第二吉他——张杨兼主唱，我弹了一点曲子向台下致意。

贝司手——和弦，和弦晃动着那刚染的黄头发，用端机枪的姿势，咬牙切齿地弹了大难度的一段曲子，引来女生的尖叫。

键盘手——夏菁雨，来自西安音乐学院，乐队的作曲人。

夏菁雨微笑并沉静如水向台下点了点头，她那超人的气质赢得众人的一片掌声。

鼓手——谢兴东，西安最牛 X 的鼓手。

谢兴东坐在高高的架子鼓后面，有灯光打在他微笑的脸上。他头磕头虫一样一点一点用手漂亮地旋转鼓棒，并且交叉击响鼓棒，然后是流水般的用力打击面前的各个乐器，这个动作让我想去伍佰和他的 Chinablue。

第一首《新长征路上的摇滚》。下面的学生热情地鼓起掌来，然后是口哨声。尚活一身绿军装，头戴钢盔，在舞台上随着音乐踏着步子，一、二、三、四，然后他摆了一下头，停了下来，因为我的手指弹错了一个音，尚活的耳朵比狗耳朵都灵。他听了出来，然后我们又重新开始。一、二、三、四，我的手指滑到第一弦时又乱了，因为以前都是尚活弹主音吉他，我主要处理一些和声，用手指扫弦，现在一下子叫我弹主音，我的手指真有点不太适应。

下面的学生是听不出来的，可尚活能听出来。尚活恶狠狠地看了我一眼说：同学们，我们还有机会是不是？我们不是最好的，但我们追求最好是不是？然后他冲我重重地点了一下头。我就低下头看我的手，终于滑过那几个音节。整个大礼堂被尚活雄厚沉重的声音包围了。

听说过没见过两万五千里
有的说没有做怎知不容易
埋着头向前走寻找我自己

第26章 我们现场摇滚（张杨L篇）

　　走过来走过去没有根据地
　　想什么做什么是步枪和小米
　　道理多总是说是大炮轰炸机
　　汗也流泪也流心中不服气
　　藏一藏躲一躲心中别着急
　　噢——一、二、三、四、五、六、七

　　我狂乱的吉他，像匹难以驾御的野马。谢兴东疯狂的鼓像雷像电。夏菁雨的黑白分明的键盘和微笑如风的眼神。我冷漠忧伤的表情都笼罩舞台的灯光之下。我们的身体、思想可能是被束缚的，可歌声是自由的，这个时候我们是最自由的。几乎所有的人都跟着尚活喊一、二、三、四

　　山也多水也多分不清东西
　　人也多嘴也多讲不清道理
　　怎样说怎样做才真正是自己
　　怎样歌怎样唱心中才得意
　　一边走一边想雪山和草地
　　一边走一边唱领袖毛主席

　　尚活把钢盔取下来，下面的学生跺着脚在鼓掌。
　　谢谢大家，喜欢崔健吗？谢谢，第二支歌由张杨作词演唱，夏菁雨作曲，我们渴恩乐队自己创作的歌曲《别给我谈理想》。尚活笑着看我。
　　我走到麦克风前说，哪位同学有吉他，借给尚活，他是最棒的吉他手，没有他会让我们乐队感到很吃力。
　　同学们开始哄笑，前排有个乐队的女生走上台来，把一把电吉他递给尚活。尚活接过来，试了一下音，然后用飞扬的手指显示出来他娴熟高超的技巧。学生手里挥动的荧光棒在来回地晃，荧光棒是赞助商为了搞气氛免费发放的。有几个女孩子在大喊，尚活，尚活。
　　尚活的音一转，我们的乐器一齐出发了。前面是大量的音乐铺衬，下面的人们慢慢安静下来，因为都听出来是一首绝望和哀伤的曲子。我们三

◆沉 爱

个人在舞台上慢慢地移动，都在专心倾听音乐中自己弹出的声音，我们表情凝重地看着对方，最后我走到麦克风前唱道：

　　直到那一天 你离开我
　　才知道爱也可以让人堕落
　　直到今天 我还不能拾取我
　　只知道 酒可以让爱解脱
　　深夜里 醉倒在路旁
　　有对恋人说 别像他那样
　　其实你不知道我的心伤
　　我也曾有我心爱的姑娘

　　没有了理想
　　也别给我谈理想
　　任何事已不关我的痛痒
　　没有了理想
　　也别给我谈理想
　　我只爱我的悲伤

　　这个时候，又是曲子的大量反复，尚活说，编曲就是编配人的感情，怎么才能打动人心地最深处的隐痛，只能通过琴弦的巧妙运用、反复再反复。就是要通过曲子的大量反复，只能这样才能让你安静，给人想象，先让你熟悉这种旋律，才能更好地享受这种旋律。

　　尚活不愧是最棒的吉他手和编曲人，下面的人已经跟着曲子唱起来。和弦背转身来，向我伸出拇指，我又继续唱道：

　　深夜的风吹在脸上
　　一个人在街上游荡
　　迎面走过来一个乞丐
　　我知道他在找他丢失的爱

第26章　我们现场摇滚（张杨L篇）

　　失去了她

　　也就失去了一切

　　他从乡下爬上南下的地铁

　　失去了她

　　也就失去了一切

　　他的田他的家已是荒草的世界

　　（合）没有了理想

　　也别跟我们谈理想

　　任何人已不关我们的痛痒

　　没有了理想也别跟我们谈理想

　　我只想找回我心爱的姑娘

　　所有的人都在跟着合唱，最后我们住了手。我说，不是我们大学生没有理想，是我们对爱情的痴情与绝望，对不对。然后我们开始收吉他上的线，可下面的学生扯着嗓子喊，再来一个，再来一个，渴恩乐队再来一个。

　　我说，谢谢大家，谢谢同学们。下面还有别的乐队，他们会比我们更好，更出色。可他们的叫声让我们无法收拾我们台上的人互相看了看笑了。尚活走到前面，用手拨动他那清脆高亢的琴弦，我知道那是我写的《母亲》。

　　我微笑着走到前面，我歪着头微笑，并刻意保持这个动作。我想这是我上台来的第一次笑容，下面有人开始大叫。

　　我们大学生应该有自己的作品。下面是由尚活编曲，夏菁雨作曲的《母亲》，是一首献给中国女足，献给祖国的歌，希望同学们喜欢。

　　谢兴东的鼓激烈地响起来，这是一首气势磅礴的曲子，曲风有点像Beyond的风格。其实我并不是怎么喜欢，我喜欢那些淡淡忧伤的曲子，曲风像许巍的风格最好。可尚活说在摇滚音乐会上唱那些东西太小资，摇滚就是力量和震撼。

　　其实在上台之前，我很想唱我写的《怀念月亮》这样的歌。歌词唯美，曲子也清新自然，可尚活不怎么喜欢。他说，以后你少写那些肉麻的酸不拉叽的歌词，你不知道，夏菁雨在给你歌词谱曲的时候都哭了。她说，你有才情。她说你很痴情和很受伤。你知不知道夏菁雨是谁的女人？我说，

◆沉　爱

知道，你身旁从不缺少女人，你就是用你的琴弦征服女人。我不想用它征服任何人，我只想用它讲个故事给人听。

我用和黄家驹几乎一致的嗓音唱《母亲》。我不自信我弹吉他的手法，可我从没有怀疑过我的声音，在尚活第一次听我唱 Beyond 的《真的爱你》的时候。尚活说，渴恩乐队将有两名主唱。

我用手扫过琴弦，对着下面黑压压的学生唱：

当国旗升起
国歌响起
才知道您从未远离
当手牵手低下头
面向绿茵大地
才知道祖国的意义
（合）您那历经悲苦风雨的身躯
给了我们多么多么多的温暖梦想
您那历经老去岁月的沧桑
给了我们多么多么深的崇拜敬仰
噢——
我们是您的子孙 噢——
你是伟大的母亲 噢——
您与我们有同一条祖根
我是龙的子孙 噢——
您是年青的母亲 噢——
我们与您同呼吸共命运
当掌声如狂风
呐喊成骤雨
才知道我多么多的爱您
当手牵手，昂着头
面向五星红旗
才知道祖国的意义

第26章 我们现场摇滚（张杨L篇）

（合）您那历经悲苦风雨的身躯……

我们知道我们的乐队成功了，因为我们可以操纵观众们的情绪，我们让他们忧伤，他们就忧伤，我们让他们躁动就躁动，是音乐感染了大家，包括我们自己。和弦甩动着手指说，音乐让他的手指兴奋地直想痉挛。夏菁雨也说，她上台无数次，从来没有像今天晚上活灵活现过。

夏菁雨今晚的确够活灵活现的，她穿着长筒的女巫鞋，露脐装，腰里围着红色的皮带，斜斜地挎着，手腕套银白色的手链。她飞舞着手指拨动键盘的时候，手链就在大灯的照射下发出耀眼的色彩。她随着音乐的节奏摆动风一样的曼妙身体。我想男同胞们大声叫好，有一多半是冲着夏菁雨来的。

接下来的几支乐队表现都不错，因为西安本来就是一个最适合摇滚的城市。街头的艺人，酒吧的歌手，迪厅中的DJ，高校中的学生都被这座城市打上明显的烙印，那就是浓厚的文化气息。

西北大学一名研一的学生，用一把木吉他，怀念和凭悼了与他相爱多年得白血病去世的女友。他那首叫《风起的时候》的歌曲，几乎唱哭了所有的女生。他那如泣如诉的声音，让我震惊，男生们举起手中的打火机和他一起凭悼。一点闪烁的荧火棒照亮了礼堂，他那水银一样的琴声和梦一样的声音游走在礼堂。这个时候，我燃尽了火机内的气体，忽然清晰地想到了舒小娅，流泪了。他唱道：

风起的时候
你已不在我左右
树叶静静落在我的背后
带着淡淡忧愁
它记载着我的笑容
也被我的泪水湿透
代表我们的海誓山盟
走到这里全部已结束

风起的时候

◆ 沉　爱

在人潮涌动的街头
孤独将我全身都占有
拌着阵阵心疼
我想为你遮风挡雨
多句暖暖的话语
可惜谁能让生命继续
我只能眼睁睁看着你
无能为力

第 27 章

D 城杀人事件（张杨 M 篇）

  我还在上网，因为我是个有任务，并随时接受任务的人。我不知道我的任务在什么时间下达，又具体做什么，但我知道每个礼拜至少应上两次网。我坐在大象网吧最里面的一个角落里，我感到我和这个角落一样忧郁。

  一个人走过来，搬动我旁边的一个椅子，然后坐了下来。我看了他一眼，是个维吾尔族人，深陷的眼睛，戴着顶印有 NIKE 字样的黑色线帽，就继续看《英雄》。

  他打开电脑，浏览了一个维语的网站，然后他从口袋里掏出自己带的耳机换上。大象网吧的机子是有点破旧了，尤其是耳机，不是左边不响，就是右边不响，要不就是两耳朵换着响，很像一个在梦中呓语的人突然醒来又即刻睡去一样。他看了我一眼就叽咕叽咕地说话。一开始的时候声音还小，后来就有点肆无忌惮了。他这种肆无忌惮不是没有道理，别说在西安，就是在新疆汉族人也很少能听懂维语，可是我听懂了。他刚坐下来不久，我就偷偷地关掉耳机内的声音，尽管我的眼睛一直盯着电脑屏幕。他在和另一个人说毒品的事。他说，他已经从广西把货带来了。他说这句话的时候就像吃了毒品一样兴奋。他说是通过女人吞食制成塑式槟榔球的毒品，从广西坐火车到西安的。

  他骂汉族的警察傻，三千多克毒品就这样由几个女人一路轻松的带来了。他说，今天晚上接货吧。

  后来他浏览了一下别的网页，拔了麦就走了出去。我简短地发了封信，

◆沉　爱

也跟了出去。走到门口的时候，我把我那件正反两面都可以穿的"以纯"外套翻过来。我嘴里叼着根烟，在后面远远地看着他。他进了建国路的一座饭店，我在外面站了一会就进去了。

我走到前台服务部和一个长得很可爱的女孩聊天。

我说，我来找我熊哥，没有想到他不在呀。

女孩子用怀疑的眼神看我，然后按了个4位数的内部号码打过去。她放下电话说，还真不在呀。

我就在心里笑，因为我来这个饭店的路上，看见那个熊经理挽着一个女子进了一个叫"新新人"的咖啡厅。他那张白皙的面孔我再熟悉不过，因为我经常到学校的读报栏里看新闻，他的照片和一些企业界的精英们张在一起贴在旁边一个EMBA培训的栏目里。

我问女孩子刚进店的那个新疆人住几号房。她用手指在电脑上划了几下，小声说住215和216，他们一块住进的是两男三女。我笑了。我说，干嘛告诉我这么详细，我又不是警察。

那女孩子就笑，反正你也不是坏人。

我说，坏人又没有写在脸上，你就怎么知道我不是坏人。

因为你的笑容特真诚，你的眼睛告诉我，你特想知道答案，并且我还知道你不是真的来找熊经理的，也许你根本就不认识他。我站在前台阅人无数，你以为我一天天的在这里傻坐着呀，你一进门就猜你是打扮成大学生模样的便衣，你那一套走过来套近乎的问话方式早过时了。然后她得意地把脸向上一扬说，切。

我伏在冰冷的大理石案面上，看着她，不由得倒吸了一口冷气。我说，姐姐，保密吧，算你厉害，到你这里一眼就看穿帮了。我走出去，到路旁的IC卡电话亭给Z8打了电话。

第二天傍晚，我在C大的读报栏内看到一篇题为"西安缉毒工作获重大突破，五名新疆主犯落网古城"的报道。

第二天我当即又上了次网，在信箱里看到一封来自Z8的嘉奖信：

张杨同志：

兹于你在C大的不凡表现和情报来源的准确无误，尤其在西安缉毒工作中表现出来的卓越成绩，我处为你记个人二等功一次，进行嘉奖和表彰。

第 27 章　D 城杀人事件（张杨 M 篇）

并且和每封信一样，后面都标有对该信进行特殊处理的提醒。

我从处里打在银行卡中的 5000 元奖金中拿出 500 元，请我们乐队成员吃饭。我说，我们老聚，我都是吃你们几个的，这次我做东，请你们好好地吃一次，庆祝咱们乐队的成功。他们知道我要请客以后，都一劲地雀跃。

尚活给那个在我们演出时送他电吉他的女孩子打电话。萧雪，你过来吧，张杨请我们吃饭，就是那个写歌词的小子。他请我们吃饭，难得呀。你快来吧，就是幸福路的天上人间，我们上次吃过的那家，别挤公交车啦，那玩意慢，打的吧，来晚了可不等。

尚活边打电话边和我们 4 个人一起往天上人间走。我们每个人走到街上的时候也许没有人会注意到我们，可我们聚在一起的时候就会吸引众人的目光。我们分散开来的时候，只是一点光，可我们聚在一起的时候就是一撮火了。

我们这一撮火聚在一起喝酒，开始的时候还意气风发，先是喝白酒，然后是啤酒。最后连女生要的红酒也喝了，喝着喝着就心事重重起来，一个个沉默寡言了。后来叫来服务员，让他放歌听，他问我们听什么，我们说，摇滚吧。过了一会，我们包间里就响起来零点的《爱不爱我》。

尚活喝醉了，他说房子里太躁。萧雪拉着他走了出去，我从二楼的窗户看出去，他在路对面一个垃圾桶前正吐酒，吐完酒他就蹲在垃圾桶的盖子上唱歌，萧雪用纸巾给他擦脸。

除了尚活，这里面就我喝得多了。不过我没有吐酒，我只是哭。因为零点的这首歌让我痛彻心扉，想起舒小娅在新疆的每个夜里都会掉眼泪，掉眼泪的时候我就拿着刻刀练习篆刻，一次次的把她名字刻在冰凉的石头上，现在一有酒更是控制不住了。

进天上人间的时候，我们都还是嬉笑怒骂的。出来的时候，我们都悄没声息了。

夏菁雨扶住我说要送我。

我说，我是男人，我会让你送吗？

夏菁雨说，还男人呢？喝点酒就又哭又笑的，没点正行。

我说，再没有正行也不用你送，让和弦送送你吧。我今天头晕的厉害，就不到你那边去了。

◆沉 爱

我一个人回到宿舍，我的宿友说，张杨，你又喝酒去了。

我说，啊，是啊，我们乐队有点事，下次我请咱们宿舍弟兄好好吃顿饭。

我们不是那个意思，刚才有个女的打电话找你，口气挺横的。

谁呀？我问。

她没说，她说一会再打过来。

正说着，电话铃响了。

宿友看了看我，一定是找你的，快接。

我抓起电话说，你找谁呀？

张杨在吗？让张杨说话。

我靠，你谁呀？我就是。

你就是呀！啊，你这个忘恩负义的家伙，我是王瑶瑶，还记得王瑶瑶吗？

王瑶瑶，不就是舒小娅一个宿舍的同学吗，你吃枪药了，说话怎么这么冲？

我没有见你呢，我要是见你我当面还扇你两巴掌呢。舒小娅对你多好呀，每个礼拜六、礼拜天我陪着她在宿舍楼下等你电话，可你打过吗？她为你受多大委屈，你知道吗？你知道她内心多么爱你吗？她不就是受到别人的玷污了吗？你说不要她就不要她了。你们男人就他妈的没一个真心实意的好东西，不是处女怎么啦？你就能够保证你娶个老婆就是处女呀。

王瑶瑶骂过以后就开始哭。我的心像是被重锤一下子击中心脏。我一下子感觉自己濒临到死亡状态。

我说，王瑶瑶，你能说清楚一点吗？到底是怎么回事？

舒小娅在D城实习的时候，被她那个日方经理树田雄一给糟蹋了，你没有看见她身上的伤吗？是被烟蒂和鞭子打的。那个大变态在D城开了个日资公司有相当大的势力。他说舒小娅要是不从他，他就把舒小娅毁容，让她一辈子不能见人。舒小娅就屈服了，她多么傻呀。王瑶瑶在电话那头呜呜地哭。

我多么傻呀，我他妈的多么傻呀。我的眼泪刷刷地流了下来。我想到舒小娅听到我们定婚吧，那如水的泪水，我想起舒小娅嘴唇上方那个隐约可见的浅灰色疤痕，我想我最早打电话给她时，她的惊声尖叫，我想起有

第27章 D城杀人事件（张杨M篇）

次我往她办公室打电话，有个日本男人的声音。我愣了很久，他才由日语改用英语问我，Who is that?

我愣了一下忙说，This is Zhang Yang speaking, from C university. May I speak to Shu Xiaoya, OK? 他说 No, No.

我的宿友纷纷抬头看我，等我放下听筒便问我，张杨，你还挺能拽呢，怎么还用英语打电话？

我说，不知道怎么搞的，我给舒下娅打电话，接电话的是个外国人，先是和我说日语，看我听不懂又改英语了。

我挂了王瑶瑶电话，掏出剩下的50元钱，递给我一个宿友。我说，好兄弟，给哥哥买瓶酒去。

张杨，你还喝呀？你不是刚喝了吗？

今天你们谁也别管我，是兄弟你们就叫哥哥我喝个够。他们愣愣地看着我，我说，看我干嘛，去啊！

酒买来了，是四两装的一小瓶白酒。我说，太少了，就买这么一点呀？我咬开铁盖子，咚咚地往嘴里灌，还没有喝完我就骂了句"他妈X树田雄一，我要杀了你"，人像面条一样摔倒在地上。然后有几个同学七手八脚地抱我，往床上抬。我说，你们都别管，让我喝。说着，我就往外吐。一个同学慌忙拿一个洗脚用的盆来接。不知吐了多久，吐累了就躺在床上睡着了。

第二天下午，我醒过来，然后浑身发软地去澡堂洗澡。回来的时候，我提着换下来的衣服在宿舍楼下碰到夏菁雨。我知道我的脸色非常苍白，在洗浴室那面镜子前我都惊讶我一夜的变化，夏菁雨定定地看着我。

我有气无力地问她，乐队今天不是没有事吗？你怎么又过来了？

我是来看你的。和弦打电话说你回来后又喝酒了，我就过来了。

我说，没事，就是感觉有点累，过两天就好了。等我一下，到校餐厅我请你吃饭。

回到宿舍我就看到我书桌上堆着一堆花花绿绿的东西，我知道那是夏菁雨买的。床上单子也被夏菁雨换过了。

和弦拉着我和夏婧雨一起到餐厅吃面。和弦说，夏菁雨对你够哥们吧，张杨。我一打电话她就来,多关心你。

夏菁雨说,张杨,你想开点,心里有什么话,你就对我说,别老憋着,老憋着没毛病也会出毛病的。

我说,没事,真没事,我一年四季忧郁惯了,不忧郁就写不出好作品。我这忧郁有一多半是装的。

夏菁雨笑了一下:张杨,你就别装蒜了,你是拿我夏菁雨没当朋友看。

我就不说话了,低下头吃饭,把碗里米饭吃得贼响。

第二天,我早早地起了床,先围着操场跑了 5000 米,然后到树林深处打了一会拳。每天我都精神充沛,神采焕发,按时上课听讲,并认真地做好各科老师的笔记。只是有时候,我会望着远方静静地发一会呆。10月1号国庆节,全国人民的节日,学校放了 7 天假,学校里的人一下子走空了,我收拾一下东西背起一个旅行包去了 D 城。

在去 D 城的火车上,刚考上西安的几个女学生正叽叽喳喳地说个不停,说回到 D 城怎么玩。只有我合着眼睛不说话,等我睁开眼睛的时候,我对面的一个女生伸过头来问我,你病了吗?我说,病了。

你很痛吗?

我说,有点痛,因为我睁眼的瞬间她看到我眼中溢出来的泪水。她慌忙站起来,说她行李包内有药。我说,谢谢,不用了。我上车的时候刚吃过。她就坐下来,很安静地看着我,我便闭上眼睛继续想舒小娅,我想我刚才想到哪啦。

舒小娅送我去新疆的那个晚上,我们住进一家旅店。因为我们在街上逛得太久,住进去的时候已是晚上 11:00 了,我们分别到男女浴部洗澡。因为太晚,空荡荡的三间大浴室里就我一个人。哗啦啦的放水声既空旷又单调。我试了几个喷头都是冷水。就站在一个喷头下面洗了起来。我听那水声落在水泥地面上发出悠长、刺耳的声音。心想,舒小娅也是一个人站在三间房子的女浴室,她会害怕吗?想到这里我就快快地冲了一下,穿上衣服到房子里等她。我想问问服务员女浴部在什么地方。总感觉一个男孩子问女浴部不太好,就站在二楼长廊昏暗的灯光下,警觉地听着四方。

第 27 章　D 城杀人事件（张杨 M 篇）

后来舒小娅端着脸盆回来了，我帮他放好脸盆，拢着她的湿头发问她，你那是凉水吗？

她说，不是。

我说，我那都是凉水，洗了一下就出来了。

她搂住我说，张杨，我一个人在里面好害怕，总感觉周围有人在偷窥我。

我就笑，怕什么呀，你的胆子比我都大，比我都坚强。

后来我们接吻，再后来一如既往地穿着衣服躺在床上睡着了。

半夜我感到有点喘不过气来，醒来以后才发现舒小娅用手臂搂住我。她正像只小猫一样的酣睡。我刚要拿开她的手，她在睡梦中喃喃地说，张杨，我害怕，总感觉有个人在看我。我一下子搂紧了她。这就是在我面前一直坚强、内心多么柔弱的舒小娅。我一直认为她比我大胆，比我还要强，因为她学习比我好啊。现在呢？舒小娅，你自己一个人在睡觉的时候害怕吗？你还会惊声尖叫吗？你在我面前表现出来不屑一顾的眼神又是怎样的背叛了你的心。

第二天中午我到了 D 城。我在 D 城呆了两天之后的一个傍晚，换上一身价格不菲的衣服和一双好用的鞋子，穿着灰色的风衣，经过一个店铺的时候，我还在店门口的镜子前特意照了照，对镜子里那个留着长发，披着灰风衣，穿军警靴的人说，so cool。

然后我去了一个涉外的四星级酒店。我一副富家子弟的派头，彬彬有礼且面带笑容。我向每一位工作人员微笑，他们便都回以微笑，并向我点头致意。

我径直去了四楼，在甬长的楼道里我戴上白色的手套。我轻而易举地打开树田雄一的房间，并把一张休息中，请勿打扰的牌子挂在门把手上。这是我经过另一个房间时随手取下来的。

树田雄一背对着我说，I have not called you yet, why could you come in?

我没有回答，他转过身来，看到眼睛里充满杀气的我愣住了，我飞起一脚踢向他的挡部，他就一下子跌倒床上去了。他慌张去摸头枕下面，我看见一把手枪，不等他抓到手中，一下跃上床，狠狠踏向他的手腕。我把

◆沉 爱

他从床上揪起来，每一下都击中他的要害，就像平时训练打人体沙袋一样。他的脸慢慢地变了颜色，我知道我已经打裂了他的脾，可他还断断续续地问我，Who are you？

我用手指了指自己对他说，You ask me，me，who？我就苦笑了，我点了支烟，放在嘴里猛吸两口，然后点向他嘴唇上边的小胡子，他一下子惊讶地睁开了眼睛。

我压低声音说，You see？ My girlfriend，my future wife，Shuxiaoya！操你妈，是你害了她。然后我用足力气双手合十切向他的脖子。我清晰地听到颈骨断裂的声音，然后我把他的房间搞得乱七八糟，带走了一些贵重的东西。

我微笑着走出饭店，走到外面灯光闪烁的D城街头。我的眼泪落D城的柏油路面上。1小时后，我穿着运动衫，留着平头，坐在开往西安的火车上。当火车在夜间经过一条江时，我把装有风衣和贵重物品的一个黑塑料袋，从车窗里像垃圾一样扔到江里。

第 28 章

网上来的朋友（张杨 N 篇）

我在上网，我发现自己越来越迷恋网络。

我给舒小娅打电话，她不再接我电话，可是我还是一如既往地打给她。每个礼拜六晚上的 8 点，这是我们以前约定的时间。我给舒小娅家打电话，大妈告诉我说，小娅订婚了。一个很要好的大学的同班同学，他们都在 D 城一个私立高校当老师。我知道舒小娅在逃避我，就像有段时间我在逃避她一样。

我在网上百无聊赖地写一些文字。QQ 上的消息动了，一个叫木子的人发来消息说，易木，加我好吗？我是木子，想和你聊天。我就加了她。我们聊文学，聊音乐，还聊情感。她说我是个绝望而又痴情的人。她说我压抑太多，需要释放。她的话既大胆又热烈，她的话让我厌烦和不安。她的话几乎都能切入我的要害。她很擅长心理分析。她说她正看一本心理方面的书。我说我不需要医生，我不是你的病人，你让我讨厌。我在 QQ 上对她大声咆哮，可她却打回来一连串的笑脸。

我在浏览网页时发现我的机子掉线了，我就大声喊网管。网管过来看我的机子，我就站起来看我身旁一个女生和一个网名叫"非鱼"的女生聊天。她让我想到《庄子·秋水》里的一句话：子非鱼，安知鱼之乐。可我内心多么痛楚呀。

机子弄好后，我就查到那个叫"非鱼"的女生，就加了她，和她聊天我感到还有点意思。她不会像木子一样喋喋不休，她的话很少，不过她能

167

◆ 沉 爱

让我快乐，因为她也是一个不怎么快乐的人，两个不开心的人在一起，总要有一个人强装欢颜。我在她面前就是一副开心的样子。

易木：你在什么地方上学？

非鱼：西安外国语大学。

易木：哦，一个城市的，我也西安。

易木：你什么专业？

非鱼：我学日语。

易木：贼，学这专业干嘛？日本人在中国多猖狂，你没有支援西大的抗日活动。

非鱼：没有，学校不让我们出去。

易木：那天，我们都把嗓子喊哑了，换专业吧，别学日语了。

非鱼：换专业？说得轻巧！学他们的语言也有用呀，比如你们打出的横幅"向我道歉"，写成了中文、英文，我们就可以写成日文呀。

易木：也是啊。

非鱼：你在什么地方上网？

易木：你知道蚂蚁网吧吗？

非鱼：不知道。

易木：蚂蚁网吧，是我们这边最大的网吧，你都不知道，一定没有到我们这边来过。

非鱼：我知道大象网吧，我就在大象网吧。

我一下子愣住了，我环顾了一下四周。

易木：这么巧呀，我还以为你在你们大学附近呢，没想到我们在同一家网吧。

非鱼：我在C大看我的一个朋友，今天过来了。你坐几号机，我坐6号机。

我看了一眼我机子左上角的45号。

非鱼：要不让我见见你这位爱国人士吧！

我关了机，到吧台结了帐，溜出了大象网吧。

以后在网上看见非鱼，我就给拉着她，让她和我说话，可她的话很少。

易木：你在做什么，也不理我。

非鱼：上次一说要见你，一句话不说就跑了！你进可乐吧，咱们打台球。

第28章　网上来的朋友（张杨N篇）

易木：我没有号啊。

非鱼：我给你个号，叫"皮比猪厚"。

我看到这个名字就笑了。

易木：你这名字真有意思，密码呢？

非鱼：六个一

看到这个密码，我一下子愣住了。

易木：你怎么用这个简单的密码？

非鱼：问这么多干嘛。你进去以后，进了3号室，有个叫"黑黑蜘蛛"的就是我。

我进去以后就看见里面有个梳着翘辫子，穿红衣服的小姑娘，自己却是一只长着一双翅膀的笨鸟。

非鱼：你别老站着，跟我走呀，咱们找个空桌子打台球。

易木：怎么走呀？

非鱼：真笨，就拖鼠标呀。

易木：哦。

黑黑蜘蛛在里面跑的飞快。

易木：你跑慢一点，别把我搞丢了。

黑黑蜘蛛就站下来等我，我过去就用翅膀抱住她。

易木：让我抱抱。

非鱼：滚开。

我们楼上楼下地跑了一圈，终于找了个空桌。她一说，我就明白了。我们先是各有输赢的打了几局，后来，她就有点招架不住啦。

非鱼：你好厉害呀。

易木：网上台球我还不太适应，要是打真的，你一局也赢不了。

非鱼：你帮我挣分吧，你用黑黑蜘蛛的号，咱们换换。

易木：我不跟你换，我喜欢我叫皮比猪厚，也喜欢你扎小辫子，多漂亮啊。

非鱼：pig

易木：spiter

◆ 沉 爱

木子仍在痴言痴语，我不想理她，就发我榕树下我写的文字给她看。果然，她安静多了。她看完了又要和我说话，我就又忙发给她一篇，顺便告诉她，我在写文章呢。其实我在和非鱼聊天。我们在QQ上聊不上几句，就有人提议进可乐吧，那样我们既可以打台球又可以聊天。

后来，我就在非鱼面前越来越神气。

易木：打台球你早就不是我对手了，偶尔你赢一局，那是我让你，因为我用的是你的号，你一直老丢分，我也不好意思啊。

非鱼：猪，你就是头死猪。

易木：猪就猪，你还黑黑的一只猪（蛛）呢！

我们都不在服气对方，以前我还称她老师呢。

非鱼：你敢不敢和我赌一把，打3局，谁输了谁请客。

易木：请客就请客，who怕who，吃定你。

第一局，我输了，输在争黑八上，可我不承认输。

易木：晕呀，什么破机子，鼠标一点都不好用。

非鱼：那你换台机子，我等你。

我还能说什么呢！结果接下来的两局又输了。

非鱼：嘿嘿，不是机子不行吧，是本事吧。

易木：嗯，非鱼，原来你一直在让我。

然后我嘿嘿笑了。

易木：我一直以为我在让你呢，什么时候来吧，我请你吃饭。我叫张杨。电话：82339438

非鱼：不去了，吃顿饭也没意思，还要走那么远的路。

易木：不来更好，还真怕你来呢。

木子很喜欢我的文章，她说她爱上了我的文字，还特意在榕树下注册了个号，说是专门看我的文字。我说，别看，我写的多是垃圾，要看你到"榕树下"看一些大家的。

我也把我写的散文及诗歌的网址发个给非鱼。不知道非鱼看了没有，因为她从没有做过任何评论。有次她只是说，我发她的网址打不开。我问她，想看吗？她说，想呀。

第 28 章　网上来的朋友（张杨 N 篇）

那你从主页进吧。Rongshuxia.com 名字就是易木长弓。我正要告诉她密码，她打过来一句话，你别告诉我密码，我不看啦呀。

我还是把密码打了过去，111111

非鱼说，你不怕我看到你里面隐私的东西。

我说，不怕，只要不改我密码就可以了。

星期六晚上，我们乐队排练节目，我去蚂蚁网吧找和弦。他正拿一把刀在奇迹里面狂毙人，我看到他 QQ 上也有一个叫木子的，并且头像和我 QQ 里的那人也一样。就忍不住问他：这个木子是谁呀？

你不知道吗？是夏菁雨。自从我加了她，她就没怎么和我聊过，头像一直亮着，问她干什么呢？她说她看电影，也不知在泡哪个帅哥。正说着，木子也下线了。

我和和弦背着吉他和贝司去了本部。在那个阴暗的地下室里，我看到同样阴暗的夏菁雨。我想是不是搞摇滚的人都这样呀。有激情的时候，激情四射，阳光灿烂。没激情的时候，就像这阴暗的地下室，忧郁，沉闷。

我看了一下房顶，对尚活说，该叫电工来换个亮的灯管啦，你看这两头发乌，早就不行了。

尚活抬头望了望楼梁上的昏暗的灯，没有发表意见，回过头来问我：我叫你写的有关性和暴力的歌词，你写出来没有？

我说，这歌词有难度，还没感觉。

没有感觉你就找感觉。

我没有说话，掏琴套里的吉他。谢兴东在疯狂地打鼓。然后我们各种乐器加入进来。也许只有音乐能让我们忘了身在何方，能让我们几个特立独行的年轻人和谐。

夏菁雨手指飞舞滑动键盘，然后随着节奏摆动她那风一样的长发和身体。她是一个妩媚、才情和慵懒的女人。曾有一天，她把她那修长细腻的手指放在我眼前，我看到她的食指超过了中指。她对我说，我从 4 岁弹钢琴，我都快弹了 17 年了。你说我能不出彩吗？我这双手不能说是中国无敌，可早就是西安找不到对手了呀。

夏菁雨的话没有错，尚活告诉我她 18 岁那年，就取得了西北赛区钢

◆沉 爱

琴大赛的特等奖。她和摇滚结缘，是一次很偶然参看了一个全国摇滚歌手在西安举行的摇滚音乐会。她说，世界上原来还有这么震撼人心的演出呀。

尚活在搞他的起死回生乐队时，就看好了夏婧雨。这次搞渴恩乐队，就特意跑到音乐学院邀请夏菁雨做我们的键盘手。他说，一个乐队有了女人乐队就活了，夏菁雨就是我们乐队的灵魂。

尚活唱了两支歌，他的声音永远都充满了张力和忧怨，就像青衣，清越高远。我怀疑他以前是个唱戏的女子。

我们练了四首曲子就歇了。我放下吉他到谢兴东那学打鼓。我说，鼓这东西不像吉他让人心痛到无法喘息，它给与人更多的是震撼和力量。我说这句话的时候，夏菁雨就走过看我。我就埋下头打鼓。

第29章

尴尬的电影院（张杨 O 篇）

非鱼打电话过来说我还欠她一顿饭呢，让我把客请了。我说，请就请，我也不想老欠你的，你过来吧。她说她已经过来了，人在三号教学楼门口呢。

我放下电话就对宿舍的同学说，没想到和我在网上老打台球的黑黑蜘蛛过来了。他们说，她还真来见你呀，一定要带宿舍来，让我们看看。我说，行，都精神点。然后跑到宿舍水池上方的镜子前拢了一下头就出了门。

大学晚上的校园是情人们的天堂。男女朋友旁若无人勾肩搭背招摇而过，从她们身边经过的同学则是一副熟视无睹的姿态。要不就是一对对男女朋友默立成雕塑的姿态搂抱在一起，长时间的不动。三号教学楼前的路灯坏了一只，我看了一下没有人啊，等我转过身来，就看到背后站着一个头上扎满发夹、穿着牛仔裤的女孩子。心说，敢明目张胆过来吃饭的，原来是漂亮如斯呀。

我对她说，我是张杨，你是不是于菲啊。说着，我就把手伸了出去。她并没有握我的手，只是把手在上衣的前口袋里动了一下说，走吧。

我说，去哪？

吃饭呀，我晚上还没有吃饭。

我们出了校门走到街上。

于菲说，给我买碗麻辣粉吃吧。我说，那哪行啊。我晚饭还没吃呢，去重庆大排挡吧，想吃麻辣粉以后再吃。

还有以后呀。

173

◆ 沉　爱

　　我说没来没往那还能叫朋友。

　　和于菲在一起与舒小娅在一起一样。他们都能让我安静，唯一不同的是舒小娅可以给我以依赖，我对于菲则是心存畏惧，于菲有着和舒小娅一样大而亮的眼睛，光洁的额头，可是于菲的手远没有舒小娅的手光泽细腻，她的手有点糙。我在给于菲夹菜的时候就想这不应该是双女人的手，这和她脸上润泽的皮肤和沉醉迷人的笑容多不相称呀。

　　于菲是个很快乐的人，她喜欢学着我的腔调说话。她这种快乐很快感染了我。她喝汤的时候就拿眼睛瞥了我。我说，我不是帅哥也不是青蛙，不过有一种女人可以明艳如花。于菲就笑。我问于菲的家住哪。于菲也支支吾吾地说不上来。最后她告诉我说家只是个住所。我说，于菲，你这个名字也不会是骗我的吧。她说，名字其实并不重要，只是个代号。

　　我说，名字怎么会是代号呢？名字就直接和你本人联系起来了。如果我走在街上的时候，听到别人叫于菲，我第一反应就是你。

　　吃饭的时候，于菲一直笑着给我夹菜。我说，不用，不用，你甭这么客气，我也不会招呼你，自己来好了。

　　反正是你付帐，所以你就要多吃点，人看起来有点瘦，这那行？！于菲说。

　　现在的女人都要求男人骨感美。我这是特意往瘦去的。说着我摸了摸自己的脸说，你看，是不是剑眉大眼棱角分明呀。

　　你就臭美吧，你。没有想到你还这么自恋！

　　据我所知，世界上自恋的人有两种：一种是长像特别出色的人，如潘安，常揽镜自照，对镜帖花黄。一种是文才飘逸的人，如李太白，一世漂泊，终生不娶。

　　于菲就撇了嘴对我说：我呸！然后我们就哈哈大笑。

　　从重庆大排挡里出来，我带她到我们大学生活动中心去打了两局台球。于菲说，你就会欺负我，我又没打过。我说，你在网上走过来走过去早不是横行无敌了吗？不会打没关系，我教你。

　　我神气活现地把杆子握在手里，心想什么教不教的。我主要想让她见识见识我这两杆子，也是为那天我在网上的一败涂地雪耻。

第29章　尴尬的电影院（张杨O篇）

第二学年下半学期我挂了两科。我把这种不幸挂科行为一半归为考前忘记到大雁塔去朝拜，另一半归为了老师。再好的老师也不可能让全部的学生通过他的所有学科，总要挂几个人出来，激励激励学生的下学年的学习情绪，对教务上也好交代。正如毛泽东所说，有人的地方，就有好、中、差。因为我有时去参加学校里的活动而不向任课老师请假。有个讲师就在班上对我说，张杨，你已经有5次没来听我的课，期末你已经没成绩了。

尽管我对大学里的成绩看的不怎么重要，但还是闷闷不乐。便打电话给于菲说，我这学期让老师抓了两门，心情不爽。于菲说，我过去陪你看电影吧。

我们就去了小寨电影院。我们在几个广告牌前看介绍。最后我说看D厅吧。于菲就不高兴。她说，你没有看到上面标着情色电影吗？

我说，什么情色电影，现在没标情色电影的才真正色情呢。再说《情牵一线》、《花魁杜十娘》能是情色电影吗？《杜十娘怒沉百宝箱》我又不是没看过，冯梦龙的醒世通言上的。我这么一说，于菲就同意去D厅了。

尽管电影不是情色电影，可来这看电影的都是一对对的情侣。因为来晚了些就找了个靠后的座位。《情牵一线》好象是个时空交错的故事。于菲边看边一头雾水的问我怎么回事，我也是一头雾水。可我楞装看懂了，就按我的思路给她解释。不过后来还都让我给一一说中了。心想，这是多么卑劣的编剧呀。

后来电影就没法看了，不是电影故事本身，是我后面和我侧面的人开始接吻，有发出声音的，也有不发出声音的，都各自忙活着自己的，谁会关心电影上演的什么。只是我们俩傻鸟一样的谈论电影。我也想趁这个混乱时机吻于菲一下，可她很警觉，手里握着瓶果珍像握着个手榴弹时刻防备着我。尽管我买的是情侣座，可我们之间的距离远远可以坐进去一个第三者。

电影散场后。电影院门口。有个小男孩拉住我让我买他的玫瑰花。我冲他摇头，可他拽住我不让我走。他用稚嫩的声音说，哥哥，买一枝花吧，送你女朋友。我说，不要啦，走开啦。

哥哥，这么晚了，我不要钱的，白送你，总可以吧。说着塞给我一枝玫瑰花就跑开了。我笑一下拿着玫瑰花去追于菲，那个小男孩又跑过来说

175

◆沉　爱

拿钱吧。我说，你真鬼啊，多少钱？

10块钱。

多少？我抓住那个男孩的胳膊。他就皱了眉。哥哥，你手劲好重。

这么小就学着讹人啦。先是说不要钱，现在又要10块钱，情人节的玫瑰还卖不到这个价呢？你开口就想要10块钱啊！

我给了他一张5元的票子。

我喘着气追上了于菲把玫瑰送给了她。我没说什么，她低下头很仔细嗅了一下。我们走霓虹闪烁的店铺。站在天桥上看下面过往的车辆。这时我想起了舒小娅，那个老惦记要我送她花的女子。她是不是此时也走在灯火同样辉煌的另一个城市的街头呢？我却把我的第一枝玫瑰在自己毫无准备的情况下送给了于菲。

我和舒小娅在她大学所在的省城逛的时候。看见卖花的人。舒小娅就说，张扬，给我买花吧。

买什么花呀。拿手里一会就蔫了。我带你去吃饭吧。我说。

舒小娅就一脸不开心。不过她很快就会笑的。

于菲的手机响了，她看了看我，然后用日语回话。我一脸艳羡地看着她。我们从天桥上面下来。我说，于菲，我送你回去吧。于菲说，不用，我自己可以回去。你一个人不害怕吗？西安晚上可不怎么安定。于菲就露出自信的笑。不怕，我会跆拳道。

第30章

爱如断了的弦（张杨 P 篇）

2月14号情人节。我给于菲打电话。于菲在上海。在这个特别的节日。我说了几句特别的话。那边就说，猪！我笑着就挂了。

出去到校门口买烟抽，才知道这个时间西安正大规模堵车。因为西安的情人太多。街上大多是一对对的情侣。年老的，年轻的，都一脸幸福拿着玫瑰旁若无人拥着走。走路的人太多。车就动不了。司机们摇下车窗看路上行人也一脸的笑，从没有像今晚这么友好。有司机打开广播正听西安音乐台方言主持的玫瑰情人的节目。方言报出一个听友参与的短信平台。然后就见司机掏出手机发短讯。

店主正暧昧的笑。因为一个40多岁的男子问他哪有小姐，店主递给我将军烟的时候，同时也把地址告诉了他。

情人节很容易让身处异乡的人无所适从。这都是洋节惹的祸。我抽着烟随着人群漫无目的地向前走。当我把一包烟抽到一半的时候。我停在一个老女人面前。那是一个乞讨的女人，面前放着干净的搪瓷缸，坐一个很高的椅子，神情淡然。和那些屁股朝天向人跪的人迥然不同。她正抽一支香烟，烟头都快烧到手指她还拿着。我抽出一支香烟递给她。她接过来看了一下。然后很清晰地吐出"general"。一个乞讨的女人在情人节用标准的美式发音对路人说"general"，我认定这是一个不平凡的女人。尽管现在落魄了，但谁又能说她曾经没有辉煌过？我拿出剩下的半包烟小心地放在她的搪瓷缸里。我想，她为什么坐那么高的凳子，她在接受别人施舍的同时，

◆ 沉　爱

也会像我一样都会不由自主地对她低下头来。这个高傲的女人。

我还是坚持每天早起的锻炼，因为我是个有任务的人。我在看我信箱时，任务就来了。我接到任务时有点迟疑。尽管我的身份决定了任务的复杂性。我到网吧门口的IC电话上证实了我的任务：两个礼拜内最好以众人皆知的方式离开C大。

让学校开除有多种方式：你可以在巡场老师过来时回头四顾，让巡场老师捉个正着。不过这会让监考老师很难堪。监考老师和你一样会受处分，你拍屁股走人可以，监考老师就没有本月的薪金。所以，当巡场老师快来的时候，监考老师比学生还紧张。注意！注意！同学们都注意啦——同学们都会在监考老师的"啦"中坐正身子。

你还可以找个人打架。不过结果是双双开除。大学毕竟不是演武堂。再说大学生早就缺乏了昔日的霸气。早就成了一介文弱书生，哪里还动的了武。

你还可以偷盗，跑到学校六楼机房搬台电脑出来。除非自己有病，一口气跑上六楼，搬台又老又重的庞然大物……

后来我就想到一个与时俱进的绝妙主义，并且为这一想法欢欣鼓舞。不过，我在进行这项活动之前，先做了另外一件事。

四月份的太阳已经有了温度，树木正郁郁葱葱。有一个穿着休闲服的男孩子面色忧郁，胸前别有C大的校徽在西安火车站的西站上车去了D城。

火车上。他小心地把吉他放在自己腿上用手护着。过道斜对面有人看了看他的样子，然后低下头对他同座的一个女人说，这孩子有病呀，带一大学的牌子到这里显摆来了。他看了一眼那个说他的男子没有说话，然后用手拉开窗帘看外面的风景。

两天以后的一个下午，在D城一所私立高校的大门前，男孩以同样的装束出现。在他掏吉他的时候，有几个人围着他看。他开始弹吉他了，悠扬的琴声引来一些高校出门来的学生，路人也驻了足。他们好奇地看着他。可他目中无物，浑然不觉。曲子弹过几首，他开始唱许巍的《故乡》。他声音暗哑亢奋，吉他声咽激越，他唱道：

第30章　爱如断了的弦（张杨P篇）

天边夕阳再次映上我的脸庞
再次映着我那不安的心
这是什么地方依然是如此的荒凉
那无尽的旅程如此漫长
我是永远向着远方独行的浪子
你是茫茫人海之中我的女人
在异乡的路上每一个寒冷的夜晚
这思念它如刀让我伤痛
总是在梦里我看到你无助的双眼
我的心又一次被唤醒
我站在这里想起和你曾经离别情景
你站在人群中间那么孤单
那是你破碎的心
我的心却那么狂野

你在我的心里永远是故乡
你总为我独自守候沉默等待
在异乡的路上每一个寒冷的夜晚
这思念它如刀让我伤痛
总是在梦里我看到你无助的双眼
我的心又一次被唤醒
我站在这里想起和你曾经离别情景
你站在人群中间那么孤单
那是你破碎的心
我的心却那么狂野
总是在梦里我看到你无助的双眼
我的心又一次被唤醒
总是在梦里看到自己走在归乡路上
你站在夕阳下面容颜娇艳
那是你衣裙漫飞
那是你温柔如水

◆ 沉　爱

　　有个女生从口袋里掏出钱来放在他的脚下，可钱被风吹翻来，女生就把束发用的一个玻璃球取下来压在钱上。随后又有人往地下丢钱了。他摇着头苦笑，然后很仔细地搜寻周围的人群，露出一副很失望的样子。然后他又开始弹琴唱歌，很多人鼓起掌来，他点着头向人们微笑。后来，他在唱另一首歌的时候，哭了。他的眼泪让周围的人不知所措，他还在继续唱他的歌。他唱道：

　　　　思念你的声音已爬上了高墙．
　　　　它颤动翅膀．正次第开放．
　　　　la……la……la……la….
　　　　又一轮新月亮经过孤寂我的窗
　　　　看见了谁的忧伤，泻下如水月光
　　　　la…….la…..la….la….

　　　　我要你陪我去一个地方．那里的花开在两旁．
　　　　在皎洁的月光下跳舞．熊熊的篝火迎风飘荡
　　　　思念伴随她跳舞．用尽所有力量
　　　　我静静的坐在这里．述说着感伤
　　　　思念伴随她跳舞．用尽所有力量
　　　　直到多年后的某天时间流走又是一年。
　　　　那点月光留在我记忆里，是多么的明亮……

　　后来，他住了手，斜靠在身后一根电线杆上，眯起了眼睛。后面的几个男生在小声地议论他。
　　他张开眼睛时，又用拇指和食指去触吉他上最细的弦。周围的人以为他又要唱了。没想到他拉起这根弦猛的向上一抬，"叮"的一声脆响，声如裂帛，弦崩断了。靠近的人看到有血从他指甲里流出来。他皱起眉头，把那个手指放进嘴里吮了一下。然后把吉他装进套子里去，转身走了出去。他离开的时候，围着他的人们就闪出一条道，风进来了，把地上的钱吹得七零八落。有几张票子翻滚着跟着他出去人群，然后被更大的风吹到旁边

第 30 章 爱如断了的弦（张杨 P 篇）

的水泥柱子上，失去了生气。

半个小时以后。学校里冲出来一个教师模样的女子，穿白色的旅游鞋，飞扬的长发，顺着人行路向西狂奔。她边跑边呼喊一个人的名字。很多路人扭转头看她，最后，她把手按住腹部蹲下身子，然后用双手蒙住了眼睛。

第31章

被C大学除名（张杨Q篇）

　　我在名为酒吧，实为暗娼的地方被捉住了。在被捉住的5个男子中，我是最年轻的一个。他们四个人都垂头丧气，就像打炮没有打爽一样，只有我自己暗地里欢喜。

　　可是他们四个很快就出去了。他们认为到公安局就像进其他场所一样差不了多少，就是多了道手续。有个胖警察开导我说：快，交钱走人，别磨蹭了，快下班了，你想在这里呆一晚上呀？！

　　我说，我没钱啊。

　　贼，没有钱，你还嫖娼呀！

　　有个瘦高的警察过来看我口袋。把我的学生证掏了出来。

　　还是个大学生呢？你看看。说着就交给了胖警察。

　　大学生，啧啧——堕落呀，放着重点大学你不好好读。你和街道上的无业游民一样混帐呀，多好的大学啊，都叫你糟蹋了。看你是个学生，给你个优惠，交六百块钱吧。也不告诉你们学校了。

　　我说，六百我也没有，我没有嫖，我就是进去看了看。

　　你还说你没嫖，我拿着枪进去的时候，你正在干什么？是不是在穿裤子？！

　　不是的，是那个女的正解我的裤子。

　　你一个学生到那里去，还能做什么？不管你干没有干吧，你和那些女的拉拉扯扯就是违法了，违法就是犯罪，你懂不懂？罚金是最轻的处分，

第31章 被C大学除名（张杨Q篇）

让你交点钱，你还东扯葫芦西扯瓢的，你是不是想让我交你们学校处理啊？

我嘟囔了一句：违法又不等于犯罪。

长见识了不是。既然不是犯罪就交你们学校处理吧。然后他摸起电话给C大打电话。

当我看到是方老师来局里领我的时候，我真想狠下心来扇自己两巴掌。我一直为我这个自以为是的主意自豪呢，现在才知道自己的做法是多么的失败和荒唐。

方老师是我们系主任，我们系唯一的女副教授，兼职西北建筑学院的设计师。学生都喜欢她的课。不仅是因为人长得精神、漂亮，更是因为她滔滔如江水的学识。她讲建筑规划一门课不单单讲建筑规划，讲着讲着就讲到建筑与音乐的关系。把音乐扯进来以后，就把东西方音乐史给我们说完了。她讲到阿房宫，就讲了刘邦项羽逐鹿天下，一来二去就说了大半部《史记》。反正这么说吧，她的课已是人满为患了，一定要早占了位子。文学院的同学见面经常问：你们方老师讲到那里了？我说讲到《史记·列传》了。他们就跑到我们班，用报纸垫了屁股坐在地上听。

西安大雁塔北广场进行改建。她要求我们献计献策。我就跑到那里好好地看了一下。回来以后，设计方案没弄出来，却写出一《大雁塔广场》的歌词。通过E-MAIL发给了她。没有想到她对此词大加赞赏，并对我文字的功底进行了肯定。说要我做她的助手，协助她文字和图片的整理工作。

胖警察很热情地和方老师握手说再见。方老师就一脸尴尬。我默声不响的跟着她走出了警察局。

C大的校车上。方老师生气的说：张杨，你太让老师们失望了，你还是个学生呀，你还是个一直表现不错的学生呢，你怎么能到这个地方来呢？你知道他们把电话打哪去了？打咱们学校教务上了，咱们C大的学生外出嫖娼，那几个领导一听就发火了，放下电话，他们就表态要把你开除了。

我现在真的多少有点后悔了，我说：方老师，我错了。真的，我没想到会……

先别说了，事都出来。回到学校，我先给学校反映一下情况，系里再到校领导那协商。到时候你要老老实实地承认错误，向他们好好解释一下。

还没等我去学校解释。校方就发了勒令退学的通知书。先是我们本系

◆ 沉　爱

的人，然后就是整个学校都震动了。大学生嫖娼早就不是新闻，当真的发生某高校具体到某个人身上时，还是具有一定的轰动效应。

我还没来的及离校，就看到餐厅门口用一整张白纸写的布告。

通　报

张杨　男，建工学院2002级2班学生。在校学习期间曾多次无故旷课，违反校纪校规，并与昨天上午10时上课时间外出，在外出期间给我校在社会上造成极其恶劣影响。触犯了《C大学大学生自律条例》中的第20条，第27条，第39条的规定。为严肃校纪，教育本人及在校学生。特给予张杨开除学籍的处分。特此通告！

此布

C大教务办公室
X年X月X日

尚活和和弦过来帮我收拾东西。舍友都静了声音默默地看着我，帮我整理书。我说，书就不要了。那些文学书，谁喜欢看谁就拿着看吧。我边说边手忙脚乱地收了衣服，装进去又拉了出来，自己都不知道该做什么好。

和弦红着眼睛说：张杨，你知道不，夏菁雨昨晚喝酒了，醉得一塌糊涂，他骂了你一夜。我来的时候，她才睡着。我用水抹了一下眼睛，却说，我的事情关她屁事。

电话响了。同学看了我一眼很小心地说是于菲。

我迟疑了一下接过来说：于菲呀。

张杨，你出来。

我不想出去，收拾东西呢。我说。

你出来！我就在你们学校东门口。她那边的声音有点呜咽，我有礼物要送给你。

我说：我不要，我不想出去见人。

张杨，你要是男人你就给我出来！于菲在那边大叫。

尚活跟着我下了宿舍楼。

学校东门口。于菲身子单薄地站在那里等我。穿着她第一次见我的装

第31章 被C大学除名（张杨Q篇）

束：白色的运动鞋，牛仔裤，浅黄色的运动衫，头上别着五颜六色的发夹。我低垂头走向她。

于菲紧绷着嘴看我。

我说：于菲——

你别叫我，你就是头猪！笨猪！你还挺色呢！说着她很响地甩给我两巴掌。

她那两巴掌打的既果断又有力量。我早就怀疑过她那双手不应是女人的手。就是有再大的火气也不会出招这样迅速。我用手摸摸嘴角，还好没有流出血来。这是我们相识一年多以后于菲于我肉体上的接触，如果巴掌打在脸上也是亲密接触的话，那么于菲第一次用手抚摸了我。

你知道我为什么要打你吗？于菲问道。

知道，我他妈的全知道，全西安都知道，我嫖娼，开除了，高兴了，看什么看！都远点！我朝着校门口望着我的人大叫。

于菲吃惊地看着我咬住手指开始流泪。

我扔下于菲转身走进学校。一只赖皮狗正对着一个垃圾筒嗅来嗅去。我冲过去对他大叫一声，那狗夹紧了尾巴，回过头来惊恐地看了我一眼从校门口窜了出去。我用手抹了一把脸，早已是一脸的泪水。

去广东的火车上。我向坐我对面的女士借手机用。我说给我朋友发个短讯。她迟疑地看了我一眼把手机递给我。我用智能笔飞快的在上面写出：尚活，我是杨子。你要的歌词，我已经写出来了，永远祝福我们渴恩乐队。然后是《与爱情无关》的歌词：

　　这是一个缺失爱的地方
　　到处充满欲望和幻想
　　所有的一切拿身体阻挡
　　然后在床上长嘘短叹

　　我们的青春长满了苔藓
　　锈蚀掉的不只是思想

185

沉 爱

  我们游魂一样的活着
  然后向路人大喊 与爱情无关

  与爱情无关呀，因为早把爱情遗忘在某个地方
  与爱情无关呀，我们才可以随时随地的改换对象
  与爱情无关吗？在某个清晨怎会突然泪水长流
  与爱情无关呀，我害怕阳光终于看清了夜的模样

  我发了两次才把歌词发完。然后把手机递给对面的女士。她认真地看了看手机上面的内容。
  你是个诗人？
  我说：不是。
  那是个大学生咯？
  我说：三天以前还是，现在已经不是了。

第 32 章

和弦和夏菁雨（和弦 A 篇）

我叫和弦，出生在北京。我的童年是在爸爸的书房度过的。我没有什么朋友，书是我最好的朋友。我可以一个人一整天的呆在房子里不出去，只要有书看。看书的时候，我不停地吃东西。我因为不停的吃东西又少见阳光而白胖。

晚上的时候，我们会离开房子。这里的我们就是指我和我爸。我爸离开房子的时候已经喝过酒了，不过他去的仍然是家酒吧。他在那里会找个样子长的像妈妈的女人睡上一觉。有时候会把女人带回家来，他一遍喊着妈妈的名字一边和那些叫声很假的女人做爱。我关了房门就在我的房间听 CD，弹贝司。

我 7 岁的时候，我那个有艺术气质的漂亮妈妈跟一个比她更有艺术气质的男人去了美国就再了没有回来。她遗忘了中国和中国内的儿子和丈夫。我爸爸在喝酒了酒之后不止一次的告诉我说：她根本就不喜欢我们。

我因为没有妈妈性格孤僻。很多时候，我搂着我的贝司睡着了。我和爸爸在晚上走出房子后，他去了一家酒吧。他说，他在那里能找到写作的灵感。我到一个叫悦乐的酒吧给人弹贝司，虽然我还只是个高中生。我以我的贝司自傲。弹贝司的时候，我会像和女人做爱一样全神贯注。弹完以后我会咧着嘴笑。和我做爱的那个女人说我笑起来特傻，特孩子气，不过下面却一点不孩子气。傻笑完以后，我通常会抱着贝司对台下的人喊一句：晚安！我的朋友！

◆ 沉　爱

2002年的时候，我考入了C大。我进入C大全是靠自己的真本事，没有搞托朋友靠关系走后门送礼钱权交易权色交易之类的活动。我们一家子在怎么堕落也都是北京文化人。我爸说，他随便写一本书就够我读完四年大学的。

到了西安后，我才有朋友。张杨就是我的朋友。其实我们是格格不入的两种人。我看着他常常有种"既生瑜，何生亮"的感慨。因为我们之间有夏菁雨。

第一次见夏菁雨我就告诉张杨：夏菁雨是个绝B成熟绝B漂亮的女人，绝B不是小女生。张杨显然没有我对女孩子有兴趣。他总是一副心事忡忡的样子，就像刚被人抛弃的怨妇。、

就是这个像怨妇一样的人还经常给我们讲笑话。他讲的笑话都是和动物有关的，他擅长以动物喻人。他讲笑话时还附有各种动物的动作和表情，这样看来他比笑话本身更可笑。那个时候你才能看到他神采飞扬的样子和洁白如玉的牙齿。他讲的笑话你就不能不笑，我们哈哈大笑的声音震的吉他弦也跟着嗡嗡作响。

我笑着笑着就知道坏了：夏菁雨爱上他了。因为夏菁雨的笑很特别，那是一种欣赏男子的笑容。和我做爱的那个女人在她极度兴奋之后通常就露出这种微笑——既温情又楚楚动人。

夏菁雨也没少为张杨的那些破歌词掉眼泪。她说他的歌词极具空灵之美，和林夕的词倒有几分神似。一句话就把他给捧上了天。本来我也可以写歌词的。我相信自己不会比张杨写的差，可是已经有人捷足先登了，我也就不再动笔了。张杨是一个狂妄自负的人，说句实话他的张扬的个性文字上的才情又不得不让人在心里佩服。有一次我们去夏菁雨的学校去玩，主要是我想看看音乐学院的美女。晚上夏菁雨在她们学院的咖啡厅请我们喝咖啡。我们聊了一会人生，后来夏菁雨谈到张杨的歌词。夏菁雨说，我不知道你写一首歌词需要多长时间。但我知道你心中肯定有一个唯美的世界，一个漂亮的姑娘。张杨说，"为赋新词强说愁"没有必要，我的歌词都是即兴的，和吃饭喝咖啡一样，时间到了自然就出来了。这样吧给我拿支笔和纸来，我写给你看。夏菁雨就去吧台要了几张纸和笔回来。你见过那种现场写诗作词的人吗？张杨就是那样在咖啡厅橘红色的灯光下把眼睛

第32章　和弦和夏菁雨（和弦 A 篇）

微眯起来，眼睛里透漏出某种情愫，一支铅笔斜夹在他手里，在纸上飞快地写着。我们端着杯子看着他。偶尔他抬起头笑一下，是那种自信自负的微笑。后来他把铅笔放下说好了。夏菁雨这个音乐学院的高材生在张杨写歌词的时候就一直用欣赏的眼光看着他，目光是那样的温暖。夏菁雨看完后说，至少我认识的那些音乐人没有人能够超过你，然后他把歌词递给我。我看完之后我酸溜溜地说，不得不服呀，张杨是我们建工学院的人才呀。

　　　　黑白回忆
咖啡喝了半杯 再也没有动
房间里空空 挂在墙上的钟
谁都没拿的影集 遗留在抽屉
一起听的 CD 再也享受不到从前的待遇

我和你 就这样地结束了过去
曾经的欢笑 变成了黑白回忆
所有的爱你 想你尘封在心底
无法呼吸 不能再继续

夜晚已经来临 无语话孤寂
房间里太阴郁 只有我自己
失宠的棕熊玩具 躲在角落里
拍摄的 DV 黑白色记忆 再也倒不回
岁月的痕迹

我和你 就这样地结束了过去
曾经的亲密 那么的让人妒忌
翻开的书籍 还留有你的气息
曾经的欢愉 遥不可及

明明不可以 却要努力去争取

沉 爱

流下的泪滴 悄然无声息
为什么会哭泣 只因为 太爱你
明明就是你 注定此生在一起
为什么要离去 是不是在梦里
我的爱都给了你

张杨不可能不知道夏菁雨在喜欢他，可他就是能装。有一天，我实在忍不住了，我说：夏菁雨对你可有意思，你上呀，你要是不上，哥们可不能再等了。

没想到那小子却整出一句：谁爱上谁上，与我无关。当时气得我差点吐血。

张杨有很多古怪的行为，我自己这么认为，总感觉他有点神秘。我们都在蚂蚁网吧上网。可他喜欢一个人去大象网吧。那里的机子巨烂不说，环境也差呀，各色人等不说，进去后乌漆麻黑的。只有那些舍不得一小时多花五毛钱的人才去那里。只要他上网，几乎每次都能在最里面那台破机子上找到他。

我问他：干嘛呢？和谁唠B呢？

他说，在网上正钓马子。

他还用在网络上钓马子，我们班就有很多女生喜欢他，谁知道他在白天几乎和晚上一样黑暗的角落里做什么。

有次，我过生日。我们乐队的成员为我聚会。啤酒上来了，却发现服务员没拿开瓶器。我说，麻烦小姐，给取个起子来。张杨已经伸手抓过啤酒颈部，用拇指一顶，啤酒盖子就应声跳了起来。我们一下子睁大了眼睛说他太厉害了。他却不好意思地说，开啤酒只需要个巧劲。我看他是瞎扯蛋，我们几个男生一一试过怎么就打不开呢？！夏菁雨让他再打几瓶，他说刚才用力过大伤了手指了，还是用起子吧。

大二暑假，我们进行军训。练习射击的时候，负责带我们的教官，让张杨观察我们的瞄靶情况。他说，张杨对枪的感觉很好。

实弹演习那天我们去了4公里外的西山打靶场。我和张杨分在一组。我们每人扛这一杆八·一式半自动步枪，领取了5发子弹。听到指挥官的

第32章 和弦和夏菁雨（和弦A篇）

命令后，我刚趴好，他就在我旁边一下子全打了出去，结果出来了，5发子弹他打了48环。惹得在一旁观战的一个师长兴起，趴下来也打了一把，只打出了47环的成绩。他对领队的老师说，哎呀，你们C大的学生真是后生可畏呀。

张杨的弟弟张柏到北京上学，取道西安过来看他。那家伙180CM以上的个子，就是一个高大伟猛。张杨领着他到两个男生宿舍转，就让我们这些男生汗颜。真羡慕他有一个这样的弟弟。他们兄弟的感情很深。张杨特意把我们的乐队的成员叫在一起，为他弟弟接风。席间张杨对我说：我弟弟就在你家门口上学，你这个当哥哥的以后给照着点。我说，没问题，你弟弟就是我弟弟，都是自家兄弟，喝！

张柏去北京的时候，把两个缠成皮球大小的带子给了张杨，说是在北京练习拳击用来绑手用的护带，和手最亲密了，现在我送给你。张杨说，你小子不弱呀，打拳击呀，我在我们学校还选修了跆拳道呢？说着就把腿伸直了放在张柏的肩头。张柏也是一愣，我也愣住了。

我们C大的跆拳道班，我又不是没有见过。踢完足球我常去看张杨，那帮小子现在连腿都怎么伸不直。可张杨什么时候学成这个样子了呢？！

听到张杨嫖娼的消息，打死我，我宁愿相信自己去嫖娼，都不相信他会去嫖娼。那个把性看的比生命都重要的男人去嫖娼，鬼才相信呢，我想那就只有一个原因，他想离开，可是为什么呢？

可是夏菁雨居然相信了。我去找夏菁雨时，她正在房子里喝酒。酒水洒了一键盘，键盘上放着几张张杨的歌词，地上全是撕碎的纸屑。

夏菁雨用桌子的一个茶杯给我倒了半杯酒对我说：和弦，你陪我喝酒。

我端起来喝了一口，没想到夏菁雨抓起酒瓶就咚咚的往嘴里灌。我给她夺下来的时候，她几乎喝光了，然后她望着我哈哈大笑。笑着笑着夏菁雨的眼泪就流出来了。

她说：和弦呀，张杨从没有把我当女人看，他去招妓，他去嫖娼呀。他不是人，他妈的不是人，也没有把我看作人。她冲我大吼。

我说:夏菁雨，你被这样，别这样好不好，你看你现在成了什么样子了，张杨他是不可能嫖娼的。

会的，他压抑的太久了，我知道他的。夏菁雨说。

◆沉 爱

我端起桌子上的半缸子酒也一饮而尽了。

我喜欢杨子,可他宁愿找妓,也不找我。我没有想到夏菁雨在我放下缸子的时候会幽幽的冒出这么一句。我很直接的甩手给了她一耳光。我骂她就是贱!你怎么能把貌美如花的自己和妓女相提并论呢!

夏菁雨可能是被我一耳光给打蒙了。她静静地盯了我一会就抱住我拼命吻我。我想推开她,可推了两次都没有推开。后来,她把我下身的牛仔裤的拉链拉开,然后把自己的裤子扯开。她紧紧地靠住我,然后我们喘息着,像摔跤一样向床上倒去。

第二天,我从床上醒来的时候,发现我们上半身仍穿着衣服,下半身赤裸着,丑陋无比。我突然想起某位作家曾经说过:人之所以是人,是因为我们不在注意自己的下半身。

我穿上裤子走了出去。头有点痛。在我关门的瞬间,夏菁雨在床上翻了个身,然后清晰的喊了声"杨子"。我在门外站了好久,真想一脚把房门踹个狗洞大开,然后告诉她我是和弦,不是杨子。真想一把火烧了那房子。

张杨走了,我不知道他究竟想要什么?大学,大学他不要;女人,女人他不要。可我眼前仍闪烁着他晃动一头旺盛的头发在台上放声歌唱的情景:他会用BEYOND特有的手势语指向下面的观众说我爱你们。他会回转头来微笑看我拨动琴弦的手指,舞台上我们一来一往像两条不停穿梭游走的鱼。

我在宿舍里看到张杨留下来的吉他。那黑亮的板面镜子般的映出我苍白的样子。我翻转吉他来看时,发现第一弦已经断了,撕裂的钢弦断口处留有乌暗的血迹。共鸣箱内有一个红色心型图章。我拿到窗前对着阳光仔细看时。发现是一个人的名字:舒小娅。我想张杨是什么办法越过琴弦把一个人的名字印到共鸣箱内的,让这个叫舒小娅女人听他内心深处的独白。

第33章

毒枭警察决战（张杨R篇）

陈英说，我好久没有找她了。她问我在干什么？我说忙，正给安老板办一桩大事。陈英就撇了嘴说，不是吧？！和那个姓王的警察睡觉就是大事吗？她逼上来问。

我心里一惊，可仍然微笑。我说，不这个样子，我是想把她同化，从她口中了解到警方最近的行动，我们连连失利的原因你不想知道吗？安老板要我这样子搞，我有什么办法。

你一天到晚，安老板长，安老板短的，我让你杀了他！你要是爱我，你就杀了那个老畜生。陈英望着我说。

像我们这样的人，还有爱情吗？你，还有我，早把自己的爱情遗失了。

我会让你相信有爱情。就像你躺在我怀里，让我相信自己还有生命一样。

陈英开始解我衣服。我试图拒绝她。但她像老虎一样就把我拿下了。拿下后，她很不满意。她不满意我的冷淡和不主动。她说，你以前的雄风呢？我以前教你的花样百出的姿势呢？最后恨恨地说，是叫那个女警官掏空了身子了吧。然后她穿着内衣到另一个房间煮汤给我喝。

我想起王阳。想起和王阳呆在一起的日子。和她一起到荷里活道的房子。然后我们迫不及待的做爱。我二十多年的孤独和寂寞云开雾散了。我对王阳说，你就是我的家和归属，你就是我的神和全部。你就是我的江湖

沉 爱

和最终归宿。我的话语常常会引起王阳的一脸泪水。她捧着我的脸一口口地吻着我说，死吧。一起死吧。如果我们在做爱的时候双方同时死去。我想那应是天下最大的幸福。

只有躺在王阳身边的时候，我才感觉到自己像是个孩子。其实我们都是孩子。可有时候我还特意喊她王老师。她就一脸慈爱地看着我。我说，真想和你一起回家。像以前一样你当老师。我听你讲课，你在讲台上面唱歌给我听，腰间系着带卡通狗的围裙给我煮面吃。

王阳歪着头想了一会说：你说那个时候，我怎么会爱上你。你比我小好几岁呢？我说：那个时候狂呗，我也感觉自己很傲的。然后我把笔记本电脑放在腿上，在"榕树下"检出自己的文集让她看。她很惊讶地看了几篇说，这么厉害。你可以成为一个作家的。我笑了：哈哈，作家？！作家不作家的倒不重要。反正看这些文字的人绝不会想到是个手中拿枪的人写的。很久都没写啦，都是大学的时候写的。

陈英到厨房给我煲汤。我看了一下信箱。并简单地回了一封信。陈英把汤端过来说，你就那么喜欢电脑。什么时候都带着。我说，这是当学生的老毛病了。每个大学生都会对电脑情有独钟。刚才的邮件让我着实着了慌：Z8让我把王阳他们带进安顺天最近一次交易的地点。也就是说，这次任务完成以后，安顺天就会被警方逮捕，我也就可以结束卧底工作了。可以做我自己想做的事情，比如和王阳一起回去，或者到一个没有人认识我们的地方开始新的生活。我记得王阳常劝我离开安顺天，和她一起离开香港，到一个新的城市开始新的生活。那时候我会故意说，我是有命案在身的人，杀了好多人的。王阳，你忘记一个警察的天职啦。王阳说，反正我不会抓你。也不允许别人抓你，我会带走你。那个时候我们都很沉默。

秋天来了。香港的秋天也有一点凉。从维多利亚港吹来阴冷的风侵袭了整个香港岛。高大的常绿乔木在秋风中改变了叶子的颜色。废弃的港口。空中里飘浮着腥湿的水气。远处隐约传来雷声，天色也有点阴暗，看样子快下雨了。安顺天穿着一件黑绒线风衣，戴着W字型眼镜，领着我们走向偏僻海湾的一只轮船，后面是十几个身材魁梧的马仔提着包紧紧跟着。我

第 33 章　毒枭警察决战（张杨 R 篇）

们走的时候，样子霸气又隐露杀气，几个打鱼的渔民看见了便收了鱼筐像见了瘟神一样急忙的走了。

在这之前，安顺天说，有几个生意人从美国过来了。这次我们要把全部的货卖给美国人。完事以后，我就去美国。兄弟们把钱一分，也暂避风头。等香港警署缉毒风头一过，我再过来。

我们登上轮船，外面的十几个弟兄就端着枪在甲板上站成一排，一个个凶神恶煞一般。我们在轮船里面的一个厅里等那个叫 Tack 陈的老大。后来，安顺天有点不耐烦了，不住地看表。

妈了个爸子，美国人真不讲信义，要我等他，Tack 陈怎么还不来，来了我一枪废了他。我佯装提醒安老板说：老板，是不是消息有诈？

安顺天一摆手，不会的。这次是我亲自做的。Tack 陈和我是老交情了。这次要把这批货卖到美国去，让美国人也尝尝中国人卖给他们的白粉。说完。安顺天仰天大笑。

笑声还没有停止，外面已枪声大作，甲板上有两人中了枪，双双栽进海里去了。有个马仔臂上流着血钻进厅里说，老板，外面全是条子，快撤吧。这时候，我听到外面有喇叭在喊话：我们是香港警察，你们已经被包围了，已经被包围了，快放下武器，快放下……安顺天端起一根大枪冲外面一阵狂扫，外面的声音就不响了。我刚要动，安顺天回过枪来，一梭子弹扫进我腿里，巨大的疼痛让我一下子跪在船舱里。我的枪刚掏出来，肩头又中了一枪。枪也被安顺天一脚踢去了。

妈的。我让你跟警察睡觉，是让你套他们的情报，你却把他们引到码头上来。你不是很能打吗？我先废了你！

陈英听到舱内的枪声从甲板上撤过来，看到我双腿是血，她大叫一声。安顺天举起枪又瞄准我。我闭上了眼睛。枪响了两声，陈英摔到在我面前抱住了我。

陈英，陈英。安顺天大叫。鲜血染红了她的胸部，嘴里流出血来。她微笑着看着我说：你相信爱情吗？

我说，陈英。

你相信爱情，你固执的相信爱情，但你不会爱上我，你只是把我当作你的寂寞。不过是你让我懂得了爱情。有血从陈英嘴里冒出来。我用手指

沉 爱

擦她那粘有鲜血的滑腻的嘴唇。她咳了一下，喷了我一脸的血，然后她用手指很仔细地擦我脸上的血，我的眼泪就落在她脸上。

我愿意为你而死。张杨。如果一个人生不如死，还不如痛快的结束自己的生命。最好能把自己的生命给了所爱的人。不管你是否爱过我，至少你会永远记得我。说着陈英把一块劳力士手表放在我的手心。然后她努力的笑了一下说，你还记得我们是怎么相识的吗？

2004年的夏天。我喝过下午茶从茶厅出来百无聊赖在街上走的时候遇到了易木。稍瘦的高挑个子，冷俊的面庞，散乱的目光。他皱着眉头眯着眼睛看了太阳然后把目光落在我身上，我看了看他身上土里土气的服装。明白他是一个来港不久的内地人。便现出鄙夷不屑的样子，正要扭转头去，然后就见他抬起手腕看了一下表，很亮的金属外壳随着太阳晃动了一下。如果我没有猜错应该是金的劳力士。在香港经常会出现这样的情况：那些外表看起来邋遢的大陆客多半是最有钱的主，比如眼前的这位。金的劳力士，6万多块呀，就戴在一个20多岁的年轻人手上。

我漫不经心迎了上去，经过他身边的时候，我细高的伊达夫的鞋子突然崴了一下。然后一个趔趄向他身上倒去。他连忙伸出一双手扶住我。我站直身来，友好地对他笑了一下说了句感谢的话。他同样还给我一个灿烂略带暧昧的笑容。然后我在阳光里看到他那洁白整齐的牙齿。我呆呆地看着他近似妩媚的样子愣住了。他说，小姐，你没事吧。我说，没事，先生，你的笑容的好有魅力。他又笑了一下。脸上是不加掩饰的得意和讥讽的神情，然后就走了过去。

在他走过去之后，我还站在原地想他那个莫名的笑容。这个男孩子好奇怪呀？算了，内地人真的很难猜的。我的手掌张开来，他的金劳力士就出现在我的手心。然后我就对着阳光哈哈大笑。笑声把阳光震的粉碎。突然我停下来然后很吃惊地扭转头去。不仅是因为我发现这块手表是假的。更是因为一阵风吹来，我发现前胸一阵凉意。一双柔软无骨的手在我敏感部位轻而易举地摘去了我的胸罩。

那个下午，我的思维几度中断，先是惊讶后是恐惧。天黑的时候，我才记起该回家了。佣人玛莉说，小姐，您总算回来了。老爷在楼上正等着

第33章　毒枭警察决战（张杨R篇）

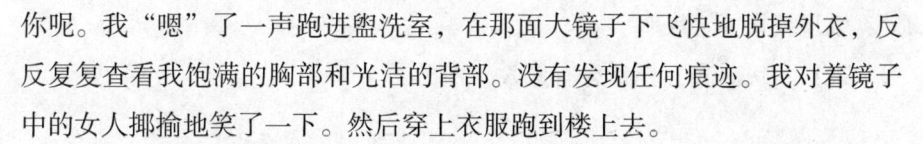

你呢。我"嗯"了一声跑进盥洗室，在那面大镜子下飞快地脱掉外衣，反反复复查看我饱满的胸部和光洁的背部。没有发现任何痕迹。我对着镜子中的女人揶揄地笑了一下。然后穿上衣服跑到楼上去。

当安顺天像头猪趴在我身上拼命嗅我的时候，我闭着眼睛脑海里第一次有棱有角的出现了另外一个人的形象。

很多时候，我都会望着那个不再走动的手表出神。我试过很多次去解除自己的胸罩的办法，总不可能做到让自己无知无觉。是不是当时正专心做另一件事，让对方乘虚而入了呢？

不可能，怎么说也是在胸部呀。我很快地否定了自己。别让我捉到你，否则我会让你当面表演给我看。有段时间我真的气急败坏了。便想出种种办法来折磨他，其实我是在折磨我自己。

我一直想抓他的时候，他却主动地跑了过来。

那天，我领着几个手下计划打劫一家偏僻街道的银行。我扮成一个学生妹的样子，梳着两条垂肩的小辫子，手里拎着一个包。我的首要任务是把门口的两个保安引开，这时候我手下就会装做一个抢劫者——其实就是抢劫者从斜刺里冲过来夺去我的包。这一切会在两个保安的眼睛下面完成。我很无辜地喊了声：抢劫了。那两个保安很警惕地望了一下摸了一下枪正要追出去。就在这个时候，那个男子不知从哪里突然冒出来飞快地追了出去。两个保安就退了回来，紧张的盯着路上的行人。不用说我的计划失败了，就咬牙切齿地坐在在银行门口前的台阶上。后来，那小子一头汗水的跑过来，把包丢在我的脚下。我怒气冲冲地捡起来白了他一眼。他却逼上来靠近我的耳朵说：想抢银行是吗？！别那么傻，也不看看周围有多少条子。我吃了一惊，从包里拿出一面小镜子装做要上妆的样子，在面前晃了一下，就发现身后的楼顶上有几个人影在晃动。

我合上镜子时问他：为什么要帮我？

多个朋友，多条路嘛。都是道上混的，局势险恶，生存不易呀。再说了我也想见你们的安老板。像你这样手脚不怎么利落，眼睛也不怎么好使的人怎么会做到今天的这个位置。

我笑了。我说因为我是女人呀。女人是手脚再不怎么利落也是女人的手脚。是男人都代替的么，我的胸罩呢？

◆ 沉 爱

丢垃圾桶了。表呢？

表！一块破表，充什么有钱人，早扔了。

外面的人已经冲到甲板上。

陈英用手指抚摸着我的脸问我：我们能死在一起吗？我一个人在那里会害怕。我说，我会过去陪你的，就像以前一样天天和你在一起。她的眼泪流了出来：有你在，我就不会害怕了，你是Z8对吧。

我一下子呆住了。我说，原来你都知道呀。正准备撤出去的安顺天这时站住了。

Z8？妈的，一个婊子，一个特工，跑到我这里当卧底来了。然后一枪打在陈英背上，陈英一下子趴倒我胸前，安顺天一梭子子弹向我扫来，我护着陈英就地一滚，腰部还是中了一枪。

王阳冲进来抬手击中了安顺天的胸部。安顺天只是愣了一下，又扫给王阳一梭子子弹。王阳的一支胳膊也渗出血来，安顺天仰天大笑。王阳把打光子弹的枪一扔，就飞身扑了上去，几个来回下来，就把安顺天的头给踢大了。可安顺天身手仍相当灵活，又加上不顾性命，也让王阳很难应付。他又从腰上抽出一把软剑在胳膊被王阳踢折的情形下，还是把剑架在了王阳的脖子上。

安顺天满脸是血，面部恐怖狰狞，牙齿咬得咯咯作响：你这个内地婊子，丧门星来香港搞垮我的生意。我要让你不得好死，我要让你偿命。你害的我没生意做，我要让你去死！他把剑架在王阳的脖子上猩红着眼睛对正进来的警察大叫，都给我退后，把枪都给我放下，都给我放下。

不要管我，杀了他！王阳冲往地上扔枪的警察喊道。

安顺天挟着王阳用眼睛盯住那几个警察向一个架在舱口的一挺重机枪靠近。

我看到散落在面前不远处的一粒子弹咬住牙忍着全身的疼痛偷偷地握在手里。然后把身上一个尖头的钥匙取下，用手指抓紧那个金黄色的子弹，瞄准了安顺天，用钥匙的尖端猛击弹壳的屁股。子弹一声脆响就飞了出去，准确地打在安顺天的颈部。他扭过头来莫名地扫了一眼周围把眼睛落在我身上就栽倒在地上。在他栽倒的同时，我大叫一声，我的两个手指因为子

第33章　毒枭警察决战（张杨R篇）

弹发射被子弹炸掉了。

王阳走过来一把抱起我。她胳膊的血染红了衣服。她飞快地冲下甲板，外面已经下起雨，所以的一切变的朦胧又清晰。王阳把我放在码头后面的警车上。我回望码头时，看见几个警员提着几个装毒品的大箱子从船舱里走出来。我的头发从脸上垂下来被腥咸的海风吹的一荡一荡的。血和着雨水顺着头发滴在王阳的衣服上。

王阳把我放进车里的时候，我对王阳说，你别忙了。她不理我。他对前面的一个警员说，快开车，快！车箭一般的冲了出去。

我想对王阳说话。王阳说，你别说话。我笑了一下断断续续的说，再不说，我怕来不及了。

你没事的，还记得在草甸坡吗？你会没有事的。王阳的眼泪滴进我嘴里，我感到一阵钻心的疼痛。一股粘腥的东西涌进口里，我咬着牙咽了下去，我不想让王阳看见那东西。我迷迷糊糊地对王阳说，阳阳，我真的不行了，我是Z8，中共中央情报局新疆八处的。我杀了好多的人，到后来我都开始怀疑自己的价值取向了，是不是能称的上一个合格的特工？阳阳，我是不是快要死了。

王阳搂住我贴着耳朵说，杨子，你不要死，你不能死呀，我们有孩子了，我有了你的孩子了……我听到孩子，一下子清醒过来，我想起了一件事。我说，有机会你代我去一趟西安，看看大雁塔，替我还个愿。去C大一趟，我是那里开除的学生，档案里有我的污点，我想在C大恢复我的学籍，永远做她的学生。还有，然后我艰难地从一个口袋里掏出一个银行卡递给王阳，如果可能的话，你把这张卡交给西安一个叫于菲的人。

王阳紧紧地抱着我，她身上的血和我的血粘在一起，还有她的眼泪，不过我始终微笑，并最大程度的保持微笑。我努力睁开眼睛，想把王阳的样子记住。可是，我却怎么也看不到王阳灿烂的笑容，我对王阳说，笑一下吧，像以前我在你那里一样。正准备说下一句的时候，那股粘腥的东西再次涌进我的嘴里，我只好把想说的话都吞进去。然后我笑了笑，闭上眼睛，喃喃的开口：我想听首歌……

王保昌，你把车上的随身听打开。王阳沙哑着声音对前面的警员说。

齐豫的声音乘空而来：

◆ 沉　爱

　　不要问我从哪里来我的故乡在远方
　　为了什么流浪 流浪远方流浪
　　为了天空飞翔的小鸟 为了山间轻流的小溪
　　为了宽阔的草原 流浪远方 流浪
　　还有 还有 为了梦中的橄榄树 橄榄树

最后，我的头一下子垂在王阳的臂上，车也一下子停了下来。王阳在大声的喊着我的名字，我已经听不见了，但我仍然可以听到齐豫的声音：

　　不要问我从哪里来我的故乡在远方
　　为了什么流浪 流浪远方流浪……
　　还有 还有 为了梦中的橄榄树 橄榄树

第34章

November Rain（王阳 I 篇）

2004年4月。我以十佳赴港优秀警察的身份去了西安。这不是我第一次来西安，在我赴港之前，我曾来过一次。在接到赴港的任命之后，我一连几天都感觉少了点什么。一叫我离开家，我怎么会这样呢？我是不是要离开我妈我爸啦。不对呀，到北京上学的时候，我也不这样呀。在我听"枪与玫瑰"那首《NOVEMBER RAIN》时，我才一下子清醒过来。原来是张杨，那小子仍在我心里，我恨恨地告诉自己，就简单的收拾一下就坐了一夜的火车来到西安。

第二天我去了C大，站在那个园林一样的校园里我问一个女生，你认识不认识一个叫张杨的学生？我正准备向她解释一通。她说，是渴恩乐队的那个张杨吗？我很惊讶的啊了一声：他玩摇滚呀。那个女生向路上望了一下，惊喜的指给我看：你看是不是那个？

明媚的阳光下走来了三个学生，前面一个戴着有色眼镜，面色白胖，背上背着贝司。后面有个男生背着琴包，头发长长的，眼睛明亮忧伤正低着头小声和他身旁的一个女子说话。那个女子长发披肩，面若桃花，眼似星子，笑容妩媚动人。后来的那个男生就仰面大笑，豪气却略显夸张。那一瞬，我仍发现他一脸的桀骜和狂妄，我看到阳光撒在他明亮的眉宇和洁白的牙齿上。

他向我这里歪了一下头，有意看了我一眼。我慌张转过身去对身旁的那个女孩子说了一句不是。

◆沉 爱

　　他们三个人从我身边过去了。在他走过我身边的时候，我分明听到自己在心里喊了一声张杨。我在后面静静地看了很久，看着他修长的身影消失在树林的浓绿处。

　　我走出C大突然有种想哭的感觉。我一直都不知道在张杨的心中，我扮演的是个什么角色。但是我清楚的知道，在我的心中，他就是我命中注定的男人。在经历了这么多波折后，我还一如既往地深爱着他，深爱着一个小我好几岁的男人。那桀骜狂妄的脸、孤独的背影、明亮哀伤的眼神，总是很轻易地激起我心中点点涟漪。这是建军所不能给我的，而他给了。可是他爱我吗？他只把我看作一个容易接近的老师了吗？老天啊，为什么要让我们以这样尴尬的角色相遇呢？为什么要让我在他有了舒小娅的时候遇见我呢？如果我们不是在这样尴尬的地位中遇见，他是否会像我爱他一样的爱我呢？他是一个聪明的男子，他用他冷漠的眼神多次窥测了我的内心。然后坐在教室角落里不动声色的看着我。

　　走在人潮喧闹的十字街头，让我倍感孤独和寒冷。后来进了街角一家咖啡馆，我双手捧着杯热咖啡仍感觉自己像个越冬的人。吧台的音响正放零点的新歌《你的爱给了谁》。

　　我把我的爱给了谁呢？我把我的初恋给了谁呢？我把我的初吻给了姚建军，我把我最青涩的恋情给了张杨。一个我的学生竟是用一双眼睛和一副蛮不在乎的表情夺去了我的爱情。

　　我问侍者：有白酒么？侍者很惊讶地重复了一句，然后给我端来一杯。我一口气喝完以后又向他要了一杯。再喝第二杯的时候，眼睛里就溢满了泪水。我苦笑了一下对站在身后的侍者说：你们西安的酒好辣。

　　这次我带着张杨的骨灰盒走往回乡的路上，顺便去了一躺西安。当我再次踏上西安的土地时，一股熟悉的酸楚扑向我。我想起上一次来到西安看到张杨，他还洋溢着清秀的笑容，他还和一个甜美的女孩子谈笑风声，他还为了生活为了理想努力奋斗着，他还写着自己歌唱着对舒小娅的日日思念，他还随时履行着艰难的任务，变换着不同的角色……可这次呢？

　　我又去了大雁塔。大雁塔已经不是原来的样子了，就像我对张杨弥久日新的感情。那次见他我内心是热烈和孤寂的。这次没有他我则是荒凉和

第 34 章 November Rain（王阳 I 篇）

虔诚的。由于新修建了大雁塔北广场这里游人众多。他们来看这亚洲最大的人造喷泉水瀑景观。广场两旁是大型的仿唐建筑、佛幢佛塔，庄严肃穆，上百株身披黄金布帐的银杏树郁郁葱葱，广场附近有草坪、花木、石凳、石雕、唐诗石刻书法和石刻壁画。在通往南广场的甬路上有百姓祝寿、悬乎济世、皮影百戏、角力争雄等真人大小的铜雕像，活灵活现的表现唐朝的百姓生活。

通过金水桥，来到玄奘像的前面。我双手和十静默了一会儿。想到张杨以前每年都会在这里静静坐一会儿。现在呢？我心里一阵隐痛。想起张杨的那首《大雁塔广场》的歌词。就很认真地看了那石头上玄奘大师的介绍。

玄 奘

唐代高僧，著名翻译家。旅行家，生于隋开皇19年（公元600年）。俗姓陈名炜。洛阳缑氏人。唐贞观元年从长安出发。沿丝绸之路抵达天竺摩揭陀国那兰陀寺。在天竺研习佛教文化。游历讲学十余年，行程数万里，名播西域，贞观十九年，回到长安，在大慈恩寺玉华宫翻译梵经。译出经纶七十五部，一千三百三十五卷。创立了佛教法相宗，圆寂于唐麟德元年(公元六六四年)，述有《大唐西域记》等。

后来我去了他的学校和院领导谈了张杨的情况。他们很吃惊，他们说：现代的社会还有这样的神秘的特工，他们一直没有收到关于张杨这方面的指示。我说，这才叫特工，不过近期Z8会给贵校发函的。他们问我用不用开个会，比如招集他以前的同学和老师来纪念一下什么的，最起码让他们知道他是这个学校里很不错的学生吧。我说，不用了，这样影响就大了，以后就不好开展工作了，只要把他档案上的处分取消了就可以了，因为他有了孩子了。那个姓方的系主任眼睛红红的说，这个事情我来办。我当时去局里领他都不相信张杨会做那样的傻事情，说他嫖娼，可能吗？多有才气学生呀……

第四天的时候，我在城市里找到那个叫于菲的女子。我们在一个茶座

◆ 沉　爱

里见了面。我们一共喝光了一壶茶。只说了三句话，大多我们都低着头想自己的心事。我说：我是张杨的女人，张杨让我找到你送你一件东西。我把一张银行卡放在她手里。她抓紧了握在手里问我：张杨是不是牺牲了。我点点头没再说话。我们就互相看着对方，眼睛慢慢的红了。一壶茶喝完的时候，我们起身走了出去。我们都抬头看天上耀眼的太阳，然后她把眼睛放在我微微隆起的肚子上。我们一个人向东一个人向西走了……

张杨，你交代我的事情我都做好了。现在我要离开西安，带着你，回到我们的家乡。回到那个有着排排白杨的地方，那里依旧流着缠绵的水，你走过的路，依旧会有人去走。

第 35 章

Happy Valentine's Day（舒小娅 末篇）

上了长途客车，我没有回头。虽然我知道张杨一定在车窗外看着我，但是我告诉自己，不能回头。

我心里默默的念着，张杨，张杨，张杨……泪水肆无忌惮的滑落。

回到 D 城已经是万火通明的时候了。

我不想回家，便游走在人行道边。空气湿润清新，好像才下过一场雨。冷气逐渐侵蚀我的身体，有些想发抖。天空渐渐暗了下来，已经没有多少人在外面游荡了。我点燃一支烟，静静地吸着，看着烟气冉冉生起，飘向远方或弥散在空气中。突然我想到了张杨看到我抽烟的眼神，那么惊讶那么愤怒。那是对我的无限关心啊，可是我就这么狠心的丢弃了。对，还是错？

坐在路边供行人休息的木椅上，我又点燃了一支烟。眼光迷离地看向前方，透过缭绕的烟雾，我看到张扬狂妄的笑容，充满邪气的看着我，就像以前他睡在我身边时，总喜欢撑着脑袋，对我邪气的笑。那笑容里，充满了柔情与爱意，可是，我今天亲手捏段了通向幸福的红丝绳。也许，这张让我爱了几年的脸，就这么消失在我的生活中了吧。

风，冷飕飕的灌进我的衣服。我拿起提箱，从原路返回。我已经没有任何力气去留住什么，也没有力气挽回什么了。回到宿舍，王瑶瑶一下子跳过来抱住我，她叫着:小娅小娅，你怎么了，脸这么苍白？！你哭了？！我对她笑笑，没什么。可当我想再说什么的时候，我却感到眼前一片昏暗，

◆沉　爱

然后我滑了下去。闭眼之前，我听到王瑶瑶的尖叫，她叫，小娅，小娅……

等我醒来的时候，我看到四周一片苍白，就像我的心情。

心像抽空了一样，剧烈的疼着。好像有一把刀戳开了一般，疼的我喘不过气来。突然我的手被人抓紧，我一抬头，看到王瑶瑶焦急的神色。小娅，你总算醒了！你终于醒了，谢天谢地！我朝她笑笑，这个时候，还能有一个在身边的朋友，那就是一种天大的幸福。老天，我已不奢求什么了，只要我在张杨心中一直保持美好的形象，只要王瑶瑶一直在我的身边，这就够了。我把她的手贴在脸上，幸福的笑了。

一个星期后，我出了医院。当我再来到公司实习时，他们告诉我，树田雄一已经死了。怎么死的，据说是抢劫杀人。我第一个反应就是紧张地奔回宿舍，我怕，我怕杀了树田的人是王瑶瑶，不过后来证明，是我太神经紧张了。是啊，树田，卑鄙的手段在商场上早已竖敌无数，怎么会是我身边的人杀掉的呢？！拍拍自己的脸，我抬起头望向天空。黑色的云慢慢朝远处游移，一滴泪落入脚下的泥土里。

生命中总是有那么一些人，来了又去，不留下痕迹。而张杨，他不是这么普通的过客，他是唯一一个能掀起我内心波澜的男子。离开他这么久了，我始终不曾忘记他的笑容，就像信心十足的猎鹰盯住他的食物，充满邪气的笑容。对我，又多了一份温柔与宠溺。那时候，睡在他身边的时候，每天夜里我都会抚摩他的脸，一遍一遍，把这英俊的容颜烙进内心，深深的，就算有一天忘记了自己也不会忘记他。

树田死后两个月之后，我在校门口看到张杨萎靡的眼神，他屹立在高大的梧桐旁，弹着哀伤的乐曲。身边人来人往，不时的有人会给他投去一些硬币，而他却熟视无睹，不停的弹着。那么哀伤那么悲愁。远远望着他的脸，我流下了满面的泪……

树田死后一年，一个叫王阳的女子找到了我。她看到我，却久久不语，然后望着我流泪，流泪。我不知道她是谁，也不知道发生了什么，只好走近她，紧紧地抱住。然后我想到了每次我伤心的时候，张杨都是这样抱住我，紧紧的，给予我强大而坚定的力量。她抬起头，喃喃的说，小娅，你真是漂亮，怪不的张杨那么喜欢你。他看到你现在这个样子，会很欣慰的。听到张杨，我全身一僵，就好像触电般僵住，我抬起她的头，问她，张杨？！他在哪里？

第35章　Happy Valentine's Day（舒小娅 末篇）

他在哪里？

而她只是摇摇头，然后冲我甜甜的笑了，小娅，你要幸福，你一定要幸福。张杨就是喜欢我们这些活着的人幸福。她把一个信箱和密码给我，这里面也许有张杨留给你的一些东西。

那天下午，我打开他的信箱。发现他的草稿箱有几十封写给我却没有发出的信笺，后来我一一阅读只到黑夜来临。其中有一封是这样写的：

小娅：

你好，情人节那天你不在，我为你写了一首歌，你知道吗？这个世界上我最担心和牵挂的人就是你。下面就是一行网址，我用鼠标触动那个网址，网址变红，我点了一下是一个音乐网站。

里面是首 MIDI 的音乐制作，清脆的琴声和微弱的鼓声过后，有个低沉磁性的男子的声音传来。后来听着听着我就泪流满面并且有了声音。我用手去抹脸上的泪，竟越抹越多，眼泪滑进嘴里，我咬着手指听到心中有个声音不断的在喊：张杨。我一动不动的看着这首歌词和下面的跟贴，直到外面的天完全黑下来。我想这是张杨留给我最后的声音：

城市的风
作词：张杨（吉他）
作曲：夏菁雨（键盘）
编曲：尚活（吉他）
贝司：和弦
鼓：谢兴东
演唱：张杨

　　我在哪里失去了你
　　又在哪里找回自己
　　在你离开的一瞬间
　　爱情没有了永远
　　我在哪里丢掉了你

207

◆ 沉 爱

又在哪里找到自己
在你离开的一瞬间
还有什么是永远
这个城市的风
不再山谷芬芳
这个城市的风
风散云却忧伤
这城市的风
细数我的哀伤
孤单的路上
爱已将我遗忘

完稿：西安。
定稿：济南。

注：《城市的风》真实作曲为郭峰（非梵）。
可百度视频搜"苏苏铁木"进行视听。

附录

沉爱，青春岁月里的刺青

◎张丙银

　　认识苏苏铁木已有些年头了，那时他对我说，他的小说写得很好，比郭敬明的小说耐看。当时，我笑了，笑他的自信与狂妄。后来，我陆续看到他在《南风》、《爱人》、《大众文艺》等知名杂志刊登的爱情小说，我又笑了，笑自己的浅薄和偏见。大学毕业后他在山东从事旅游景区的宣传工作，一晃7年的时间过去了，7年的旅游实践操作让他成为行业内的小专家。因为太热爱原创文字，今年3月，他又毅然决然的辞职和朋友一起创办了德漫翻译公司，为出版社和企业提供翻译服务。得知长篇小说《沉爱》即将出版的消息，我由衷地笑了，为他朝着自己梦想迈出的坚定步伐，也为他辛勤地耕耘终有收获而欢欣。

　　早些年我也写了几篇关于他的文章，甚至为了他笔下那美丽的场景前往古城西安而身陷传销窝点。当再次准备为他的新书《沉爱》写点什么时，却感到手中的笔厚重起来。最初看他所写的饱蘸深情的爱情小说虽然可以追溯到几年前，但为了重温青葱岁月里那一幕幕精彩而震撼的故事，还是利用了几个通宵的时间来拜读这部作品。

　　张杨、舒小雅、王阳、尚活……这样一个个熟悉的名字曾一度占据他每篇小说的字里行间，也占据了我这个读者的心房，就像他们的名字一样，都被作者寄予了深沉的含义，正如"张杨"，不正是人物性格彰显的诠释，

◆ 沉　爱

而"尚活"也是一种生活态度和生活方式的演绎。透过这些细节的处理不难看出作者细腻的心思，而这种细腻更好地反映在他娴熟而并不单一的叙述中，不同人物的叙述不但没有重复性的拖沓，反倒将每段故事的悬念一一解开，又恰到好处地推动了故事情节的发展，阅读起来全然没有滞涩感，这种驾驭文字的高超技巧，这种不急不缓叙事风格，不过度沉溺于悲伤，略带轻快的笔调，形成了他特有的表达方式，使他的作品呈现出一种内在张力，而正是这种内在的力量达到一种与读者共鸣的效果。

　　他一定是熟读外国文学的，他叙事的结构和讲故事的技巧令人惊讶。小说《沉爱》故事构架和写作手法在同类作品中并不多见，男女主角交叉进行语言叙述，并且互为补充，增加了读者对男女主角内心情感的仰视，同时倒叙、插叙电影镜头般的语言描述令读者读来倍感亲切。

　　"青春、爱情、死亡"这些词语似乎成了很多小说的必要元素，这部小说也没有例外，青春与信仰的纠结、爱情与生死的碰撞！但是大学生特工的爱情传奇，时尚、前沿、青春的写作笔法，忧郁、冷静、幽默、沉稳的叙事方式，不由让读者眼前一亮，而且更加别致地加入了音乐的时尚板块，作者杰出作词的才能也为小说添上了亮丽的一笔。当张杨痴情地为舒小雅写下一首首歌词，抱着吉他在校门外深情地演唱时，我们相信这就是青春，那个生命里最美好的时段。在最好的年龄里，有一起喝酒、通宵看球赛的铁杆兄弟，有一起追求共同梦想的人，有一个自己喜欢的女孩，是一件多么幸福的事情。

　　只是，他们，还有我们，再也回不到过去，还有那丢失在风中爱情，伴随死亡的气息，而愈发铭心和刻骨。

　　一个个鲜活的生命，在纷扰的社会中，正与邪的对立，爱与恨的交织，终是落下帷幕。合上书本，我的眼睛渐渐有些湿润，为了生命中那段逝去的岁月；为了一段段义无反顾的爱；为了那些没有血腥极具唯美的死亡。

　　这部有着作者生活影子的小说，倾注最多感情的第一部长篇《沉爱》，我固执地认为书名的意思是深深地爱，如果可以，要拼劲全力去爱。但我也时常在想：什么是伟大的爱情？《沉爱》中清澈如许、干净而纯粹的爱情给了我三种答案：

　　为了爱而死亡，是一种伟大。

为了爱而制造死亡，也是一种伟大。

为了爱而努力活着，更是一种伟大。

有人说江南的《此间少年》是开创校园爱情小说的新门派；

也有人说尹高洁的《一座校园的传说》是具有里程碑式的校园爱情小说；

我不敢说《沉爱》是怎样的一部作品，它已不单单是校园爱情，它从校园走向了社会，涉及到五大城市，具有开阔的社会性，除此之外，我想说的是，《沉爱》带给读者更具爱情忧伤之美的感动。

每个人的青春都应该有一个故事，一段情感，哪怕它只是生命里匆匆的过客，但我们也应为曾经丰盛而浓烈地活着而喝彩！因为，那些爱，是我们生命里最美丽的刺青！

张丙银，湖北省黄冈市作协会员，网络知名写手，点评人。

◆沉 爱

旅途中的音乐诗人——苏苏铁木

◎刘小勇

因为热爱摄影和旅游，2001年苏苏铁木成了长安大学的旅游管理系的一名新生。那个时候，中国的旅游业方兴未艾，处于边探索边实践的初级阶段，旅游方面的高管更是缺乏。正是在这种情况下，有实力的高等院校纷纷开辟旅游管理专业课程，为旅游产业培养具有专业水准的高级人才。作为长安大学的首批旅游管理本科生，学校采取了强制式和开放式相结合的教学方式，除了完成旅游管理门类学科以及包括高等数学、线性代数等理科生所修的科目外，就是每年有两次集体外出实地实习的机会。

集体外出实习对于踌躇满志的年轻人来说更像是一次大聚会。坐着火车，穿越城市和田野到达一个全新的地方，在那里居留一个礼拜或更长的时间触摸历史汲取知识，实习结束后用于反馈于课堂。有时候他们坐在青石板铺就的巷子口看来来往往的外国人，用简单的英语和他们搭讪。

那个时候，苏苏铁木穿着风衣，留着长发，目光忧伤，看起来更像一个诗人。在这之前，对文字的敏感已经让苏苏铁木小有名气。2002年已经陆续在《爱人》、《浪漫》、《南风》等杂志发表爱情小说。其实这期间他涉及到的更多的题材是歌词写作。他曾带着自己的作品和另一个热爱音乐的同学去西安音乐学院感受音乐的氛围并和音乐生谈论歌词创作，他在漂亮女生的签字本上飞快的写下那些欢喜忧伤的诗句，才发现自己不是一般的张扬。2004年他和四川电子科技大学生合作的歌曲《怀念月亮》获得了首届CCTV校园原创歌曲西北赛区第一名。那时正是校园民谣十周年祭，《21世纪人才报》记者专程赶到西安采写了《校园里的作词人》一文对他的歌词与对音乐的理解追求进行了报道。

他热爱旅游，喜欢走路，曾经只身一人呆在新疆，在大漠里和哈萨克族人一起生火做饭。他在《赤山之恋》一诗中回忆当时的情景：

  塔尔巴哈台山上的积雪在五月份融化
  雪水漫过干涸一个冬季的农田流进额尔齐斯河里
  草长莺飞 万物生长 大片大片的油葵向着太阳
  坐在风吹来的方向 头发在渐长渐长

  等回到学校的时候他仍激情难抑写了一首《新疆，美丽的地方》成为近年来少有的描写新疆风情画卷的作品。其中几句反复回还咏叹：

  那里的天空海一样啊
  天空下面是牧场
  那里的牧场海一样啊
  牧场上面是毡房
  那里的毡房星一样啊
  星星里面住姑娘

  由此开始，他有意识的开始把旅游目的地和歌词写作结合起来，并且赋予这类歌词一个新名词"地理歌词"，这是一类讴歌祖国大好河山历史景观类的歌词。这样的歌词下笔难，写好了精彩，写不好大而空，没有一定的历史素养和细致入微的观察力很难着手制作。可是他喜欢上这种题材的写作，尽管他充满忧伤，歌颂爱情，赞美自由。可是这类"地理歌词"的写作带给他惊喜远远超过其他类歌词。他说，古时候文人墨客寄情山水登临山川吟诗作赋，通过诗赋传承文化。我们不管承认与否，是他们让我们认识过去并且有据可依。

  大学期间，他去的最多的地方是西安大雁塔广场，学校离大慈恩寺步行不足20分钟，学习之余常和同学一起去那里凭吊旅行家、翻译家玄奘和尚，对唐代高僧玄奘心生敬仰。唐贞观元年，玄奘从长安出发。沿丝绸之路抵达天竺摩揭陀国那兰陀寺，在天竺研习佛教文化。游历讲学十余年，行程数万里，名播西域。贞观十九年，回到长安，在大慈恩寺玉华宫翻译

◆ 沉　爱

梵经。译出经纶七十五部，一千三百三十五卷。创立了佛教法相宗，述有《大唐西域记》一书，与意大利马可·波罗编成的《马可·波罗行记》、日本僧人圆仁编写的《入唐求法巡礼行记》并誉为"东方三大旅行记"。

后来他在讲师讲课的间隙里写了《大雁塔广场》的歌词，其中歌词第一节写到：

来到大雁塔广场
你就会看到玄奘和尚
身披袈裟／手持禅杖
如果可能他会想
他在想过去的大唐

27岁去天竺／学习佛经
穿沙漠翻雪山／历尽艰难险阻
那烂陀寺／戒贤法师我的师傅
跌坐打禅17年／融会贯通

心中有佛／苦也不是苦／那苦也是种幸福
心中有灯／累也不是累／日夜兼程见佛祖

正是系主任席岳婷看到了这首歌词，决定让他作为自己的助手帮助整理文字上的一些基础资料，那时候苏苏铁木进入一个更加开阔的空间。为了编写西安旅游方面的图书，他得以有机会和西安高校的几个旅游系的老师和旅行社的老总一道发掘西安的历史文化。大学毕业的时候，曾跟随文学院的黄建国老师进行学习过的苏苏铁木，被老师一纸推荐给北京的一家知名杂志社：XXX，是我的学生，请予以接洽。言语简短，分量却极重。那是份收入较高的令人艳羡的杂志编辑工作。最终苏苏铁木收藏起这纸信笺没有去北京发展，虽然他挚爱文字，但是他更不忍心放弃四年的专业课学习。

手握青龙剑，隐隐紫气现。2005年，苏苏铁木到山东半岛最东端的国家 AAAA 级旅游景区——石岛赤山风景名胜区任职。那是一片依山傍海的世外桃源，没有尘世的喧嚣，没有城市的污染浮躁，有的是灿烂的阳光、温柔的海浪、洁净的沙滩、清新的空气和渔歌互答。更主要那里是唯一一处连接中韩日三国的历史友好见证地。唐朝时就与长安相呼应，久负盛名。

石岛的历史文化悠久，石岛湾自古就在海上交通和中外往来贸易、文化交流中占有重要位置，在中国近代史上也有着重要的战略地位，孙中山先生在《建国方略》中曾两次将石岛、上海、广州并列为中国东方三大港口。

唐时，赤山浦（今石岛湾）就成为对韩日交往的"桥头堡"，新罗人（今韩国）张保皋羡而来唐从军，在石岛赤山修建了"赤山法华院"，后日本高僧圆仁入唐求法九年七个月，其间往返赤山三次，滞留时间共达两年九个月之久。在中国的近十年间，他的足迹经历了江苏、山东、河北、山西、陕西、河南、安徽等七个省。一路上，圆仁法师受灌顶、学梵文、汉文及法华显教，真言密教，写经卷及画曼荼罗功德帧，孜孜不倦，竭力受学。同时也广泛接触了当时中国的上下官吏、僧侣、百姓，亲眼目睹了发生在那个时代的大小事件。把这十年间的所见所闻，所思所感，都凝聚在一部用日记体裁写就的《入唐求法巡礼行记》里。成为研究是研究唐代社会经济文化以及中日两国友好关系的重要史料。

闻名遐迩的赤山风景名胜区位于石岛港西北，山海相连，方圆 12.8 平方公里，以"东方神山"、"佛教胜地"、"海岛民俗"、"森林公园"而著称。十大景观交相辉映，美不胜收，在国内外游客中享有盛誉，韩国、日本、俄罗斯客人通过轮船飞机往来与此，络绎不绝。

清晨三点多钟，石岛镇子里开始有人走动，四点钟的时候懒躺在床上通过窗子看着海面上波光粼粼的里太阳。那一刻，他忘却所有的繁杂事务，完全被大自然所感动。石岛赤山永远是宁静祥和的，这里淳朴的民风，一举一动会让久处城市的人有种来自心灵深处的震动。在社会不太安静的今天，在这里晚上睡觉仍可以夜不闭户。放在外面的自行车不必担心上没上锁。遗忘在某处的东西会有人给你送到家来。这里的人把帮助他人，由自己的能力向别人提供服务，当作自己的快乐。

下雨的时候，雨水落在大海里，云雾就从海面上升起，远处传来渔船回港的吆喝声，有人轻快的唱起渔歌。不久以后船靠岸了，开船的小伙下

◆ 沉　爱

　　来把绳索拴在突起的岩石上，戴着大斗笠的渔人抗起装满活蹦乱串的各色鱼儿的大背篓上了岸。苏苏铁木老怀疑眼前看到的一切是一幅画，但这远比画完美生动。他走上前去，和打渔人交谈，询问各种鱼的名字和特性，打渔人对有着这么多问题的年轻人充满了好奇。后来苏苏铁木买了一条大刀鱼，用海草穿起拎在手里。他在海边的浅水里和当地人一起捞紫菜，退潮的时候，他把手指插进沙子里掏沙蛤。

　　夏季的傍晚，他骑着自行车带着相机在镇子里游荡，拍摄各种有趣的人物，有时候是饭桌上的特色菜。他把车子骑到海边，面前的水是浩瀚博大的黄海之水，在水之滨就是有"东方神山"之誉的赤山。这里有世界上最大的锻铜神像、中国第一海神像赤山大明神和世界独有的观音动感音乐喷泉广场——极乐菩萨界，他把自己看到的一切美好的景物通过取景框装进照相机里，边拍摄边感动这方山水相依的天地。诗歌为合事而作，因为对石岛赤山的热爱，他饱含深情的写下了《赤山情》：

　　　　悠悠赤山浦
　　　　渔火与村灯
　　　　绵绵赤山情
　　　　诗赋话传承
　　　　山水蕴秀异
　　　　欲罢却不能
　　　　不为仙人会
　　　　古寺入云中
　　　　山翠叠海碧
　　　　春夏与秋冬

　　　　人说赤山美
　　　　枕下闻涛声
　　　　百舸临古镇
　　　　唐宋有遗风
　　　　一寺连三国

韩日慕其名
欢歌不尽言
把酒邀宾朋
乐游赤山美
美哉扬斯名

诗情画意的白描，勾画出威海赤山国际旅游胜地的山海景观。一度成为赤山景区文艺晚会上主持人的开场词。

2007年，拥有世界文化遗产、世界自然遗产和世界地质公园三项世界级桂冠的黄山，举办了"唱响黄山一支歌"歌曲征集活动。一个上海的作曲人告诉他黄山征歌的消息，要他试试，短短一个多小时他写下了《黄山，地球上的天堂》一词。他对黄山文化的理解让作曲人倍感惊讶。

世界的东方，有一个地方，他是地球上的天堂。
亿万年的沧桑，绝世无双，雄奇险幻是他的衣裳。
所有的语言，歌赋文章，不能表达心中的激荡。
最殷切的向望，凝聚了梦想，只想亲吻你的手掌。
啊，黄山，你同大地而来，大地母亲为你歌唱；
啊，黄山，你同黄河而来，黄河和你一起担当民族的脊梁。

世界的东方，有一个地方，他的名字最为响亮。
几代人的奋斗，谱写了乐章，黄山五绝古韵悠扬。
峰回路转，云涌似浪，大海托着山峰天上飘荡。
掬一捧清泉，甜透了心房，冬雪为奇松披上了银装。
啊，黄山，我们因你而来，人间仙境为你喝彩；
啊，黄山，我们因你同在，你是地球上的天堂，最美的地方。

他给很多地方写过歌词，多是路途中想到了就纪录下来，去过的地方写，没有去过的地方，根据对历史的了解也写，淄博潭溪山、云南保山、贵州双乳峰在他的笔下栩栩如生。他热爱旅行喜欢中国地理，他说，旅行

◆沉 爱

不加以记述，那只是低层次的游览感觉。只有通过文字以一种简约的形式进行表述加以提升，这就是"地理歌词"。他有个愿望就是以"地理歌词"的形式写遍他去过的每个有特点的地方，让更多的人通过另一种形式了解中国的秀美山川。